通俗文学研究集刊第八种

主编 王振良

品报学丛

第三辑

张元卿 顾臻 编

天津出版传媒集团
天津古籍出版社

图书在版编目(CIP)数据

品报学丛. 第三辑 / 张元卿, 顾臻编. -- 天津：天津古籍出版社, 2017.9
（通俗文学研究集刊 / 王振良主编）
ISBN 978-7-5528-0555-0

Ⅰ. ①品… Ⅱ. ①张… ②顾… Ⅲ. ①中国文学—通俗文学—文学史研究—近现代—文集 Ⅳ. ①I209.5-53

中国版本图书馆CIP数据核字(2017)第238120号

品报学丛. 第三辑
张元卿　顾臻　编

出版人 / 张玮

＊

天津古籍出版社出版
（天津市西康路35号　邮政编码：300051）
http://www.tjabc.net
今晚报社印刷厂印刷
全国新华书店发行

开本 880×1230 毫米　1/32　印张 9.875　字数 217 千字
2017 年 10 月第 1 版　2017 年 10 月第 1 次印刷

ISBN 978-7-5528-0555-0
定　价：48.00 元

序

倪斯霆

中国现代通俗文学尤其是通俗小说进入文学史或小说史的争论由来已久。抛却"十七年"左翼文学"一边倒"和"文革"十年"鲁迅走在金光大道上",仅考察新时期以来学界发展我们也会发现,这种争论的尖锐与持续。

1980年,由教育部统一组织编写的高校文科教材——唐弢、严家炎主编的《中国现代文学史》(以下简称"唐弢版")三卷本终于出齐,民国通俗小说大家张恨水首次以"正面人物"形象进入"官修正史"。尽管唐弢先生后来有如下解释:"从鸳鸯蝴蝶蜕变过来的张恨水,用新的艺术构思写成的爱国主义小说,例如《八十一梦》,应当提及,别的可以不谈。"(严家炎《求实集》序,北京大学出版社,1983年)虽然这部文学史首卷甫一推出,便引出姚雪垠先生异见:"民国初年和'五四'以后的章回体小说家,也应该将其中较有成就的在新文学史中加以论述。"(《茅盾姚雪垠谈艺书简》,人民文学出版社,2006年)并由此引发王瑶、严家炎、唐弢等诸先生的争论:以严家炎、姚雪垠为代表的一方认为,现代文学史本应包括对"鸳鸯蝴蝶派"等章回旧体小说的客观评判;而以王瑶、唐弢为代表的另一方,在支持现代文学史开拓研究范围的同时,则坚决反对将"鸳鸯蝴蝶派"等章回旧体小说正面写入。但是,唐弢版文学史对张恨水的突破及由此引发的"四老之争",为后来现代文学史的破冰和秩序重建贡献了语境基础,这是毋庸置疑的。此后,随着1985年5月北京万寿寺中国现代文学馆青年学者"创新座谈会"的召开,1988年毛时安、王晓明、陈思和三人主持的"重写文学史"专栏在《上海文论》首次推出,1991年起《今天》杂志又在海外持续10年关注"重写文学史"的再讨论,这些都涉及"鸳鸯蝴蝶派"等章回旧体小说的入史问题。虽然争论始终存在,虽然冲突均不了了之,虽然至今难有定论,然而其造成的现实却是:"1980年代的'重写文学史'使'文革'后的中国现当代文学学科脱胎换骨,完全进入另一条历史轨道,现当代文学学科因此重新洗牌。"(程光炜《"重写"的限度》代序,北京大学出版社,2011年)这种"脱胎换骨""重新洗牌"的标志之一,便是"鸳鸯蝴蝶派"等章回旧体小说终以"琵琶遮面"的姿态挤进了几部新出的中国现代文学史或中国现代小说史(以下简称"两史")。当然,"两史"给予它们的位置尚是"附骥"末席,所持观点、史料也是陈陈相因。而且这些"两史"或为高校集体项目,或为个人学术专著,官修者至今未见。

与"两史"形成鲜明对比,新世纪以来所出的一些专史则以史料丰赡、观点鲜明及论述有据而获得学界赞誉。其中,苏州大学范伯群教授主编的《中国近现代通俗文学史》(江苏教育出版社,2000年)与专著《中国现代通俗文学史(插图本)》(北京大学出版社,2007年)便是其中之卓荦者。自20世纪70年代末以来,范先生由被动变主动地在现代通俗文学这块虽丰沃但尚未开垦的处女地上辛勤耕作,不仅个人成果丰硕,而且还带出了一批博士和硕士研究生,可以毫不夸张地说,当今大陆通俗文学研究团队中的骨干绝大多数出自其门下。多年来,这些弟子与再传弟子们,在范先生的指导和影响下,为通俗文学尤其是通俗小说进入"两史"一直做着不懈努力。尤其是2008年6月22日复旦大学中文系举办的"建构中国现代文学多元共生新体系暨《中国现代通俗文学史(插图本)》学术研讨会","此会关于通俗文学如何进入现有中国现代文学史为中心议题,这与范伯群先生的当年研究成果息息相关"。2009年8月8日,范先生的历届博硕士研究生发起,并由他们邀请范先生的同事与好友借座苏州姑苏饭店举办"多元共生的中国现代文学史研讨会暨欢庆范伯群教授80华诞"活动,"继续研讨建构'多元共生文学史新体系'的有关问题。会上有学者倡议编纪念论文集,获得与会者一致响应",但"这不是一本单纯的纪念文集,而是庄重的论文结集。收集的大部分文章集中于中国现代通俗文学的本体研究、中国现代文学史重新书写等学术方向,其旨在强调我们庆贺范伯群教授80华诞的意义,在于关注与推崇范教授的学术贡献,期待借此契机再次推动中国现代通俗文学和'重写文学史'的研究进程"(《建构中国现代文学多元共生体系的新思考》,复旦大学出版社,2012年)。于此可见,推动现代通俗文学客观地进入官修"两史",近年仍是学界有识之士的呼吁与呐喊。

可喜的是,与这种呼吁与呐喊相呼应,近年一批卓有见地的现代通俗文学研究成果已应运而生。按学界约定俗成的共识,以通俗小说为代表的现代通俗文学分为南北两派。南派起步较早,以上海、苏州为中心,在20世纪30年代以前有着"辉煌"实绩;而北派起步则晚于南派,以天津、北京为重镇,直至20世纪30年代以后方才进入"鼎盛"。或许源于南北两地的观念与识见,与现代通俗文学创作浪潮"南先北后"不谋而合,新时期以来对现代通俗文学重审与研究的勃兴也呈现出"南先北后"的局面。对此,有两座城市不容忽视,这就是苏州与天津。"南先"走过的历程,以范伯群先生20世纪70年代末于苏州大学开始掘垦现代通俗文学处女地为起点,中间经过有组织的批量科研成果的持续添材续火,直至升温到《中国近现代通俗文学史》与《中国现代通俗文学史(插图本)》的杀青,并最终达到2008年召开"建构中国现代文学多元共生新体系暨《中国现代通俗文学史(插图本)》学术研讨会"的沸点;而"北后"跟进的轨迹,则以张赣生先生20世纪80年代中期于天津发掘民国北派通俗小说作家为肇始,以其1991年推出的《民国通俗小说论稿》为标志,由此带动并影响了沽上一些同好先后试水,涓涓细流最终汇成2009年5月由天津市建筑遗产保护志愿者团队主办的聚合海内外通俗文学研究中坚的"津门论剑——民国北派通俗文学学术讨论会"。

　　南北两地对现代通俗文学研究的先后发力固然可喜可贺,但差距也是明显存在。那就是与南方苏州大学研究团队第一步挖掘资料、第二步编作品选、第三步撰写评传、第四步出版类型史、第五步推出《中国近现代通俗文学史》与《中国现代通俗文学史(插图本)》并召开国际学术研讨会(范伯群教授总结,详见《品报学丛·第二辑》,天津古籍出版社,2016年)相比,北地天津表现出的却是非常随意的各自为战,虽亦成果不菲,但因缺乏系统而难以形成规模和影响。或许正是看到此弊,2009年"津门论剑"会议之后,沽上有识之士王振良、张元卿两先生会同京华顾臻、沪上林鸥等同好,一同打造出了以重点挖掘北派通俗文学资料为主旨的民国通俗小说研究电子刊物《品报》。经过近几年海内外同仁间的网上阅读，如今《品报》不仅成了品牌，而且还由内部阅读旨在交流的电媒衍生出了公开发行泽惠学界的纸媒——《品报学丛》，并承担起了与南方研究团队遥相呼应推动通俗文学进入"官修正史"的责任。

  本着对上一年度电媒《品报》择优选萃编辑出版纸媒《品报学丛》的原则，继成功推出第一、二辑之后，"学丛"第三辑的大样又摆在了我的案头，只是粗看一眼目录，这其中的《谈〈天风报〉之"黑旋风"》《报人王小隐其人其事》《冯武越论》《还珠楼主的床下物》《徐春羽家世生平初探》《平江不肖生向恺然年表》《王度庐年表》及"刘云若研究小辑"内诸篇什，便大大引起我的阅读欲望，因为作为民国通俗文学研究者之一员，我对这些难得之史料，真可谓踏破铁鞋求之若渴。我想，对于其他同道同仁，其裨益亦应如我之感！

  行文至此，或许有人会问，如此多的美妙佳构，编者是如何搞到的，四位编者又是何许人也呢？对此，笔者在《品报》五周年时撰有《〈品报〉与它的编辑"四人帮"》一文，已经为读者解疑答惑，斯霆我于此就不再饶舌了。

  感谢振良、元卿、顾臻诸兄美意，让我在出书之前先睹为快，并说了以上书外之话。

  是为序。

2016 年清明前一日于沽上双牛堂

目 录

001　序（倪斯霆）

通俗文学与天津

003　谈《天风报》之"黑旋风"（喻血轮）
005　和李燃犀的一面之缘（贯之）
008　韦君宜记忆中的"天津书局"（倪斯霆）
011　王小隐其人其事（一）（侯福志）
020　冯武越论（王晏殊）

还珠楼主研究小辑

027　《还珠楼主散文集》序（顾臻）
030　还珠楼主书《吕沅桢先生油画展缘起》（白鱼整理）
031　还珠楼主的床下物（胡立生整理）

白羽研究小辑

035　白羽致徐永康书（青谷整理）
037　白羽写书印书卖书"一条龙"（倪斯霆）

徐春羽研究小辑	
041	徐春羽家世生平初探（王振良）
052	《徐春羽家世生平初探》书后（张元卿）

刘云若研究小辑	
059	刘云若笔下的"城南诗社"（侯福志）
061	刘云若笔下的天津"混混儿"（侯福志）
064	读者找刘云若"登广告"（侯福志）
066	刘云若小说"续稿未到"之谜（侯福志）
069	刘云若的抗战小说（侯福志）
071	"鲜花庄"的总号与津号（侯福志）
073	刘云若笔下的武清人（侯福志）

通俗作家年表	
077	平江不肖生向恺然年表（增补稿） （徐斯年 向晓光 杨锐）
121	王度庐年表（增补稿）（徐斯年 顾迎新）
159	何海鸣作品年表（初稿）（张元卿）

鲜花庄	
213	不肖生与沪上各大书局的纠纷（杨锐 顾臻）

港台武侠论苑	
223	须从根上辨分明（侠圣）
233	《南洋商报》连载的《七种武器》（于鹏）
237	"新派"武侠 新在何处（渠诚）
244	太极拳一页秘史（渠诚）
250	一部张冠李戴的电影（许德成）

琴雨箫风斋读闲札记

259 天妃神（侠圣）
261 彭小脚（侠圣）
263 包神仙退太平军（侠圣）
265 黄靖南遗事（侠圣）

零金碎玉

269 赵鸣岐与《紫髯客传》（白鱼）
270 程小青断指成谶（郑逸梅）
271 袁阔成曾演说《十二金钱镖》（青谷）
272 《红玫瑰》"名气也不小"（青谷）

附录一

275 2015年《品报》目录

附录二

283 2015年近现代通俗文学研究论文索引

294 编后记（张元卿 顾臻）

通俗文学与天津

谈《天风报》之"黑旋风"

喻血轮

民国十五年后,迄抗战前夕,平津报纸多以偏风而赢得销路。如民十八沙大风在津创办之《天风报》,其国内外新闻占篇幅极少,编排亦无精彩,然其副刊"黑旋风",则人人爱读,风行一时。盖"黑旋风"所载多为津沽风月场中事,凡歌女舞女、名伶名妓之动态,以及其悲欢离合之故事,甚至床笫之私、枕席之秘,无不绘影绘声,大胆描写。以是歌台舞榭中,争以先睹为快。而姚灵犀所著《采风录》,研究女子缠足,尤别开生面,由缠足起源以至脚带之考证,绣鞋之种类,缠足与性生理之关系,无不稽考列举,言之津津。北方人虽放足多年,但于小脚风味,犹有无限憧憬,故于此类写作,兴味特浓。此亦促成该报畅销之特殊原因。沙大风体胖面圆,性情豪爽,其副刊取名"黑旋风",盖实以水浒中李逵自况也。然彼自办《天风报》后,津沽娇娃多寄名为义女,终日出入脂粉队中,则又不似李逵之为人也。胜利后,该报曾一度复刊,但版面如旧,作风已大改变矣。

(原载《绮情楼杂记——一位辛亥报人的民国记忆》,中国长安出版社2011年版)

按:《天风报》乃沙大风创办,著名作家刘云若担任编辑,还珠楼主李寿民也曾在该报发表小说。七七事变后,更名为《新天津画报》,1943年停刊。沙大风(1900—1973),原名沙厚烈,笔名沙游天。他曾在该报创刊号上炮制"四大名旦"(梅兰芳、程艳秋、尚小云、荀慧生)的提法。

和李燃犀的一面之缘

贯 之

李燃犀先生是天津著名通俗文学作家。1955年暑假的某天,我和也是通俗作家的戴愚庵先生之幼子——南开学友戴冠津兄造访过一次李燃犀。戴老是李的亲娘舅,李和冠津是表兄弟。

他家住在北门里一个小四合院儿,先生时年五十多岁,观其家境可能较拮据,不过从谈话中,也可看出他是个疏狂率意之人。

李先生早年在一家洋行做过翻译,但为时不长就找到其舅父戴愚庵,希望到报社工作。戴愚庵知其国学基础深厚,文字功力很强且知识面较广,乃介绍他到某报社任职。

入报界后,他既当记者又搞写作,津门各报刊不时见到他的文章,多以"大梁酒徒"署名,后来又陆续创作了《津门艳迹》《山药列传》《同室操戈》《李代桃僵》等长篇小说,还曾在报上连载小说《流云锁月记》。有评论说他的作品主要写的是天津的"混混儿"生活,我以为这个提法未免片面些。

诚然,李先生对天津"混混儿"诸情事,确实所知相当详细,但其作品内容却并非一般人所认为只是"混混儿"之间的蟒鞭斧把的厮打斗殴,其书中所反映的主旨还是清末民初的津沽社会风貌和各色人等。

由于他对天津的民风、民俗、历史沿革,以及名门望族的家世了解多多,而语言运用又极具地方特色,所以天津读者对他的作品有一种特殊的亲切感。日本投降后,他曾创办过《小扬州画报》(三日刊),内容以评介戏剧、曲艺为主,但时间不长即告停刊。

李先生才思敏捷知识丰富,举凡诗词、书画、撰对等均有相当素养。李先生弟子李松年曾提及一事,有次他向老师说:"我喜欢读《汉书》,又爱听'梅花调',您能否以此为题赐一联?"李先生略加思索,吟道:"赖有汉书堪下酒,偶歌梅韵觅知音。"下联是喻李松年婚姻结合之因由。

李先生还有个最痴迷的业余爱好:曲艺。他曾写过不少的鼓词和相声,还能表演相声,不少曲艺演员和他都有交往。张寿臣先生的单口相声《化蜡扦》,就是他听其舅愚庵先生讲的一个不孝父母的小故事,他又转述于寿老,寿老又经过精心加工整理,终于成为一个名段。此说极可靠,因寿老生前不止一次提过:"我有两位文化老师,北京一位庄荫棠,天津一位戴愚庵。"由此不难看出,戴先生一定对寿老的艺术表演有过相当的帮助。

李先生相声作品的成功之作当推《王宝钏》。内容是说一个澡堂职工在台上唱戏闹出了大笑话,当年以刘广文(刘文亨之父)和刘桂田(马三立的师弟)二位的表演最称绝妙。解放初因演此段引起浴业职工不满,后经多方调解事才告平。

鼓曲名家田荫亭是业界才子,书画皆能,书喜潘龄皋,画则擅兰草,他曾和我提及:"六爷(这是众人对李先生的公称)学识渊博,不但文才好,画也好,我看过他的画,构图、用色、意境不同凡响,令人佩服。"

那次拜访时,他对戴冠津说:"以后若再写文章,想用'醒庵'署名,这是为了纪念舅舅,是他把我领进文学之门。"新中国成立后,李燃犀主要写过两篇较有价值的文章,即《旧社会的天津混混儿》和《旧社会的婚习俗》,前一篇为全国政协文史资料所收录。

李先生逝于1966年夏,倘能享龟鹤之寿,必能为天津文史工作做出极大的贡献。

(原载2014年3月30日天津《今晚报》)

韦君宜记忆中的"天津书局"

倪斯霆

20世纪80年代初,是文坛的春天。记得在天津长沙路冯骥才老师那顶层逼仄的旧居里,刚刚从人民文学出版社改稿回来的他,兴奋地对我说:"你们应该去采访这个社,在那里可以真实地感受到什么叫春潮涌动。"并告诉我这个社的社长叫韦君宜,社内官称"韦老太"。对于韦君宜,我不陌生。家里存了整摞的20世纪50年代《文艺学习》,其主编便是她。而且我还知道,她是从延安过来的,曾任《中国青年》总编辑,人民文学出版社总编辑、社长,既是资深出版人,又是名作家。采访她,正是《天津书讯》的工作内容。

1983年春节前,在京城一个华灯初上的傍晚,我们敲开了韦老的家门。正与家人吃晚饭的她,放下饭碗与我们在另一间屋交谈起来。她介绍社里的出书成果、新一年的出书规划及文坛盛况后,出乎意料地与我们谈起了天津。只听她缓缓地说:"我虽出生在北京,但上的却是天津南开中学,那时我家住在天津法租界赤峰道。1933年我16岁时,在国文老师孟志荪的影响下,学会了跑书店。孟先生后来成了南开大学教授,正是通过他的指点,我经常去劝业场楼下的佩文斋买书。时间不长,我便发现,在这个堆着许多旧书的不起眼的书店里,原来有好多新书,都是学校图书馆里没有的。我在这里买到了《现代》杂志、《汤姆莎耶》和高尔基的作品,而且开始知道逛书店是一大乐趣。"接着,她深情地回忆起了对她影响颇深的天津书局。当时对民国天津图书业历史已产生兴趣的我,闻此便不失时机地向她约稿。

一个月后,我接到了她的来稿。她在所附信函中说,由于工作太忙,平时很难写作,但对天津的情感和对少年时期的怀念,还是让她在春节假期赶出了此稿。在这篇名为《忆"天津书局"》的稿件中,她为我们讲述了如下故事:

后来,我从报纸副刊上知道了有个"天津书局",就在交通旅馆和惠中饭店中间那条路的路底。这个书店的主人叫老柯,脸上有些浅白麻子。他经营的这书店有大量新书。从鲁迅的一本一本新出版的杂文,到郭沫若的《创造十年》,从张天翼、靳以的新作,到沈从文的《记丁玲》,我都是从这里买的。鲁迅的杂文陆续出版,我一本不漏地买,就全亏老柯一本不漏地供应。后来他认识我了,一去他就笑着给介绍新书。还有上海左联那些时出时停的新刊物,老柯也一概经营。《文学月报》《春光》《文艺新闻》……他都有。有时他没有,我向他提了,过些天准有。还有些"杂牌"作家如穆时英、李辉英、叶灵凤的……他也一概预备。现在看惯了咱们这品种单调的书店,简直真难想象他那么一个三开间的小书店能预备那么多品种。他是不是还有另外的店员,我已经不记得了。只记得这位老柯。我能对左翼文学开始有些了解,除了感激教育我的师友之外,决不能忘掉亲切含笑给我介绍新书的老柯。

抗战一开始,我从北平跑回天津的家。再去天津书局,只见书架上摆满了《蜀山剑侠传》之类的书,我抬头看老柯,默然无语。后来我就没有再去过了。

以上是韦老这篇千字文的一部分,全文刊发在《天津书讯》1983年第4期上。由于《天津书讯》当年确为小报,传播范围有限,如今各图书馆与旧报刊市场已很难寻觅,故而此文影响力不大。即使在韦老所出的各种著作中,此文也未收入。

(原载 2015 年 2 月 4 日天津《今晚报》)

王小隐其人其事（一）

侯福志

王小隐是民国时期的著名报人，对京津一带报界产生过重要影响。但目前为止，人们对王小隐的认识还十分局限。现本人结合其在20世纪二三十年代在《北洋画报》《东方时报》中留下的文字，对其生平及与天津的关系作了部分梳理和钩沉工作，以下是自己的研究心得，不妥之处，敬请大家批评指正。

一、生平情况

王小隐，笔名梦天、忆婉庐主，山东费县人，著名报人、学者。原为北京平民大学新闻系教授，与报人邵飘萍、徐凌霄齐名，是中国第一代职业新闻教育工作者。

关于王小隐生平，有以下几个方面应当厘清。

1. 关于生年。依据1927年7月6日王小隐刊于《北洋画报》中的《自题"从十岁到三十三"》，王小隐1927年时为33岁，由此可知,其出生年代应当是1894年。另据有关资料,王小隐于1946年12月去世。

2. 关于笔名梦天的得来。吴云心在谈到王小隐时曾说过,王小隐经常以"梦天"笔名发表戏剧评论文章。按照1928年5月20日的《北洋画报》刊有梦天的《又挤住了》一文,民国八年(1919),王小隐曾为《上海时报》做通信记者,因一时想不起别号来,顺手捡了本李长吉(李贺)的诗集,恰好摸着《梦天》那一首。于是听天由命,"就受名于天了。一直到现在,还是沿用着"。

3. 关于王小隐在津的大致经历。根据笔者所收藏《东方时报》,王小隐应当是在1926年来津担任《东方时报》中文版总编辑。这期间,王小隐同时担任《北洋画报》的记者和特约撰述,开设《忆婉庐缀墨》《梦天谈剧》《幽居小品》等多个栏目。据《北洋画报》载,1928时12月前,《北洋画报》共有编辑十余名,分别是冯武越、张聊公、王小隐、吴秋尘、钱梦吾、叶庸方、梅建庵、赵牧猿、侯绍璞、赵人尘、赵道生、李景光(律师)。这里面王小隐资历最深,自创刊时起即为编辑、记者。笔者作了粗略统计,王小隐自1926年7月创刊时起到1934年3月底,以本名撰写的稿件278篇,以"梦天"笔名发表的作品则为80篇,以"忆婉庐主"发表的作品则只有两篇。值得注意的是,王小隐作为名报人,曾同时在几家报馆兼职,如《益世报》《天津商报》《东方时报》等,由于存在这样的关系,所以,几家报馆之间既有竞争,同时又有联合。《北洋画报》《天津商报》同时刊发征订广告即是一例。

1928年6月《东方时报》解体后,王小隐先后担任《益世报·益智粽》(后改为《语林》,由马彦祥主编)、《商报·古董摊》等大报副刊编辑(《商报》创刊于1928年4月,王镂冰主持社务)。1928年9

月1日《天津商报》广告称:"《天津商报》于今日起加半张,新开《古董摊》特约王小隐先生担任编纂,古色古香,定能为报界放一异彩。"1928年12月1日的另一则广告称:"《天津商报》最有精神的日报。时事新闻、国际新闻、社会新闻、经济新闻、商业新闻。消息准确敏捷,言论公正犀利,编制新颖醒目,印刷精良美观,是社会的喉舌,是商界的明灯。副刊王小隐主编《古董摊》、吴秋尘主编《杂货店》、沙大风主编《游艺场》。外埠全年银拾贰圆。"1929年10月5日《天津商报屁股之刷新》一文载,"天津商报现拟大加刷新,将第三张完全改为副刊,包括杂货店、游艺场、古董摊及其他,仍由王小隐及张聊公主办,并特约名手担任长期撰述,如唐立厂、吴秋尘、刘云若、胡静娟女士等皆在被邀之列。闻将于双十节后实行,当能为报屁股界放异彩云"。 笔者曾看到一则刊于1928年9月1日《天津商报、北洋画报联合广告》:"《天津商报》实价全年十元,《北洋画报》实价全年五元。《商报》消息灵确,编制新颖,评论犀利,印刷最精。第一日报。三种副刊:王小隐主编古董摊,吴秋尘主编杂货店,沙游天主编游艺场。内容精彩,冠绝平津。截止日期,本月三十日为限,定阅以本埠为限。天津法租界廿五号路商报馆"。由于王小隐、吴秋尘、沙大风同时在两报兼职,所以这样看的话,《天津商报》《北洋画报》关系非同一般。 1928年10月4日《天津各大报的报屁股》载:《益世报·益智粽》前由王梦天主编,人才济济,名重一时,开报屁股未有之盛。后梦天辞去,由衰柳接办,专门研究投稿问题,兼之互捧其"角",遂一落千丈。现该报由山东聘来《新新外史》之董郁青氏主办,较有起色。1934年4月,王小隐一度离津去曲阜,并著有《圣迹导游录》(有关曲阜孔庙导游类书籍)一书,于1934年出版。七七事变后,一度出任伪职,日本投降后自缢身死。

4. 王小隐的性格。王小隐属于报界名士,性格开朗健谈,走到哪笑声会到哪。所以,无论是平辈还是晚生,都喜欢和他一起相处。王小隐留有一身长发,曾经闹过一次警察将其认定为女士的笑话。1929年3月28日《幽居小品之十》一文载,有一次,王小隐与易学许女士在北京开会,来了几位"警爷"到场监视,临走向我们要了他们名片。第二天的《群强报》发消息称:"警厅据内左三区呈报,昨日有学界在某处开会,到会有男学生易学许,女学生王小隐女士。"尽管人们对王小隐高看一眼,但他对自己却并不满意。1928年11月29日曾刊有《梦天谣》,概括了自己在天津的生活:"梦天旅食天津市,驰骋文场不得志。""愧我劳人殊草草,功名壮岁苦不早。薄劣微名世竟传,未甘诗酒天涯老。"

5. 王小隐的住址。他曾住在黄家花园福顺里。据1928年10月17日《搬家热》一文载:"天气渐寒,乃有搬家之热,小焉者,有恒和里之养拙轩主(笔者注:即张聊公),迁其居于其后门之对门,移迁费用几等于零。其次则忆婉庐主,迁其居于不出墙子河沿之福顺里三十五号。楼凡三层,主人居高临河,为文当更波澜老成。平安街思斋室主及豪斋主人,亦迁居于同街之槐荫里二号,亦五十步百步间事耳。大焉者有天津商报,以日形发达故,迁居于法租界贵馨里之大对门,本报与诸君均有友谊,谨志数言,以表贺忱,恕不送礼!"1928年10月18日《屋随人转》载:"纸上可以谈兵,纸上又可以谈住,此法一行,建筑家挣不着我的钱矣(本来赁屋而居,筑室尚在道谋,不必预为鳃鳃也。再则鄙人新居系英租界黄家花园福顺里三十三号,前报误三为五,特再宣传一下)。"

6. 关于斋号。1929年2月28日王小隐撰写的《漆雕开复活》一文记:"予所居曰忆婉庐,所以纪念亡室也。顾久无斋匾,时吴秋尘弟介左次修君以此额赠焉。古色幽香,淡雅绝伦,悬于萧斋,而图画几榻咸为增其雅趣,信文玩之逸品矣。额以漆制,色泽古雅,雕镂精细,或仿造像,或摹金文,斑驳陆离,气象万千,而质地绝不笨重,携悬咸便,前此未有之发明,较磁铜木石,直不可同年而语,使李笠翁得见,不知若何倾倒矣。左君为不患得失斋,大华饭店益友聚餐曾各制一额,当陆续发表于本报,其制造场曰漆雕开,允足以名贤相表彰焉。"

7. 关于王小隐妻子。发妻高婉闺女士,1912年结为连理。于1927年初不幸病逝。这一年1月26日《北洋画报》作了报道:"本报王小隐先生之夫人高婉闺女士,于本月十七日逝世,小隐伉俪情深,痛悼异常;王夫人灵柩,已于廿日移厝浙江义园云。"王小隐夫妻感情颇笃,曾撰《挽内子高婉闺联》以示悼念(刊于1927年2月23日《北洋画报》):

> 一息微存,犹以我饥寒为念;千秋永诀,愿与君魂梦相依。
> 作如日观,佳偶岂非怨偶;问何以故,今生且待来生。
> 情何以堪,况悲动白发,哀衔黄田;思胡能已,早心随碧落,泪洒苍波。
> 三千里骨肉萦怀,凤昔梦远魂遥,即今能无一唔;十五年爱勤助我,纵教眼杜肠断,终觉愧不及情。

《一哭—哀内子高婉闺》云:

> 内子婉闺以一月十七日晨病陨客次,十五年艰苦相依,哀

莫能伸,漫书一诗,用冀冥鉴。

半生此一哭,千古共酸辛。并世亡知已,苍天厄是人。柔魂随梦远,冷月对愁新。绕膝余儿女,哀声拒忍闻。

8. 关于王小隐嗜酒

王小隐是山东壮汉,亦为性情中人,为人豪爽健谈,但嗜酒如命。《北洋画报》曾多次记述其酒后醉态,为我们了解王小隐多侧的生活提供了难得史料。笔者曾检索一篇由唐立厂发表在1928年11月13日的《一夕狂欢记》,记述了王小隐与冯武越、刘云若等欢聚的情景。文章说,"小隐自命能饮,予每过其居,辄邀午酌"。立冬之晨,唐立厂踏雪奉访王小隐,并相约晚间在"村酒香"一叙。这一晚,王小隐居然喝四两白干。谈兴正豪,冯武越夫妇及刘云若不巧也来到酒馆。由于酒馆人满之患,于是改到对门的小楼。期间,冯武越、王小隐相互敬酒。王小隐因已四两下肚,故屡战屡败。于是借着酒劲引吭高歌,"似项王垓下之音",但"苦无虞兮"。于是刘云若开口说话:"苟有人能为隐师得虞兮,将三跪九叩首以谢之。"此言一出,"王小隐益牢骚满腹,醉态遂作,愈醉而歌声愈壮,他折下菊花两枝,插在耳上,仿效乡下亲家母之状"。可是,王小隐终于不胜酒力,开始呕吐不止,并且挂起免战牌。回到《北洋画报》社后,歌兴未阑,犹能为《醉打山门》一折,然吐兴亦未阑,复演一两出乃止。据唐立厂统计,这一晚,七个人共饮黄酒四斤,其中王小隐当有一斤有余。但因其呕吐不止,遂使他"能饮之名从此休矣"。

二、王小隐与陈文娣

陈文娣是南方人，被称作"中国第一名女子"，著名的昆曲票友，曾是天津同咏昆曲社重要成员，受童曼秋指点，与王小隐、袁寒云、张聊公等多有往还。

1.陈文娣与王小隐结为夫妻。1932年，陈文娣曾赴济访问王小隐，"养息湖山，身体日健，王氏定不日来津，将遍束好友，与陈女士订定白首之约"。也就是说，自高婉闱女士去逝后，王小隐独居了五年，后才与名闺陈文娣喜结连理。

2.陈文娣住址。据1929年8月15日《北洋画报》载，"陈文娣女士将移居隔河三多里"。此前住址笔者未查到。

3.陈文娣的职业。1929年11月26日《北洋画报》载，"陈文娣女士，现拟在津创设衣裳公司，已由南方聘到成衣匠六人，不日择机开张"。1930年6月24日又载，"陈文娣女士售卖珠宝之赏福券，系依照万国储蓄会特标末三字开奖，闻第一次得奖号码为〇一九号，乃为端英女士所得。胸花一个，约值千余元，乃由蒋逸霄女士所介绍云"。陈文娣很有钱，1928年12月18日报载，"中国第一名女子陈文娣女士在汇业存在款项，该行停业后，闻陈损失至万元之巨云"。

4.陈文娣多才多艺。1929年报载，"文娣女士善文墨，工度曲，余友卓芝邀余过其庐，既聆法曲，又饱珍馐，别后于海舶填南宫南曲一支，寄呈粲政"。陈文娣创作的曲牌为《太师引》："倚修篁，翠袖凉生，爽似幽谷，孤兰自芳。记当年，琼葩初放，在雕阑，占得春光，欲缘何，西风江上，憔悴了芙蓉秋况。怎禁得江州泪，枉叹名士美人，一样有沧桑。"

5.陈文娣与昆曲。署名"素荻"的作者在《在陈女士游戏造像之后》一文中,对陈文娣在昆曲上的才艺作了系统介绍:"陈女士文娣,兰心蕙性,文章艺事,无所不擅。歌曲之美,为众所响慕。声则宛转流丽,字则清莹秀泖,行腔使调,尤能去华务实,不沾沾在唱诀上矜奇炫巧,每于余笼中,流露性灵,使听者低徊叹赏,动澹远之幽思,可谓得曲度之体要,聚声情之真粹者矣。闻近且习身段,细腻熨贴,尤多心解,容止动静,精彩秀发。此次同咏三次纂集,特挽人商请女士加入,表演《牡丹亭·游园》一剧,藉资提倡,届时粉墨登场,一鸣惊人,个意中事也。"袁寒去曾有《纂弄杂言》一文,对1929年3月5日同咏社会串演出的情况作了详细记载。"兹次同咏社纂演昆曲于春和,特约陈文娣女士加入,现童曼秋合演《游园》。女士身段白口,皆曼秋指授,必能相得益彰也。女士绝聪慧,学歌未数年,而唱法字眼,俱能超人一等。津中曲友,皆敛手叹服。前会邀集其室,与许雨香合歌《楼会》,唱《朝元歌》'朝来翠秀'一折,极抑扬宛转之能事。予为致语曰:'漫谱新词,奈元月去年,黄昏月上,闲听旧曲。想西楼那角,翠秀朝来。'女士工倚声,善为小令,故有新词云云。又为集张叔夏、秦少游词句,作偶语曰:'瑶佩流空,玉筝调柱,华灯碍月,飞盖妨花。'女士多愁易病,自云每饮酒辄泣,又为集张叔夏、姜白石词句曰:'病翼惊秋,枯形阅世。翠尊易泣,红萼无言。'时女士室中,遍置红梅,而落蕊缤纷,盈几席间,泪眼问花,尤足萦人感焉。"

方地山对陈文娣演出颇为赞赏,曾有《观陈文娣女士〈游园〉昆剧因作偶语》:"翩若惊鸿,宛若游龙。守如处女,出若脱兔。"

6.陈文娣的交游。陈文娣在津活动高潮期大约在1929年,这一年的《北洋画报》对此有详细介绍,其与袁寒云、方地山、张季鸾、张聊公、冯武越等交游尤多,多为与票友之间的昆曲演出。据同咏社演出广告,1929年2月24日晚,同咏社在春和大戏院串演。童曼秋演《番儿》、王君演《见娘》、雷孝实、滑调白演《琴挑》、叔颖、敦敏演《望乡》、袁寒云、滑调白演《折柳》《阳光》、雷孝实、童曼秋、陈文娣演《游园》、屠顾寄云、袁寒云、一琴演《佳期》《考红》、陆麟仲、袁寒云、一琴演《回营》。1929年3月，同咏社在春和戏院举行第三届会串演出。袁寒云与陈文娣合演《游园》《惊梦》《琴挑》《问病》等。

陈文娣曾经在家里举办昆曲演出。袁寒云曾于1929年3月16日刊有《文娣邀集其室短歌纪之》一文："初春丽淑景，水涯净喧尘。小园拓广室，其中居丽人。伊人何皎殊，来纵江海滨。华镫媚永夕，高会集佳宾。旨酒时斟酌，珍错相纷陈。清歌以怡悦，杂语引笑颦。玉笛回幽响，四弦声清新。伊人歌最好，襟袂扬丰神。我思何所适，抚兹气欲驯。欣欣得佳赏，歌以掩群呻。"1929年9月27日晚，陈文娣、辛琢之夫妇等，在陈文娣宅邸，宴请昆旦庞士奇，同咏社的社友多人列席，另有《大公报》的张季鸾、张聊公，《天津商报》的王梦天，《北洋画报》的冯武越等。酒阑之后，大家各奏昆曲为乐。其中，陈女士、辛夫人、屠顾寄云夫人、孙夫人之清唱，尤受欢迎。张季鸾、万公雨两人亦参加雅奏。因不常歌，弥觉名贵。陈文娣尤捧庞世奇。1929年11月9日载，"星期六夕在福禄林饭店，北洋大学盛会中奏唱昆曲之陈文娣女士，捧昆旦庞世奇甚力，几于逐日赴新欣赏听庞剧，并有慨赠行头数袭之说。提倡昆剧，奖掖后进，洵足多也"。

(原载《天津档案》2015年第1期)

冯武越论

王晏殊

一

冯武越(1897—1936),名启缪,广东番禹人。13岁还是学生时就与邻人合作创办《儿童杂志》,试探着走上办报之路。因其父任墨西哥公使,自幼随行游学海外。16岁赴法留学,再到比利时、瑞士学习航空机械及无线电等。学成后遍游欧美实习考察,1921年回国,曾任东北航空署总务处第五科监察兼撰述。1926年7月7日,创办开北派画报之先河的《北洋画报》。此时,天津的都市化进程呈现快速推进态势,一个现代性都会的雏形已然巍立于海河之滨。经济的繁荣为二三十年代的天津提供了丰富而多元的文化发展空间,九国租界的设立,亦使得本处于文化弱势的天津转变为中西文化交接的前沿。以传播西学和满足市民大众文化消费为主的新型的、带有商业性的运营模式成为都市生活的重要组成部分。冯武越创办《北洋画报》应该说是生逢其时,也恰逢其地。《北洋画报》凭借现代媒体的优势与伟力，成为十余年间北方摄影画报翘楚，一时无两。

二

冯武越常常自称"笔公"，袁寒云在文章《笔公与尖头奴》中说"吾友冯子武越，自以头尖，号曰笔公"，虽是自况其形，但颇有框范个人平生之志的诉求。冯武越16岁时赴法留学，法国四处洋溢的人文艺术魅力和先进思想给他以最直接而全面的滋养，诚如许德衍和吴冠中两位先生纷纷在个人回忆录中提及："地下铁道的每一座车站都有精美的绘画或雕刻等艺术品"，"巴黎的博物馆和画廊比比皆是，古今中外的作品铺天盖地，即便不懂法文，看图不识字，凭审美眼力也能各取所需"。正是因为有这样汲取西方艺术养分的留学经历，为他日后创办以"传播时事、提倡艺术、灌输常识"为宗旨的《北洋画报》立下了良好根基。

三

冯武越对画报痴迷经历值得一提。他能书能画，平生又最喜收集和研究画报。除少年时期那次"小试身手"创办《儿童杂志》外，他还创办了据说是北京最早的《电影周刊》，独资经营过《图画世界》以及《京报》副刊《图画周刊》，办报经验步步积累。冯武越的办报经历与他对画报的研究是同步成长的，《北洋画报》中刊载过很多谈论画报的文章，如《画报谈》《略谈画报之文字》《中国最初之铜板画报》《画报在中国有二百年以上的历史》《天津21年前出版最早之〈人镜画报〉》等等,堪称我国最早有意识进行画报研究的先驱。

四

因早年和父亲游历墨西哥,冯武越很早就接触了摄影,还曾立志要做一名在海外见习的画报摄影记者。在创办《北洋画报》期间,由冯武越倡导,北洋画报社创办了"北洋摄影协会",会员作品可刊登在画报上。冯武越个人也常在《北洋画报》上登载作品,1926—1933年,他署名登载的照片就有《影中影》《初雪》《过津南归之名画家徐悲鸿夫妇》等30余幅。曾拍摄广州华林寺五百罗汉堂500多幅照片,考据其出处,汇总成册,以"广州华林寺五百罗汉堂图记"命名。

五

冯武越一方面推崇西学之先进器物及时尚生活方式,另一方面也尊重中国传统文化,这使得《北洋画报》体现出现代风尚与传统文化对话、融合的特有风貌。冯武越能书善画,尤善画松,曾师于赵松声,故又字"松弟"。其画作气韵幽闲,兼古趣却又不失新意。书法秀劲,全无造作之态。徐悲鸿、梅兰芳、尚小云、黄二南、方地山、林风眠等均为其生前好友。画报另一主编王小隐在《北洋画报》曾发表《艺专校长过津记》一文,记述了1927年林风眠在天津的一次活动经过:"皓月凉风,爽气袭人衣袂,座间数人,欣然握手,则知有艺专校长林风眠先生,来笺所云,为汪申先生,艺专图案系主任,武越留学法国时旧友,邀同林、汪同来大华者,为高阳李叔陶君,符先生之哲曾嗣也。谈次知林君将取海道赴沪,殆为艺术事业而旅行者,略谈艺专近况,……林先生已于次日晨放舟南下,汪君则留津筹备展览云。"1931年徐悲鸿北上,冯武越亦是大力游扬,在《北洋画报》上刊行专页全力报道。

六

自《北洋画报》创刊伊始,坊间就流传冯武越是依靠张学良的资助才办起了《北洋画报》,甚至当时舆论认为《北洋画报》是张学良的机关报。其实这也并非空穴来风,民国年间,论及"北洋"二字,自然让人与军界联系起来。另外,冯武越与张学良二人私交甚密,人所共知。冯武越青年时留学法国,学成而归便做了张学良的法文秘书。另外,冯武越的妻子赵锋雪是赵四(赵一荻)的亲大姐。从这两层论起来,于公于私,非比寻常的特殊关系便成了公共舆论妄加揣测的起点。对此冯武越曾做出解释:"大家认为《北洋画报》是张学良的机关报,其实只初办时登载过一些三、四方面军的消息,以后很少谈政治,偶尔登一些有讽刺性的政界花絮而己,所以销路很广,京津而外,外省订户也不少。"之所以遭人诟病,大概是因为当时的《北洋画报》在很大程度上抢了上海画报的生意。多年之后,在许姬传撰写的《许姬传艺坛漫录》中,有一篇名为《〈北洋画报〉开笔》的小文,也提及过此事:"我有一次问冯武越:你办报的经费是否张少帅支援?冯的回答是,我办报并不亏本,用不着借钱。"《北洋画报》也在九周年纪念日时发表社论郑重声明:"《北洋画报》是华北历史最久的独资定期画报,而且是现在华北惟一的独立的画报。"

　　1936年1月19日,冯武越病逝于北平德国医院。1937年7月29日《北洋画报》终刊。以冯武越及其编辑群体所代表的一代知识文人,通过不算清晰和精美的图片为我们记录了近现代天津历史文化曾经的传奇,虽沉默不语,却万丈光华。

还珠楼主研究小辑

《还珠楼主散文集》序

顾 臻

予自幼嗜读小说，凡所能见之中外名著与西方侦探间谍小说乃至"文革"期间小说，大多曾于少年求学期间浏览，然于武侠小说则仅闻之于家先祖，谓有白羽之《十二金钱镖》，书中人绝技为金钱镖打穴，却有人能练就烟袋锅一支，将打来之金钱镖一枚一枚收入烟锅中；更有还珠楼主《蜀山剑侠传》，剑侠身居洞天福地，出入青冥，纵横九霄；闻之令予热血沸腾，心向往之，然格于时令形势，无由得见，唯存于心而已。

香港天地图书有限公司出版的《还珠楼主散文集》

20 世纪 80 年代初港台武侠小说流入大陆，被禁之《蜀山剑侠传》《十二金钱镖》诸书亦现身街头，装帧精美，洋洋大观数十百册，乃叶洪生先生主编之台湾联经版《近代中国武侠小说名著大系》是也。然摊价高昂，令囊中羞涩之学生如予等虽心痒难挠，亦唯望洋兴叹而已。待湖南岳麓版《蜀山剑侠传》出，始得偿所愿。虽字小行密，阅之仍甘之如饴，乃至三读四读。还珠楼主用词俊雅流丽，行文则汪洋恣肆、酣畅淋漓，而想象力之奇绝超迈，熔天地山川、湖海溪涧、花鸟草虫于一炉而铺为胜景之胸蕴与造诣，尤其令人惊羡赞佩，以为天人。斯时读是书纯出兴趣，未有研究之念也。毕业后步入社会，为衣食生计仆仆奔走，踏遍大江南北。其间曾有缘临深壑幽谷而睹奇景，立雪山之巅而观风云，古人云："读万卷书，行万里路"，诚不我欺哉！《蜀山剑侠传》中福地胜境之瑰丽壮美，于此亦略有会意，不由对还珠楼主行迹生出好奇之心，苟非目见，仅凭闭门造车与摘录前人遗话，如何描摹美景逼肖若此？自此始留意有关资料，方知还珠楼主少年时即数登峨嵋、青城二山，盘桓古寺，流连山水之间，且天资聪颖，仅论"一"字即成五千言，有神童之誉，心中疑问乃消。

2009年5月"津门论剑"之会召开，予之《〈蜀山剑侠传〉民国版本初探》一文得附骥尾，收入大会论文集《津门论剑录》中，更夤缘拜会还珠楼主研究领域前辈叶洪生和周清霖二老，识见益广。同年十月，蒙徐斯年先生青眼，嘱予为文详叙《江湖奇侠传》民国版本源流。其时予与友人藏书虽夥，窃思若徒自辗转于前人与今人之述说中，而疏于原始材料之核证，即有所得，亦非为学之正道。以史学大师陈寅恪先生绝世之才，《论再生缘》一书亦由助手深入图书馆，广取各类材料以为实证。后生小子断不敢自比前贤，但仿效一二或不失"取法乎上"之古训。是故校勘、比对予与友人之藏书而外，凡周末无公干，即埋首国家图书馆中，查阅原始连载文本信息。

当其时也，忽于馆中发现藏有20世纪30年代《天风报》胶片。念及还珠楼主曾主编《天风报》副刊《黑旋风》，何妨一阅其编辑内容，或可略解目枯之劳。遂于便中稍作浏览，岂知竟迭见署名还珠楼主之《还珠楼丛谈》，文辞或古茂或清丽，内容则奇谭怪事、稗史轶闻，读来饶有趣味，内容可与十几年后之上海《茶话》杂志所载者互补。后更发现其《征求青藏番族志》一文，述其孤身徒步考察甘肃、青海两省山河形势。凡此种种，不一而足。由是继续努力深入发掘。迨至2012年岁杪，累计收获《还珠楼丛谈》76篇、武侠小说佚作《紫电青霜》连载131期及还珠楼主所撰代邮、京剧剧本等佚文多篇，还珠楼主早年生平之空白终得以约略充实，些许心得曾刊于《品报》电子刊。然顾亭林先生有言："昔日之得，不足以自矜；后日之成，不容以自限。"故至今仍勉力搜罗，冀能有所增益，稍补沧海遗珠之憾。

2013年岁初，周清霖先生决意全面整理该批佚文，以为后世学人方便，邀予为助；自己更亲承编辑与校对之责，虽患眼疾而不终辍。予虽俗务缠身，敢不尽力！自家操觚之外，复请杨锐先生（网名宿夜独醉）誊录是批资料大部。今者结集之工将毕，周清霖先生自跋而外，坚嘱予亦为一文。予何人也，推之再四不果，遂不揣谫陋，草布此文，略志结缘《蜀山剑侠传》并搜辑还珠楼主佚作之经过，是为序。

2013年12月29日于北京

还珠楼主书
《吕沇桢先生油画展缘起》

白鱼 整理

吕沇桢先生油画展缘起

　　沇桢先生聪颖好学，自毕业约翰大学后，即以公余兼攻艺术。廿六年秋，适舅氏颜文樑先生率苏州美术专科学校师生，避难来沪，因得朝夕研讨。十年以还，艺事大进。近岁服务国华银行，荣问日隆，然于绘画一道，仍视为精神之食粮，寝馈弗舍。迩来所作，益愈工妙，迥异恒流。仝人等喜其神韵独超，天姿逸上，深得师门法髓，爰同劝其发起个展，籍公同好。敬祈赐教，以志鸿雪。伏维爱照，感篆同深。

　　张元济 谭泽闿 夏敬观 刘海粟 张充仁 吴子深 李寿民。

　　题签：吕沇桢先生油画展 还珠署签 钤印：还珠楼主

　　（按：这幅《缘起》出现在浙江一通拍卖有限公司2010年秋季拍卖会图录上）

还珠楼主床下物

胡立生 整理

还珠楼主的床下物 揭穿小说家的一个秘密？

还珠，川人，姓李，名寿民，才子也，精书法，尤擅行草，其人头如斗，脑量发达，故好涉玄想，于是乎其小说乃神乎其神矣。还珠负才名，久客政海，写小说实为副业，其人浪荡不羁，徜徉烟雾之余，抖擞精神，其《青城十九侠》《蜀山剑侠传》皆于是时为之，后为人垢，日宪絷之于宪兵队，烟瘾乃无形中忘掉。

还珠执笔时，孩辈每在案旁盘旋不去，楼主触动玄思，恐其一纵即逝，于是拍案大喝一声，孩辈恐触其怒，相率离去。

又，楼主有一秘密，鲜为外人知道，即其每于床下置一提篮，篮内皆水果糖物，客有往还珠楼者，以谈天南地北之山海经，最为楼主欢迎，且悦听，盖可以作小说参考也。相谈既欢，楼主乃就床下摸索良久，出水果各什以敬客。若客所谈无所用，则楼主床下之物，亦不出矣。记者不敏，则每次皆独邀楼主青睐焉。

楼主被日寇押于沙滩时，有书商往西观音寺寓焉，谓如有所需，可以帮忙，但须将楼主所存各稿一一交彼出版，且版权亦须归渠所有，威逼利诱，不啻投井下石，夫人拒之，怅然而去。

胜利后，楼主居沪上，逍遥做海上寓公矣。

(原载1946年12月11日《一四七画报》第八卷第七期)

白羽研究小辑

白羽致徐永康书

青谷 整理

永康仁兄大鉴侧闻：

嫂夫人弄璋之喜，顷已弥月。想抱麟归来，母子均健。

伯母老大人欣获含饴之乐，足慰老怀，真堪额手称庆者矣。闻汤饼之会，远在都门，弟道贺失时，良深歉仄。兹薄具不腆，聊申微忱，即希哂纳为荷。前烦于震西君书联两付，乃友人新婚洞房所用（联辞则须平时可挂者），本月十五日必须书成，方不致误（阳廿一日婚期），因尚须送裱，刻已迫至眉睫，务乞分神转催，二三日内必须掷下，是

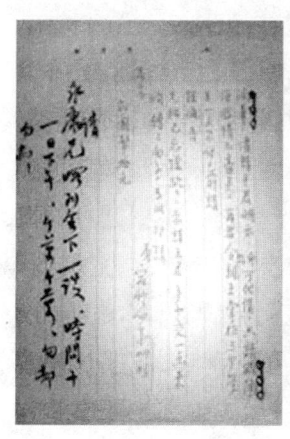
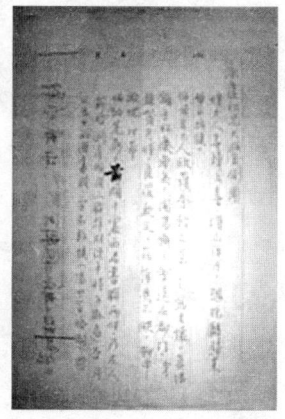

所至盼。如需润笔，尽请于君明示，弟可代备，只请减润，便感情不尽矣。再者令干亲王掌柜三个学生一文不付，前请疏通，吾兄殆已忘怀欤？亦请王君多少交一点束脩，转转面子。专此 即请
春安
　　　　　　　　　　　　弟宫竹心顿首 四月十日
　　附国币拾元

请
永康兄暇到舍下一谈，时间十一日下午，千万千万，勿却勿却。

白羽写书印书卖书"一条龙"

倪斯霆

世人多知白羽为民国时期从天津走向全国的社会武侠小说泰斗,但其作为出版家成功地经营自己武侠作品的故事却鲜为人知。

那是在1938年初,沦陷的津沽报业萧索,文坛凋零。随着赵焕亭、还珠楼主等名家的出走,战前红火一时的通俗小说创作渐趋低谷。是年2月,《庸报》上一部武侠小说的横空出世,为沉闷的华北文坛带来些许生气,这便是此刻困顿风尘的名记者宫竹心用"白羽"笔名甩出的《十二金钱镖》。该书的杀青,为白羽赢得极大声誉,尤其是他将南下劫镖的飞豹子写成盘踞辽东的强徒,在当时东北已沦为伪满之际,此举可谓意味深长。

随着连载,《十二金钱镖》在民间不胫而走,很快便轰动平津,当时随处可见的租书铺子门口甚至纷纷贴出了"家家读钱镖,户户谈剑平"的对子。该书随写随刊,后由天津书局出版单行本第一集后,其余各集均由白羽自办的正华出版部出版。

正华出版部的成立,实乃白羽的无奈之举。《十二金钱镖》单行本第一集1938年11月由天津书局出版后,迅即风靡全国。书局主人见有利可图,遂见利忘义,他为减低作者版税,在印出合同规定的图书外,又多次私自盗印。此事很快便被记者出身的白羽发现,他一怒之下将工厂里尚未装订的该书散页拉回家中。待怒气消散,望着满院子的书页白羽犯了难,几经权衡他最终下了决心,自筹资金二百元,借纸二十令,在天津河北二经路二贤里8号自家院内挂牌成立正华出版部,由其弟宫维城作为发行人,并与久大印刷公司签立长期承印合同。自此之后,不但《十二金钱镖》后续十余集均自产自销,而且白羽随后所写《血涤寒光剑》《毒砂掌》《武林争雄记》等二十余部武侠小说亦全部在此出版。这无奈之举却为白羽带来了意想不到的收益。

  民国时期天津的通俗小说作家如刘云若、还珠楼主、戴愚庵等,都是将作品在报上连载拿到一笔稿费后,任凭报社、书局一版再版地大量印行谋利,从此再无权干涉。因此他们虽著作等身,但仍然受穷。白羽则不然,在被动成立自己的出版机构后,写书印书卖书"一条龙",为他带来了极大收益,真正过上几年好日子。为了更好地维护自己的权益,白羽随后又特聘宇纬路十三号律师事务所的律师刘恩禄为其常年法律顾问,刘通告云"嗣后凡关白羽所著《十二金钱镖》《联镖记》《偷拳》及其它著作,暨一切法益,本律师依法尽保护之责"。此外,正华出版部所出白羽每本作品的版权页上,均盖有"白羽"二字钢印,以示版权。可见,白羽除在社会武侠小说创作方面执牛耳外,对于图书出版及版权保护亦是行家里手。

(原载2015年4月30日天津《今晚报》)

徐春羽研究小辑

徐春羽家世生平初探

王振良

在民国通俗小说作家中,徐春羽的名气不算大也不算小。他长期活跃于京津两地,其以《碧血鸳鸯》为代表的武侠小说创作,虽然无法与还珠楼主、白羽、郑证因、王度庐、朱贞木等"五大家"比肩,然要亦据有一席之地。探讨民国武侠小说尤其是"北派"的创作,徐春羽总是个绕不过去的存在。台湾武侠小说研究专家叶洪生先生认为:"徐氏作品'说书'味道甚浓,善于用京白行文;描写小人物声口,颇为传神。尝一度与还珠、白羽齐名;惟以笔墨平实,未建立独特小说风格,致不为世所重,渐趋没落。"[1]其褒抑可谓中肯,堪称是对徐氏之的评。

关于徐春羽的家世生平,目前学界所知甚微,各种记录大同小异,追根溯源均来自天津张赣生先生:"徐春羽(约1905——?),北京人。据说是旗人。他通医术,曾开业以中医应诊;四十年代至天津,自办《天津新小报》;五十年代初,曾在北京西直门一家百货商

---

[1] 叶洪生.中国武侠小说史论//论剑——武侠小说谈艺术录.上海:学林出版社,1997:47.

店当售货员。"①

今距张赣生氏所谈已有二十余年，可对徐氏家世生平之认知，大体仍停留在20世纪90年代初的水平上。而且现在看来，就是这仅有的认知，仍然存在着重要的失误。笔者以一次偶然，有了"接近"徐春羽的机会，因将前后过程琐述于下，或可对研究通俗小说作家的手段有所启发，同时兼就访谈考索所得徐氏家世生平情况作粗浅报告，以呈教于民国通俗文学研究的方家。

一、"发现"徐春羽

2010年7月16日，笔者拜访天津地方文献研究专家高洪钧先生，见书桌上有巢章甫《海天楼艺话》，谈论京津文林艺坛掌故，颇有可资文史研究采掇者。7月27日，笔者自孔夫子旧书网购归一册。7月31日闲读时，发现有《徐春羽》一目，以徐氏生平资料罕见，因此甚是欣喜。今全文抄录如下：

> 吾甥徐春羽，少即聪颖好弄，未尝力学，而自然通顺。好交游，又喜济人之急。索稿者盈门，而春羽则好以暇待。每喜朋友相过共话，风趣横生，夜以继日，必待客去，始伏案疾书，漏夜成万言，习以为常。盖其精力饱满，不以为苦。人或不知也，其所擅为武侠小说。人亦豪爽，笔耕所入，得之不易，然到手即尽，居恒不给，燕如也。又传医学，悬壶问世，而不取人钱。能作细字如蝇头，刻竹刻玉，并能之。②

---

① 张赣生.民国通俗小说论稿//重庆:重庆出版社,1991:311.
② 巢章甫.海天楼艺话//北京:人民美术出版社,2009:46-47.

旋即仔细翻阅全书，又见《周孝怀》目也涉及徐氏："诸暨周孝怀名善培……尝出资创《新小报》，约吾甥徐春羽主其事，氏亦时撰评论发布。旋以日寇入天津，不获继续。"①

《海天楼艺话》由人民美术出版社出版，署曰巢章甫著，巢星初、吕凤仪、方惠君、翟启惠整理。又细阅该书序言，知整理者之一巢星初乃巢章甫先生三女。

2010年8月5日，笔者通过"谷歌"搜索引擎，检索到人民美术出版社办公室电话，联系上《海天楼艺话》的责任编辑刘普生，又从刘先生处获知巢星初的电话号码。笔者立即拨电话给巢星初，简单说明意图之后，她热情地介绍说：徐春羽是巢章甫之表外甥（具体姻亲关系不详），但两家已多年不联系。因巢星初无法提供更多情况，笔者对此甚感失望。

8月12日，巢星初女士打来电话，说迩来询问其叔叔（在台湾）等，对徐春羽亦不甚了了，仅知其擅写武侠小说，在报纸连载时很是走红，常有亲友问他小说中人物结局，他多以"等着看报纸就知道了"来搪塞（其实他自己也不知道人物该如何结局）；又说徐工医术，会唱戏，善联语。巢星初还介绍道，她小时随父亲住天津市唐山道，河北大学数学系毕业后，在汉阳道中学教书，其间与徐春羽的两个妹妹——徐家二姐（嫁洪姓）、徐家四姐（嫁张姓）时常过往，但迁京后已失联多年。虽然所述视初次通话有所丰富，但徐家的面貌仍旧模糊不清。

8月16日，巢星初女士又来电话告知，徐家四姐曾住天津市哈

---

①巢章甫.海天楼艺话//北京：人民美术出版社，2009：45.

密道利安里(具体门牌号码不详),并说线索得自新近翻出的信封,不知道循此追寻能否有所收获。

9月3日午后,笔者思忖到外面走走,就骑上自行车,直奔"徐家四姐"二十年前住过的哈密道,并期待着某种奇迹的发生。初秋的津城最是舒适,气温不冷不热,让人十分地惬意。因为事先核查过地图,故此顺利地找到利安里。这里的巷道并不长,只有二十几个门牌,从哈密道入口进去,前行三十来米右拐,再走三十来米就是河南路了。因徐家四姐的丈夫姓张,笔者就向住户问询:利安里是否有张姓居民?问了几位年轻些的居民,全都不得要领;这时里巷转角处的院里,走出一位七十多岁的大娘,笔者马上迎了过去。问利安里有无张姓老居民?曰有。爱人姓徐吗?曰是。年纪有九十多岁?曰对……随着基本信息的不断重合,笔者已经按捺不住惊喜。接着发问您与张家熟悉吗?住几号?大娘麻利地跨了十几步,把我领到斜对面的利安里17号。有人吗?随着大娘的话音,出来位六十岁上下的先生。因为已有若干前期铺垫,笔者径直问道:您知道徐春羽吗?曰是我舅舅!您老爷子老太太都好?曰都好。这位先生名叫张裕肇,其母徐帼英,就是徐春羽的妹妹,即巢星初所说"徐家四姐"。

2012年1月12日,笔者与张元卿先生通电话,他特意提醒我说,在《许宝蘅日记》(许之四女许恪儒整理)中发现徐春羽的踪迹。当晚笔者就翻出许氏的日记,检索并析读有关徐春羽的信息。

2012年1月13日,通过解读《许宝蘅日记》了解到:徐春羽的父亲徐思允,与许宝蘅是儿女亲家。许的三女许富儒(小名盈儿),嫁与徐思允之子徐良辅。在日记中,常出现徐良辅之子"传藻"的名字,根据日记中的各种线索,可推知其生于1940年左右。笔者对徐传藻这个名字,当时很是感兴趣,就打开"谷歌"搜索引擎,同时输入"徐传藻"和"电话"两个关键词,本来是未抱任何期望的随意之举,没想到收获的结果却令人振奋,在一份20世纪60年代初中国农业大学毕业生名录中,赫然列有徐传藻的名字,后面还附有联系电话。经过初步判断,1940年左右出生,20世纪60年代初大学毕业,时间上可以吻合,于是笔者给这位徐先生播通电话,经过小心翼翼地核实,此徐传藻正是徐春羽之侄,他称徐春羽为"大伯"。

利用既有的些微线索,通过城市田野调查和网络搜索引擎,笔者每次都用不到十分钟时间,联系上徐春羽的两位近亲——妹妹徐帼英和侄子徐传藻,为初步解开徐春羽身世生平之谜找到了突破口。

二、父亲和祖父

徐春羽祖上世代业医。父名叫徐思允,字裕斋(又作豫斋、愈斋),号苕雪[1],又号裕家[2]。徐思允生平脉络大体清楚,但细节则多难得其详。他生于1876年2月13日。[3]1906年入张之洞幕府,任两湖师范学堂文学教员。[4]1907年初,调充学部书记并与编译局事。[5]徐思允有《忆广化寺》诗云:"千金筑馆辟蒿莱,却锁重门未忍开。湖

---

[1] 许恪儒.日记中部分人名字号对照表//许宝蘅.许宝蘅日记.北京:中华书局,2010:2120.
[2] 孔祥吉.出于污泥而不染的张之洞//清人日记研究.广州:广东人民出版社,2008.207.
[3] 民国乙酉正月十九日《许宝蘅日记》载云"愈斋七十生日",据此可推知徐思允确的出生日。又2011年6月29日徐帼英接受笔者采访时述,徐思允享年75岁,与日记所云正好相合。
[4] 黎仁凯等.张之洞幕府//北京:中国广播电视出版社.2005:146.
[5] 1907年3月22日,任职学部的许宝蘅,首次在日记中提到"徐苕雪"名字,24日亦称"徐苕雪",再后则径作"苕雪""豫斋""愈斋"等,则22日或为两人初见,徐思允调京当在此前不久。

上清光余几许？春来风信又多回。事经变幻忘初意,土失雕镂定不才。此局废兴争属目,宁论吾辈寸心灰。"①此广化寺即学部编译局所在地。1909年张之洞病危之际,徐思允至少两次进诊。张曾畴《张文襄公辞世日记》记云:"十九中医进诊,前广西柳州府李日谦,号葆初;学部书记徐思允,号裕家,即徐士安先生之子也。"又云:"廿日晚……畴与徐医进视问安。"②1911年徐思允受聘京师大学堂法政科教员③,主讲《大清会典》④。

1912年中华民国成立,10月许宝蘅任北京政府铨叙局局长⑤,徐以许的关系出任勋章科科长⑥。10月30日,铨叙局又呈请国务总理批准,以调局之徐思允、吴国光二员作为记名佥事分任办公。⑦其后,又外任安徽省宿县县长等。⑧1919年,徐思允拜在武术名家杨澄甫门下习太极拳,后又拜李景林为师学武当剑。1925年,为同门陈微明所撰《太极拳述》作序。嗣后经周孝怀介绍,成为溥仪之侍医。1931年溥仪出逃东北后,徐思允追随赴新京(今长春),充任伪满宫廷"御医",并教授皇族子弟国文。溥仪的《我的前半生》、秦翰才的《满宫残照记》等书中,都留有徐思允的诸多痕迹。

徐思允不仅精通中医,还工于弈术,曾与围棋宗师吴清源交手。据许恪儒回忆,徐愈斋先生在东北"和吴清源下过棋,而且是当

---

①陈衍.石遗室诗话//北京:人民文学出版社.,2004:157.
②孔祥吉.出于污泥而不染的张之洞//清人日记研究.广州:广东人民出版社,2008:208.
③北京大学校史研究室.北京大学史料(1898—1911).北京:北京大学出版社,1993:343.
④许恪儒.日记中部分人名字号对照表//许宝蘅.许宝蘅日记.北京:中华书局,2010:2120.
⑤许宝蘅.许宝蘅日记,北京:中华书局,2010:423.
⑥2011年6月29日徐帼英接受笔者采访时述.
⑦中华民国北京政府《政府公报》,1912年第195期.
⑧2011年6月29日徐帼英接受笔者采访时述.

着溥仪的面"①。这次对局发生在1935年,其时吴清源访问长春,曾与木谷实在溥仪"御前"对局。此棋下了三天,结果吴胜12目。结束的当天下午,溥仪又要求吴让五子,与徐思允再下一盘,任务是"吃他的子,越多越好"!结果徐思允死命求活,吴清源"大吃"的任务未能完成。关于这段轶事,吴清源的各种传记均有记述。

1945年苏军进入东北,徐思允随伪满皇后婉容等,流亡至临江县的大栗子沟(今吉林省临江市大栗子街道),旋被苏军俘虏至伯力(今俄罗斯的哈巴罗夫斯克)。1949年获释至长春,5月份回到北京。1950年12月13日病逝。②

徐思允国学功底亦自不浅,否则溥仪不会让他教授子弟国文。他与陈衍、陈曾寿、郑孝胥、许宝蘅等长期交游,陈曾寿《苍虬阁诗集》即收有与徐的唱和之作。又陈衍《石遗室诗话》卷十载:

忆庚戌在都,仁先与茗雪(徐思允)、治芗(傅岳棻)、季湘(许宝蘅)、仪真(杨熊祥)诸君,亦建诗社,各有和昌黎《感春》诗甚佳。函向仁先索其稿,惟寄茗雪《感春》四首,治芗则他作,秀湘、仪真则无矣,当更求之。茗雪诗其一云:"出门四顾何所之?不寻同乐寻同悲。人人看春不我顾,还归空斋诵文词。庄生沈冥少庄语,《离骚》反覆如乱丝。二子胸中感百怪,所以踪迹绝诡奇。忽然扶日脐昆仑,俄见垂翼翔天池。东风卷地野马怒,安得乘此常相追?"其二云:"我悲固无端,我乐亦有涯。斗食佐史免耕,得借一室栖全家。官书不多日易了,旧业虽薄还

---

①许恪儒.吴清源与中国父老//中华读书报,2004年6月23日.
②许宝蘅.许宝蘅日记//北京:中华书局,2010:1647.

堪加。文章豪横逞意气,草木幽秀舒精华。如今一事不可得,岂免对景空咨嗟?"其三云:"立春二十日,日日寒凛冽。九陌长起尘,众卉焉敢苗。尔来日渐暖,又恐骤发泄。少年狂不止,老病苦疲苶。百鸟已如簧,飞花乱回雪。劝君守迟暮,病发不可绝。"其四云:"一年青春能几多?坐令千古悲蹉跎。夜烧红烛照桃李,日典春衣偿醉歌。百川东流去不返,泪眼长注成修河。我从崎岖识天意,才见光景旋风波。去年看花载酒处,今年不忍重经过。一人修短尚难料,万物变化将如何?"四诗颇觉有古意无俗艳。①

陈衍论诗眼界甚高,对徐思允"有古意无俗艳"的评价可谓不低。徐思允去世后,1952年8月底9月初,许宝蘅曾整理其遗稿,写定《大栗子临江记事》(又作《从亡大栗子记事》)及"苕雪诗"两卷,其后许之日记仍断续地有补写"苕雪诗"的记载。未晓这些诗文稿是否尚存于霄壤之间。

徐思允有三子六女:长女徐仲英,长子徐春羽,次女徐珍英,三女徐淑英,次子徐××,四女徐帼英(属龙),三子徐××,五女徐惠英,六女徐兰英。徐淑英中国大学毕业,1938年到延安参加抗日工作(化名李英),1949年后曾任吉林省妇联副主任、长春市妇联主任,丈夫是东北流亡学生,曾任吉林省监委书记。据许宝蘅所记,徐良辅"原名百龄,其生父名有胜号明甫,系湖北军官,战殁,有叔名有德,安徽休宁人"②,许恪儒则径云徐良辅"本姓汪"③,可知其并非

---

①陈衍.石遗室诗话//北京:人民文学出版社,2004:155.
②许宝蘅.许宝蘅日记//,北京:中华书局,2010:1405.
③许恪儒.日记中部分人名字号对照表//许宝蘅.许宝蘅日记.北京:中华书局,2010:2104.

徐思允亲生，当是徐思允续弦夫人带来的。又徐思允在长春时，常给天津的家人寄钱（每月300元），一般是汇至山西路修二爷（溥修）处，多由徐帼英去取。①

前引张曾畴《张文襄公辞世日记》，提到徐思允父名徐士安，应该也是张之洞幕府中人。恽毓鼎的日记中，留有"徐士安"之踪影，未知是否即徐思允之父：

> （光绪八年五月）二十四日晴……申刻士安、蕴生招饮天禄富，为予送行。座中方先生、道甫兄弟皆北闱应试者，尽欢而散。今早李方去看轮船，招商局"江表"船于廿七日开，即定于是日起身。②

> （光绪十二年四月）二十七日……十二点钟抵上海码头，命于升雇船，过拨行李，移泊观音阁。稍憩，往华众会剃头、吃点心……归船，见大哥字，知途遇陆彦俌、徐士安、张楚生，约馀（余）在万华楼茶话，再续他局。③

又徐振尧、王树连、张子云《测绘军人与辛亥革命》④谈到，1911年10月11日辛亥武昌起义，当晚即成立了军政府，下设参谋部、军务部、政务部、外交部，10月16日又增设测量部，主要由湖北陆军测绘学堂学生组成，部长朱次璋，副部长徐士安。此徐士安或即其人。

---

①2011年6月29日徐帼英接受笔者采访时述。
②恽毓鼎.恽毓鼎澄斋日记//杭州：浙江古籍出版社，2004:5.
③恽毓鼎.恽毓鼎澄斋日记//杭州：浙江古籍出版社，2004:23.
④徐振尧、王树连、张子云.测绘军人与辛亥革命/中国测绘杂志，2011年第6期。

三、关于徐春羽

回过头来我们再讨论关于徐春羽的几个问题。

一是籍贯，应是江苏省武进县（今常州市武进区）。此乃徐帼英接受笔者采访时所述，又徐思允《太极拳术序》末署"乙丑夏日武进徐思允谨序"①，亦可佐证无疑。张赣生先生所说北京，或与徐春羽长期在京居住有关；又《许宝蘅日记》附录的《日记中部分人名字号对照表》记徐思允为"湖北人"，或因其曾在楚地工作致误。至于徐春羽生于北京的可能性，现在看来也几乎没有（徐思允调京时徐春羽已出生），更与旗人云云无涉。

二是生年，徐春羽诞于光绪三十一年乙巳十月二十一日（1905年11月17日）。据徐帼英述，徐春羽属蛇无疑，据此再前推十二年（1893）或后推十二年（1917），均与徐春羽去世时"未及六十"不合，与徐家姐妹的年龄差距也对不上茬口。至于具体之出生月日，是因为在20世纪40年代，每年徐春羽过生日都很热闹，故此徐帼英记忆深刻。张赣生所云徐春羽生年大体不差，但以证据不足存有疑问，故此在"1905年"之前加了"约"字。至于后来的有些叙述，径书徐春羽生于1905年，亦应是源自于张说，但不科学地省略了"约"字，因为似无人为此提出确据。

三是卒年，笔者采访所获线索无法得出准确结论。徐传藻说，其大伯徐春羽1949年后在北京开诊所，"镇反"时被逮捕入狱，后因病保外就医，然为其续弦吴氏（著名的北京"灯笼吴"之女）所不

---

①徐思允.太极拳术序//陈微明.太极拳术.上海：中华书局，1925：序 2.

容，走投无路之下重回监狱，未久即病死狱中；又说徐春羽住大乘寺19号(此与《许宝蘅日记》所载相吻合)，吴氏住武定侯胡同。①徐春羽五妹徐惠英则说，徐春羽中华人民共和国成立后被捕，死在北京某模范监狱。②而据《许宝蘅日记》，中华人民共和国成立后较长一段时间，许宝蘅与徐春羽交往频繁，许家的人遇有头疼脑热等，多请徐春羽到家诊治。然自1957年8月16日"春羽来为宴儿复诊"之后，许家虽然仍是病人不断，但徐春羽在日记中却突然失踪，因推测其被捕在此后不久。至于徐传藻所云"镇反"恐不确切，很可能是"反右"。徐春羽之病逝，或在20世纪50年代末期。

四是生平，除本文前引零散资料所述，仍可说是未得其详。略可补充者仍是徐帼英所谈：徐春羽抗战前在天津市教育局工作，其间曾安排三妹淑英在天津的学校教书；徐春羽的住所在今天津市河北区的平安街上，紧邻平安街与进步道交口的王占元旧宅(今已拆除)；徐春羽兴趣广泛，多才多艺，通医术，精书法，会评书，善烹饪，尤其喜欢票戏，常找艺人(包括翁偶虹)到家中交流。③又徐春羽嗜麻雀战，每有报馆催稿，辄嘱牌局暂停，提笔疾书以应，然后又继续打牌。④

五是后人，徐春羽有一子二女。长女徐小菊，1949年随四野南下，现居赣州；次女徐小羽，退休前在北京市海甸小学(原八一小学)教书；长子徐××，已去世。⑤又据《许宝蘅日记》，徐春羽之子女有名小龄、小迪者，徐小龄或即其子，徐小迪或即徐小菊。

(原载《苏州教育学院学报》2015年第4期，略有删节。此为全文)

---

①2012年1月13日徐传藻接受笔者电话采访时述。
②2013年1月13日徐惠英接受笔者电话采访时述。
③2011年6月29日徐帼英接受笔者采访时述。
④2010年9月3日张裕肇接受笔者采访时述。
⑤2011年6月29日徐帼英接受笔者采访时述。

《徐春羽家世生平初探》书后

张元卿

1946年北平《一四七画报》第8卷第3期刊登了署名"外史氏"的文章《徐春羽是个郎中》,文中称徐氏尊人做过张之洞的幕府,说徐春羽能写、能刻、能说评书、能唱,又精通随园食谱,还是个郎中。说他能写,应指他是个武侠小说家。徐春羽为后世所知,主要因其能写,是有名的武侠小说家。关于这一点,文学史已有定论,但实际上很少有人深入研究其武侠小说,所谓"定论",多是泛泛而言,因此张赣生先生很为徐氏抱屈,认为"徐春羽较之朱贞木尤为不幸,四十年来备受冷落,渐为世所遗忘,但在三四十年代,他也是逐鹿武坛的一派名手"。赣生先生当年这番话并未引起多少研究者的注意。四十年代与白羽齐名的"华北有数名小说家"徐春羽久为世所遗忘。即使是民国武侠小说迷,能搜读到徐氏小说者,也多半搞不清徐氏生平。王振良兄对与天津有关的民国人物素所关心,持续考证徐氏生平,可谓不遗余力,今终有斩获,所写《徐春羽家世生平初探》,揭开了徐氏家族和徐氏生平的诸多秘密,是徐春羽研究史上空前力作,拜读一过,竟引发了我对徐氏的研读热情,因撮录前岁所记徐氏零星资料作为"书后"。

作为武侠小说家的徐春羽,研究者多称其著有十多部武侠小说,其中以《碧血鸳鸯》《琥珀连环》最为著名,此外很少为研究者提及的还有《裙带狼烟》《屠沽英雄》和《铁马银旗》等。

外史氏称徐春羽能刻,应是说他会治印,可我一直没看到徐氏所刻之印。外史氏说他能说评书,徐氏自己也说他的小说有的最先是评书,后来才由评书改为小说,有的先是小说,后又改为评书,因此当时也将这类小说称为"技击评话",难怪有研究者称这些小说有浓厚的说书味。1947年3月1日,徐春羽开始在北平中央广播电台播讲其小说《琥珀连环》,具体时间是每天下午二时至三时。当时《戏世界》第268期所刊《名小说家现身说法!徐春羽氏播〈琥珀连环〉》称徐氏"口才便给,笔下生花,舌底翻莲,寓庄于谐,寄警于讽,当非一般低级趣味所能比拟也"。

外史氏称徐春羽能唱,可从翁偶虹《我的编剧生涯》中得到证明:

……倒是沙大风快人快语,首先表态,愿演《群英会》的鲁肃。《群英会》三个字,似乎很适应这一天的场面,孟小冬也托掌称善。经过几番磋商，拟定沙大风（《天风报》主笔）演鲁肃，吴幻苏（编剧家）演前部孔明，吴宗祐（《三六九画刊》编辑）演《借东风》的孔明，张珏生（《新北平报》记者）演前部周瑜，白浩如（《现代日报》记者）演后部周瑜，景孤血（《新民报》编辑）演前部蒋干，徐春羽则（小说作者）演后部蒋干，陈重光（《新民报》记者）演曹操，徐鸿昌（《立言画刊》记者）演赵云，我演黄盖。剧场定于长安戏院，由万子和主办，将高价的戏票，销与在平的各位名演员。

这里说的是徐春羽曾演过三国戏中的蒋干。我在网上下载过一张 1934 年 3 月 19 日哈尔飞大戏院的戏单（见左图），演员表中就有徐春羽（图中划黑线处），演的也是三国戏。

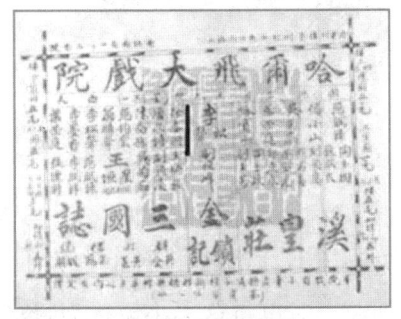

其实，徐春羽不光会演戏，也能写戏，1942 年《新民报半月刊》曾连载徐氏撰写的历史旧剧剧本《林则徐》（共 22 幕，题图见左图）。以往只把徐春羽、还珠楼主、白羽等武侠小说家视为通俗作家，实在是小看了他们，也暴露了我们的无知。

徐春羽是个郎中，振良文中已有说明，可补充的是一个细节，

即他给许宝蘅看病时,有时也和徐讨论小说,谈写作小说的经过。至于徐春羽精通随园食谱,此前还未有人提及,外史氏也许是品尝过徐氏美食的,但这方面最有发言权的应是徐氏的几个女儿,虽然她们都已年迈,也还是希望她们能写写他们的父亲,谈谈日常生活中的徐春羽,因为今天有很多人还念着他。

2015 年 9 月 14 日夜于南秀村

刘云若研究小辑

刘云若笔下的"城南诗社"

侯福志

近翻旧书,在《冰弦弹月》中,读到了有关"城北诗社"(实际上是"城南诗社")的描述,为了解民国时天津诗人结社情况提供了形象化史料。

《冰弦弹月》的作者是著名小说家刘云若,原载于1944年北平出版的《新民半月刊》,1949年初由上海正气书局出版单行本,并由还珠楼主题写书名。该书以徐止庵、梁叔子拯救鼓曲艺人吴月琴为主线,以报馆职员陆九芝与吴月琴及女厨二姑娘(凤屏)之间的爱情故事为副线,通过对天津"三不管"一带的书场、妓馆、烟馆、赌窟的描写及对不同阶层人物的刻画,表达了作者对青年男女自由恋爱的肯定和对底层民众困苦生活的同情,揭露了以马八爷为代表的邪恶势力的虚伪和奸诈。

《冰弦弹月》用了大量篇幅描写了"城北诗社"及相关社集活动。诗社由前清遗老徐止庵发起组织,社友三十余人,"在商议起名时,就有人提议社址既在城北,可以省用城北二字,其实暗引城北徐公的典"。诗社每半月雅集一次,重大节日还须另行组织社集。如端午节要"咏端阳角粽"。到了夏令要咏莲花、游八里台。"转瞬节令交秋,又咏牛女鹊桥,再咏中秋明月,重阳时就近在一家大百货店七层楼上,登高赋秋"。冬天来临,又随着季节举办"消寒会","把寒消尽了,又逢新春,大家咏了春雪"。

徐止庵曾在前清翰林院任职,并一度在云贵为官,还在某省担任过学政。回津后,因为"爱慕风雅,纠集同志创立诗社,借此遣兴陶情,本意甚为高雅。因为止庵颇好雅事,又是道高名重,虽是遗老,但门生故吏遍布天下,还颇有些势力。他却淡泊自甘,谢绝世事,只以诗酒自娱"。

从描述上看,这"城北诗社"实际上就是1921年成立的城南诗社。城南诗社的创办者是乡贤严范孙,严范孙曾任前清翰林院编修、学部侍郎,并分别主持过贵州学政、直隶学务处,这些经历和小说中的人物徐止庵如出一辙。城南诗社经常在蟫香馆(严宅)、择庐(李琴湘书斋)雅集,城北诗社则"在叔子斋中先尝了碧桃,又在孔眉山花园中赏了桃杏,接着咏止庵宅晨书斋屋檐下的燕巢"。有趣的是,在刘云若笔下,诗社并非净土,名士亦非全为圣贤。如名士梁叔子在国务院某厅"有咨询名义",每月白得三四百元。因为政局变化,内阁换了首脑,位子朝夕不保,幸而有徐止庵代为关说,才保住了位子。毛道昌、胡鲁题是两位诗翁,但为争夺所谓的笔墨生意,竟然当众揭短攻讦,致使斯文扫地。

在天津城南诗社的名流中,有许多类似于徐止庵这样的儒雅之士,也有一些类似于毛道昌、胡鲁题这样的庸俗文人,读刘云若的小说,使我们对所谓名士的表现有了超出一般想象的了解,这不啻为刘云若对城南诗社研究的另类贡献。

(原载2015年3月27日天津《今晚报》)

刘云若笔下的天津"混混儿"

侯福志

在民国时期的天津,专门撰写"混混儿"题材的作家有两位,一位是戴愚庵,另一位是李燃犀。戴愚庵有《沽上英雄谱》存世,李燃犀则以《津门艳迹》闻名。刘云若虽不专门以"混混儿"为题材,但其多部小说中却出现了不少的"混混儿"形象。

自晚清到民国时期,天津作为北方重要的水陆码头,不仅形成了繁荣的经济基础,也产生了多元化的文化现象,"混混儿"便是这种多元文化现象中一个畸形产儿。刘云若在《粉墨筝琶》中,曾详细介绍了"混混儿":"原来天津这地方,自从前清便以混混儿出名。混混儿,在当初有一种游侠风味,好像是业余的消遣,以后渐渐成为职业化。有的便以此为生。例如包庇娼赌,或是横行讹诈,但也以下等地方为限。只是抢劫妓女勒赎或是到赌局炸酱,以至霸占码头、脚行行业而已。绝不和普通商民发生关系。及至天津成为商埠,有了租界,交通便利,码头、脚行的营业日渐兴盛,而租界的繁华又发生了许多邪恶的生涯,于是混混儿也增加了生财之道。"

刘云若作为一介文人,对底层生活有着很深的了解,于是,"混混儿"也成为刘云若笔下着重描摹的一类人物。在他的《粉墨筝琶》里,已有这类人物影子,只不过这类人物,在刘云若笔下除了打架不要命的特点外,还增加了行侠仗义的一面,如《粉墨筝琶》给妓女玉虹与流氓冯世江"了事"的杨福升即是这方面的代表。冯世江是个在日租界横行的流氓,自幼以心狠手黑著名,凡是惹着他的,他都要"白刀子进去,红刀子出来",因此许多人都畏服他并尊他为首领。他又能交结官面,渐渐在下等社会享有大名,成为当年天津日租界的一霸。这个人物,除了贩卖劳工,还为日本人提供慰安妇,可谓十恶不赦的地痞流氓。此人曾在南市花街柳巷中姘了许多妓女,"雪香院"里的玉虹就是其中一位。妓女玉虹给冯世江写了字据,以示对冯世江忠诚。但由于冯世江长期盘踞,使玉虹所在的雪香院生意日渐萎缩。于是,养母温小脚请来了"混混儿"杨福升了事。杨福升是老辈的"混混儿",比冯世江的辈分要高,并且对冯世江有过恩泽,所以,杨福升的话还是有分量的。杨福升已是六七十岁的人了,所以,冯世江尽管不满意,但到底给了面子,不仅同意交出字据,而且保证从此再不踏进"雪香院"的大门。

在《红杏出墙记》中,妓女柳如眉因要摆脱朱上四的纠缠,请来了有名的"混混儿"米老。米老开班子已有十几年之久,论辈分资格,凡是同业的人全都是他的晚辈,被公认为"章台元老"。他以绅董自居,专好排难解纷,凡是姘头拆伙、妓女赎身、流氓打架,只要经他调解,当事者全都会心服口服,所以他家里还有人送了匾额。朱上四本属市井无赖,家住天津西关外的贫民窟,他想要纠缠柳如眉一辈子。这米老听说后勃然大怒,"一口浓唾沫喷到朱上四的脸上"。他接着拍着桌子呵斥:"朱上四,你枉了这里面的虫,这话可输了理,简直不够板眼,你同如眉又不是明媒正娶,这种姘靠的事,好了呢凑合着,恼了就散妈的蛋,哪有涎着脸死磨的,真给耍落道的丢人!"

刘云若可谓描绘"混混儿"圣手,只三言两语,一个鲜活的"混混儿"就出现在读者面前,读者通过阅读刘云若的小说,对"混混儿"多侧面的性格特征有了更深入的了解。

(原载 2015 年 4 月 20 日天津《中老年时报》)

读者找刘云若"登广告"

侯福志

1946年2月21日,刘云若撰写小说《粉墨筝琶》在《一四七画报》开始连载。这是一部以天津地下组织抗日除奸为题材的小说,也是刘云若创作转折时期的重要代表作。在作者自己看来,这部书是"愤书也","实在的,八年来饮恨切齿,能不得伸之冤气,于此书以嬉笑泄之,如此而已"。因为题材的特殊性,加之情节紧张、故事生动和描写细腻而受到编辑和读者特别关注。关于《粉墨筝琶》在《一四七画报》连载的反响情况,当时在编辑部工作的景孤血在序中作了介绍:"《粉墨筝琶》的续稿到了北平,全编辑部人,都是先睹为快。两三张的蓝格纸,弄成你也抢我也抢。我因为是一双'闯死骆驼'的大近视眼,往往抓不到手里,就取打的小样一看……各位读者试想,连我对于这部《粉墨筝琶》,都这样急于先睹,如今把它印成单行本,亦独汤武革命,'应乎天而顺乎人'了。"

景孤血是一位戏评家和报人,具有很深的国学修养。20世纪40年代,《星期六画报》《天津游艺画刊》上经常有他的有关传统戏剧的评论文章。他曾经在编辑部给刘云若改过错字,因为是刘云若的粉丝,对刘云若了解很深,所以他非常器重、偏爱刘云若。他认为刘云若,"亦如陈散原说范肯堂,是'五百年来无此奇'了",并表示,"我如唱戏,定拜萧长华;我如作小说,定仿刘云若"。

不仅是编辑部,读者也非常喜爱刘云若的小说。当时景孤血在报社里,每天都要接到读者的电话询问。其中,他妻子的同事张小姐,本来没有和景孤血通过电话的,但为了《粉墨筝琶》,居然"给我打起了电话来","一位张小姐如此,余者可知"。

有趣的是《一四七画报》还曾刊载一则有关读者找刘云若登广告的趣闻。据第8卷第3期《一四七画报》"小说界"专栏(第二号)载:"话说有这么一天,本报门口,突然来了一位女士,跳下包车,匆匆忙忙,就向内走。问他:找谁? 她说:我找刘云若! 问他干嘛? 她说:我找他找我的丈夫——登广告。于是她被请到广告部里坐定。她说:我住处在×城,我的丈夫前天负气出走了,寻找了两天,也不知道上哪去了。家中忙中无计。我心里想他别无他嗜,只是爱看刘云若的《粉墨筝琶》,所以要找刘云若,在他小说后面,登上三行'寻找我夫'的广告。其情可悯,为了'方便则个',特别破例允许她登三行字。到了第二天,这位女士又跑来了,她说:我丈夫已回来了,这三行广告改登我们那个'×楼的广告吧'! 于是寻夫又换成了卖货。刘云若说:天下之事什么都有!"

(原载 2015 年 5 月 5 日天津《今晚报》)

刘云若小说"续稿未到"之谜

侯福志

1946年2月21日,北平出版的《一四七画报》自第2卷第1期开始连载刘云若的小说《粉墨筝琵》(反映天津抗日除奸内容)。这一年的下半年,由于刊载这部小说的位置经常有"续稿未到"字样,所以引起读者的极大关注。

20世纪40年代,正是刘云若创作的黄金期,每天最多有十几部小说在京津两地报刊上连载,"每天伏案劳形,不知底止"。由于过度用眼,所以刘云若得了严重的近视眼。1947年1月17日《一四七画报》第9卷第6期的"读者信箱",刊载了读者马临凡的来信:"一四七信箱北平人先生:贵刊《粉墨筝琵》作者刘云若君,因病,小说久未续写。近闻刘君病仍未痊愈,并因经济恐慌,医药费不足,故只在静养,无力医治等语。不知此消息确否?果若,有一平日钦佩刘君作品的读者,想给一小小帮助,希望贵刊代转达为荷。此祝文安!读者启。"编辑景孤血作了认真回复:"我先在此替刘先生谢谢您的盛意。不过,据我所知道的,刘先生的病长久不愈,并不是因为医药费不足,经济困难,所以延迟下来,老不见效,我个人知道如此,谨相告。"

为了不影响写作,刘云若佩戴了一副近视眼镜。1946年12月,《粉墨筝琶》单行本第一卷由《一四七画报》出版。按照社长吴宗祜的要求,刘云若为该书撰写了一篇《赘语》。这篇文章的落款是:"云若写于初用眼镜之日停电之夜。"按照这段文字推断,刘云若佩戴眼镜的时间应当是在1946年12月之前。关于这一点,《刘云若鸣谢:眼科医生董良民大夫启事》一文可以提供佐证。据刊于1947年1月24日《一四七画报》(第9卷第8期)的这篇文章称:"鄙人笔债冗劳,目力衰耗,近日突感视界模糊,艰于写作。亟就天津绿牌电车道眼科名医董良民大夫诊治。经施行手术,并为验光配镜,今不但目疾霍然得愈,工作如常,且能走马路而识友朋,坐后排而观电影,享平生未有之福,岂敢忘光明重睹之恩,谨布谢忱,兼告同病。"

"续稿未到"除眼疾因素外,还有另外的隐情。景孤血在《关于刘云若》(刊于1947年1月24日《一四七画报》第9卷第8期)一文中,回答了读者的关切:"好多位读者来信问:刘云若的小说为什么常常中断?是他的环境不好吗?是他的心境不佳吗?甚至还有读者跑到报社里来要自动捐款帮忙的。这些位读者的盛情,我们都转达给刘先生了。刘云若小说为什么总爱断稿,这里边有文章。非但有文章,而且还有小说——这个小说比凤云同蓊青还旖旎?读者先试猜猜!"

陆凤云和程蓊青是《粉墨筝琶》中的两个主角,曾经发生了刻骨的恋爱关系。景孤血只是用小说人物影射刘云若,但一直也没有正面回答究竟发生了什么。后来有读者追问,编辑也只以"家庭私事"为由推脱。1947年3月1日《一四七画报》第10卷第7期刊载刘云若给景孤血的来函,向报社和读者作了交代:"弟事截至前日,方告段落,从此罪孽深重。无所逃于天地之间矣。今复心愿已了而担负增加,唯有努力正业按头干下去了,已如小学生立课程表恢复正常生活,稿件万不会再断。"据辛绍兰《刘云若与刘慧双》(刊于 2014 年 2 月 2 日《今晚报》副刊)一文载,"1947 年,刘云若为女儿刘美文过生日,在河北路顺和里家宅楼顶的晒台上办了几桌家宴。借此机会,刘云若把刘慧双带回家,介绍给亲朋好友"。从时间节点上看,所谓"家庭私事"抑或刘云若所言的"罪孽深重",实际上指的就是刘云若娶回刘慧双这件事。

(原载 2015 年 5 月 25 日《天津日报》)

刘云若的抗战小说

侯福志

抗战胜利后,刘云若陆续发表了《白河月》《粉墨筝琶》《水珮风裳》等抗日锄奸题材的长篇小说。

《白河月》自1945年11月10日至1946年12月7日在《天津民国日报》副刊连载。1947年4月由上海正新出版社出版单行本。作品以1937年7月底天津沦陷为背景,以七位热血青年在民族生死存亡时刻的不同人生道路为主线,以洪范一与陶甄、余信芳之间的爱情纠葛为副线,加之对地下工作者刺杀汉奸维持会委员、棉毛会社社长胡庆堂的描写,反映了沦陷区不同势力之间的矛盾和斗争,揭露了日本侵略者及汉奸残害天津民众的丑恶行为,颂扬了热血青年在沦陷区抗日锄奸的英雄事迹。按照刘云若自序所言,这部小说"以沦陷区中的种种经过为经","以几个热血的青年男女为纬",是一部天津人抗战的"纪痛的野史"。

《粉墨筝琶》自1946年2月21日在北平出版的《一四七画报》(第2卷第1期)连载,一直到1949年1月《一四七画报》停刊时连载结束,连载期间由该画报社陆续出版了单行本。该书以地下工作者梁泽生、程蠹青谋划刺杀居住在天津英租界公馆大院里汪伪政权副主席蔡文仲为主线,以主人公程蠹青与陆凤云、林大巧之间的爱情纠葛为副线,用生动的笔墨,描绘了一幅波澜壮阔的抗日锄奸斗争的历史画卷。正如刘云若在自序中所言,此书是一部"愤书","实在的,八年来饮恨切齿,能不得伸之冤气,于此书以嬉笑泄之,如此而已"。

《水珮风裳》自1946年5月连载于天津出版的《星期六画报》,一直到1949年1月《星期六画报》停刊时搁笔。1948年12月至1949年6月,《水珮风裳》以及它的三部续集(《翠楼杨柳》《逐水桃花》《落花归燕》)陆续由上海广艺书局出版。这部小说以抗战将士吴异翘寻找生活在沦陷区的爱妻韩桃玲为主线,以吴异翘与韩桃玲、韩杏玲的爱情悲剧为副线,对抗敌与媚敌、爱国与卖国这个重大主题进行书写,反映了在民族危亡的关键时刻,生活在天津的人们的命运,肯定了以吴异翘为代表的抗战将士为民族大义南下抗战的正义之举,揭露了沦陷区以郭子嘉为代表的汉奸势力为虎作伥、诱骗民女、坑害百姓及发战争财等丑行,对沦陷区老百姓苦难生活寄予深刻的同情,是一部具有史诗意味的抗日锄奸题材小说。

刘云若曾说:"直到沦陷以后,我受了许多刺激,许多磨难。这一篇课程虽然极端惨酷,但力量可太大了。它教多数人知道爱国,觉悟过去未尽到应尽的责任。许多人这样觉悟了,我也是一个。"正因为如此,在抗战胜利之后,刘云若开始把写作的着眼点由过去的风花雪月逐步转移到抗日锄奸等题材上,塑造了一大批抗战英雄形象,为后人了解天津抗战提供了生动的史料。

(原载2015年6月13日天津《今晚报》)

"鲜花庄"的总号与津号

侯福志

自 1947 年 3 月 8 日起,天津出版的《星期六画报》,出现了一个"鲜花庄"栏目,在这个栏目之下,冠以"津号"之名。这是怎么一回事?难道还有"总号"不成?

笔者曾翻阅了几乎所有的《星期六画报》《一四七画报》,终于弄清了来龙去脉。据 1947 年 3 月 11 日《一四七画报》(第 10 卷第 11 期)刘云若在"鲜花庄"栏目上的"前言"介绍:"鲜花庄"的前身是吴秋尘主编的"杂货店",是创办于 1928 年《天津商报》副刊的名字。"杂货店"取"兼收并蓄"之义。吴秋尘离开《天津商报》后,由小说家刘云若接办了副刊,随即更名为"鲜花庄"。之所以要用这个新的名字,是希望"用鲜花熏熏他遗留的气味"。1946 年 12 月 1 日,《一四七画报》(第 8 卷第 4 期)曾载文盛赞《天津商报》的"鲜花庄":"《天津商报》副页,生香活色、古艳今谐,蜚誉报坛。一时名流作者,竞秀争妍,撷一时之盛。主编者,即刘云若也。"20 世纪 30 年代初,"鲜花庄"曾与"大公报"副刊"小公园"可谓双峰并峙,在天津报刊史上留下了辉煌的一页。但为时很短,刘云若便离开了《天津商报》,这个栏目也就因之取消了。

1946年9月1日,《一四七画报》为充实内容,增加了白羽小说连载《师林三鸟》,同时根据《一四七画报》社长吴宗祐及编辑景孤血(他与刘云若有20年交情)的请求,在《一四七画报》(从第6卷第1期开始),开辟了"鲜花庄"命名的专栏。按照刘云若的说法,"这名字并不好的。然而本社吴社长和孤血、慰秋两兄,对'鲜花庄'印象特深,要我借'一四七'版面重张,近因在天津应'星期六'之约,又开了一处'鲜花庄'津号,所以在'一四七'设'鲜花庄'总号"。

这里提到的"星期六"即指《星期六画报》,该画报创刊于1946年5月18日,每期为16开本16页,彩色封面(多为坤伶照片),每周一期。报社地址设在罗斯福路189号(今百货大楼对过的新华书店),主办人是社长兼总编辑的张瑞亭,由郑启文担任经理。自1947年3月8日,《星期六画报》亦开设了"鲜花庄"栏目,因《一四七画报》早在1946年9月就设立了总号,故天津的"鲜花庄"只能设立分号,也就是"津号"。"鲜花庄"专栏,除刊有部分学者杂文外,主要是刘云若的个人随笔、杂文。其中许多文章对于研究刘云若的思想和创作极具史实价值,如《半生长是乱离身》《我是什么东西》《中华哏国》等。

关于"鲜花庄"内容上的特色,刘云若填了一首《沁园春》词,其下半阕对此作了诠释:"文章垃圾成箱,把大地山河一担装。也偶忧家国,居然笑骂,忽怀风月,或者荒唐。怪力乱神,道德仁义,逐我笔尖上下狂。论体例,似南昆北弋,东柳西梆。"虽过于自谦,但其题材之广博、涉猎之丰富,实非他人可比。

一个人在京津两地开辟同一名目的作者专栏,堪称民国时期天津报界的一段佳话。

(原载2015年6月16日天津《中老年时报》)

刘云若笔下的武清人

侯福志

在刘云若的长篇小说中,曾经多次提到过武清人,其中一个是武清游击队司令张广武,另一个是地下工作者邢顺。他们都是抗日英雄,为我们留下了难得史料。

在《粉墨筝琶》一书中,曾两度涉及武清县。一是,地下工作者梁泽生,在策划刺杀汪伪政权副主席蔡仲文失败后,准备逃离天津投奔武清县的游击队。梁泽生对大巧儿说:"武清县一带的游击司令张广武,是我的朋友,久有联络,我想去投他,只是出天津县境很难,但我只能冒一下险了。"二是,主人公之一的大巧儿,她在杀死汉奸冯世江后,准备到保定投奔未婚夫程蕎青。她走过东北城角,遇着一位多事的警察,那警察好似闲得难过,见有女子走过来,想留她聊天解闷。就喝问道:"干什么的?"大巧儿急中生智,坦然地说"上杨村。"那警察道:"上杨村,你就这么走着去呀?"大巧儿说:"我倒想坐车,可是拉车的太讹人,他跟我要一千元,我哪有一千元,还留着吃饭哪。"警察回敬道:"你太吝啬了,一千元不算多。"

在《白河月》这部小说里,有一段武清籍地下工作者的描绘,读来颇为亲切。据书中叙述,汉奸何止百这一天在自己家里宴请日本人,参加宴会的包括日军参谋长河野、居留民团副主席仁格太次郎。作陪的有伪天津市政府秘书长常四,维持会委员、棉毛会社社长胡庆堂。何止百家里有一名叫邢顺的男仆,老家是武清县的,小说对他的言行作了两次描写。一是,当听到仁格太次郎一番"中日亲善"的混账话后大骂日本人。仁格次太郎曾在中国生活了三十多年,干尽了祸害中国人的坏事。但他却恬不知耻地说自己的心是中国心,自己常常觉得是中国人。就在众人为他的讲话起立欢呼时,邢顺大着胆子骂了一句,这一句很不好写,若一定要写出来,只可利用方框。

二是,胡庆堂酒后无德,众目睽睽之下调戏女学生陶甄,陶甄怒气之下挣脱了胡庆堂向楼外就跑,何止百叫邢顺请回陶甄。邢顺赶到近前说:"陶小姐,司长请您回去。"陶甄含泪愤愤地说:"我不去,你告诉他。"邢顺呃呃嘴说:"不去顶对,陶小姐,我真服气你!好,好,可是你压根儿就不该上这混账人家来。"陶甄转脸看看他,"见这仆人约有二十七八岁,一张黑脸……说话是武清口音"。陶甄想不到仆人会说出这样的话,不由冲口答说:"是的,我本不该来,谢谢你。"说着,车夫已抬起车把,走了开去。邢顺怔怔地望着她的车影,半晌才转身回去。书中暗表,邢顺原来是卧底的地下组织成员,后来根据邢顺提供的情报,地下组织策划杀死了汉奸何止百。

(原载 2015 年 7 月 21 日天津《中老年时报》)

通俗作家年表

平江不肖生向恺然年表
（增补稿）

徐斯年　向晓光　杨　锐

说明

1. 本表于2010年曾递交平江不肖生国际学术研讨会交流。2012年11月刊于《西南大学学报》（社会科学版）第38卷第6期。2013年4月又刊于《品报》第22期。杨锐近据新见资料作了补充和订正，现将杨之补充稿与原稿加以合并，以飨同人。

2. 表内所记年月，阳历均用阿拉伯数字记载，阴历及不能确认阴、阳历者均不用阿拉伯数字。

3. 部分著作尚未查明初版时间，附录于表后备查；其中部分著作未见原书，有待辨别真伪并考证写作、初版时间。

1890年（清光绪十六年庚寅）　1岁

阴历二月十六日戌时，向恺然生于湖南省湘潭县油榨巷向隆泰伞厂。原名泰阶，册名逵，字恺元。原籍湖南省平江县。祖父贵柏，祖母杨氏。父国宾，册名莹，字碧泉，太学生；母王氏。是年赵焕亭约7岁（约生于光绪四年）。

按:据民国三十三年(1944)六修《向氏族谱》[1]。按1951年所撰《自传》称"六十二年前出生于湖南湘潭油榨巷向隆泰伞店内"[2]。1951年为62岁,本表即循此例,以虚岁记载年龄。向隆泰伞厂原为黄正兴伞厂,店主黄正兴暮年以占阄方式将伞厂平分,无偿赠与向、王二店员,向姓店员即恺然祖父贵柏。向氏姻亲郭澍霖自幼与黄家为邻,有遗稿述其经过甚详。

1893年(清光绪十九年癸巳)　4岁
向恺然在湘潭。姚民哀生于是年。

1894年(清光绪二十年甲午)　5岁
向恺然开蒙入学。祖父贵柏公卒。

1897年(清光绪廿三年丁酉)　8岁
向恺然在湘潭。顾明道生于是年。

1900年(清光绪廿六年庚子)　11岁
向隆泰伞店歇业,向恺然全家搬回平江。
按:据《自传》。后迁居长沙东乡,具体时间未详。

1902年(清光绪二十八年壬寅)　13岁
向恺然或已在长沙。还珠楼主李寿民生于是年。

---

[1] 向氏族谱[M]民国三十三年(1944)六修版.
[2] 向恺然自传[M]//平江不肖生.江湖奇侠传 长沙:岳麓书社,2009:卷首. 向恺然自传[R]湖南省文史馆藏原稿抄件.

按：黄曾甫谓："他的父亲虽曾在平江县长庚毛坡置过薄户，但后来迁到长沙县清泰都（今开慧乡）竹衫铺樊家神，置有田租220石和瓦房一栋。"①按黄与向有"通家之谊"，20世纪30年代曾任《长沙戏报》社长。

1903年（清光绪廿九年癸卯） 14岁

湖南巡抚赵尔巽奏准成立"省垣实业学堂"，光绪三十四年（1908）更名"湖南省官立高等实业学堂"。向恺然考入湖南实业学堂。秋，识王志群于长沙。王为之谈拳术理法，促深入研究并作撰述。

按：《自传》："就在十四岁这年考进了高等实业学堂。但是只读了一年书，便因闹公葬陈天华风潮被开除了学籍……因此只得要求父亲变卖了田产，自费去日本留学。"对照陈天华自尽、公葬时间，考入高等实业学堂时间当是年年末。凌辉整理《向恺然简历》谓"考入长沙高等实业学堂学土木建筑"②。所记校名与正式校名略有出入，该校初设矿、路两科，"土木建筑"或指路科。

中华书局1916年版《拳术》叙言："癸卯秋。识王子志群于长沙。为余竟日谈"拳术理法，并谓："吾非计夫身后之名也。吾悲夫斯道之将沦胥以亡也。欲求遗真以启后学。若盍成吾志哉！"③王志群（1880-1941），号润生，长沙县白沙东毛坡人，著名拳术家，以精于"八拳"及"五阳功""五阴功"闻名。

---

①黄曾甫.平江不肖生为何许人[J]长沙文史资料,1990(增刊).
②凌辉.向恺然简历[R]湖南省文史馆所藏原稿抄件.
③向恺然.拳术[M]上海：中华书局,1916.

1904 年(清光绪三十年甲辰)　　15 岁

在读于湖南实业学堂。

1905 年(清光绪三十一年乙巳)　　16 岁

12 月 8 日(阴历十一月十二),陈天华在日本东京大森湾蹈海自尽,以死报国。

1906 年(清光绪三十二年丙午)　　17 岁

5 月 23 日(阴历闰四月初一),陈天华灵柩经黄兴、禹之谟倡议筹办,运回长沙。各界不顾官方阻挠,议决公葬岳麓山,5 月 29 日举行葬仪。向恺然因参与公葬陈天华而遭实业学堂挂牌除名。父亲变卖部分田产,筹集赴日留学经费。向恺然从上海乘"大阪丸"海轮,赴日留学。

按:首次赴日留学时间,有 1905、1906、1907、1909 四说。对照陈天华蹈海、公葬时间,1905 年说可排除。湖南省文史馆藏《向恺然简历》(凌辉整理件)记为 1906 年,与向恺然《我失败的经验》中"前清光绪三十二年,我第一次到日本留学"的自述一致。《国技大观·拳术传薪录》说"吾年十七渡日本"①,可知他习惯以虚岁记年龄。《留东外史》第 1 章"不肖生自明治四十年即来此地"(明治四十年即 1907 年),当指定居东京时间。《湖南文史馆馆员简历》所收《向恺然传略》谓"于 1909 年东渡日本留学"②,按弘文学院结束于 1909 年,是知"1909"当系"1906"之误。赴日留学经费来源,向一学《回忆父亲

---

①向恺然.我研究拳脚之实地练习[J]星期周刊,民国十二年(1923)3 月 4 日第 50 号.
②湖南省文史馆馆员传略[M]长沙:湖南师范大学印刷厂,2000.

一生》说:"这田产的来由,是曾祖父逝世后,祖父将向隆泰伞厂收束,在祖籍平江长庚年毛坡城隍土地买了四十石租和房屋一幢,又在长沙东乡苦竹坳板仓(开慧乡)竹山铺樊家神买下良田二百二十石租和房屋一幢。留日的学费就是从这些田产中,拿出一百二十石租变卖而来。"①

1907年(清光绪三十三年丁未)　18岁

向恺然考入宏文学院并加入同盟会。与湘籍武术名家杜心武、王润生(志群)等过从甚密,并从王润生学"八拳"。祖母杨氏太夫人卒于是年。

按:或谓先入东京华侨中学,后入宏文学院;《简历》称在宏文"学法政"。经日本早稻田大学中村翠女士查实,宏文学院无法政科。

王志群于光绪三十一年(1905)赴日留学,在弘文学院兼习柔道,并加入同盟会。民国元年(1912)回国,在长沙授拳。次年得黄兴资助再次赴日。民国四年(1915)回国后继续从事拳术传授,后任湖南大学体育教授。向恺然在《国技大观·拳术传薪录》中叙述在日本从王学拳经过颇详。

中村翠2010年11月22日函谓:"弘文学院的校名于1906年改称为'宏文学院',因此向恺然就读的是宏文学院。根据现存的史料,该学院好像没有设置'法政'科(设置普通科、速成普通科、速成师范科、夜学速成理化科、夜学速成警务科、夜学日语科)。该学院于1906年废止'速成科'。如果向恺然入普通科(3年),他主要学日

---

①向一学.回忆父亲一生[M]//平江不肖生.江湖奇侠传 长沙:岳麓书社,2009:附录.

语,其它科目还有算术、体操、理化、地理历史、世界大势、修身、英语和图画等等。"

1911年(清宣统三年辛亥)　22岁

4月27日(阴历三月廿九),黄兴、赵声指挥八百壮士攻入两广总督衙门,与清军激战一昼夜,兵败而退。起义军牺牲百余人,后收敛遗骸72具葬黄花岗,称"黄花岗七十二烈士"。黄兴于29日(阴历四月一日)脱险,返回香港。10月10日,武昌起义爆发,清政府被推翻。

阴历二月,向恺然从日本返湘,于长沙创办"拳术研究所"。三月,与友人程作民往平江高桥看做茶。十一月,借住长沙《大汉报》馆,与同住之新宁刘蜕公相识,常围炉听刘谈鬼说怪。7月,赵焕亭发表小说《胭脂雪》。

按:《我研究拳脚之实地练习》称:宣统三年"二月,从日本回家";"三月,我和同练拳脚的程作民到平江县属的高桥地方去看做茶。"程作民即《近代侠义英雄传》第66回所写陈长策之原型。《国技大观·拳术传薪录》:"宣统三年,主办拳术研究所于长沙,遭革命之变,所址侵于兵,遂为无形的破产。"向晓光2010年4月11日函云:"据我伯父的儿子向犹兴回忆,五六年八月从华中工学院因病休学回长沙住在我祖父家南村十号,祖父经常与他聊起祖父以前的经历,谈到一件事,黄花岗七十二烈士、当年祖父也参入(与),要不是跑得快就是七十三烈士了。"向犹兴2010年8月15日《忆我的祖父平江不肖生》谓:"祖父说参加了黄兴率领革命党先锋队百多人在广州举行的起义,从下午激战到深夜,因寡不敌众伤亡惨重。我祖父也身受重伤而未致命才免遭一劫。"按此段经历在已掌握的向恺然著述中均未见记载,由于缺乏旁证,暂不载入系年正文。

据章士钊《赵伯先事略》,"议以广东为发难地,分东西两军,取道北伐。西军经广东,入湖南,会师武汉,黄兴主之。东军贯江西,出湖口,直下江南,则伯先为帅也"。后因邓明德被捕,"夙计不得不变",改分数队分攻各处,"队员皆同仁自充之"。"期四月一日一举而取广州,黄兴为总司令,先率同仁入粤。伯先与胡汉民留守香港,至期会合。于是吴、楚、闽、粤、滇、桂、洛、蜀、越、皖、赣十一省才士乐赴国难,无所图利者,相继来集。"以此推测,向恺然若参与其事,或与黄兴有关,当于高桥归后即赴广州。

向恺然《蓝法师捉鬼》:"辛亥年十一月,我住在长沙大汉报馆里,我并没有担任这报馆里何项职务,只因这报馆的经理和我有些儿交情,就留我住在里面。当时和我一般住在里面的人,还有一个新宁的刘蜕公。这位刘蜕公的年龄虽是很轻,学问道德却都不错,他有一种最不可及的本领,就是善于清谈种种的奇闻怪事,也不知他脑海里怎么记忆的那们多。那时天气严寒,我和他既没担任甚么职务,每到夜间同馆的人都各人忙着各人的事,惟我和他两人总是靠近一个火炉,坐着东扯西拉的瞎说。"

1912 年(民国元年壬子)　23 岁

1月1日,中华民国成立,孙中山就任临时大总统。2月12日,清帝退位。4月1日,孙中山解职,让位于袁世凯。8月,同盟会等团体联合改组为中国国民党。

9月(阴历八月),向恺然撰成《拳术》(即《拳术讲义》)一卷,署名"向逵",刊于《长沙日报》。随即返回日本。长子振雄生于11月28

日,字庾山,号为雨。生母为杨氏夫人。

按:1928年5月1日《电影月报》第2期载宋痴萍《火烧红莲寺之预测》:"壬子予佐屯艮治《长沙日报》,一夕恺然来访,携所著《拳术讲义》一卷授予曰:'行且东渡,绌于资,此吾近作,愿易金以壮行色。'"《国技大观·解星科(三)》后记有"壬子年遇曹邑周君子漢于日本"语,是知当年返日。《拳术·叙言》末署"民国元年壬子八月",是知返日时间或在九月间。

向振雄,毕业于中央军官学校,抗战期间曾参与长沙、衡阳保卫战等,辛于民国三十五年丙戌六月十八日(1946年7月16日)。

按:杨氏夫人生于清光绪十五年阴历六月初三,有子二:振雄、振宇。据至亲回忆,还有一子夭折;又有一女,名善初,生卒年均未详,故皆未列入系年。向恺然后来又在上海纳继配夫人孙氏,名克芬。有一领养子:振熙,8岁夭亡,时在"长沙火灾"前后,亦未列入系年。

本年,不肖生在岳州出任军职。

按:详见1925年《新上海》杂志中《回头是岸》一文。

1913年(民国二年癸丑)　　24岁

3月,袁世凯指使凶手暗杀宋教仁,二次革命随后爆发。湖南督军谭延闿在谭人凤、程子楷等推动下宣布独立,7月25日组成湖南讨袁军,程任第一军司令(后任总司令),与湘鄂联军第三军(军长邹永成)同驻岳州。8月初,与拥袁之鄂军在两省边境鏖战,终因兵力不足退守城陵矶。8月13日,谭延闿宣布取消独立,程子楷遭袁世凯通缉,流亡日本。

是年向恺然归国,任岳阳制革厂书记,并在长沙与王润生共创"国技学会"。曾遇李存义之弟子叶云表、郝海鹏,初识形意拳、八卦拳。湖南独立后,出任讨袁第一军军法官,曾驻岳州所属之云溪。事败,随该军总司令程子楷再赴日本,就读于东京中央大学。

按:《湖南省文史馆馆员传略》谓在制革厂所任职务为"书记长"。

"国技学会"即"国技会",前身为1911年之"拳术研究所"。《国技大观·解星科》:民国二年"复宏"拳术研究所之旧观,"创办国技学会,得湘政府补助金三千元,延纳三湘七泽富于国技知识者近七十人"。遇叶云表、郝海鹏事,见《练太极拳的经验》。

《猎人偶记》第六章:"民国癸丑年七月,余从讨袁第一军驻岳属之云溪"。"时前线司令为赵恒惕,正与北军剧战于羊楼。余方旁午于后方勤务,无暇事游猎也。迨停战令下,日有余闲,(居停主人)徐乃请余偕猎。"

1914年(民国三年甲寅)　25岁

4月,《民权素》创刊于上海,编者蒋箸超、刘铁冷。

向恺然在日本撰写长篇小说《留东外史》,始用笔名"平江不肖生"。

按:《猎人偶记》第一章:"及余年二十五,曾略习拳棒,相从出猎之念,仍不少衰于时,家父母亦略事宽假,遂得与黄(九如)数数出猎焉";"十月中旬","持购自日本之特制猎枪",随黄于平江"白石岭"猎麂。所述年龄若为虚岁,则或于是年即已归国。志以备考。

1915年(民国四年乙卯)　26岁

1月,《小说海》创刊于上海,编者黄山民。12月12日,袁世凯宣布实行帝制,改元"洪宪"。12月25日,蔡锷在云南发动"护国运动",各省纷纷响应。

向恺然于是年归国,加入中华革命党江西支部,继续从事反袁活动。7月至12月,所著《拳术(附图)》(无附录)连载于《中华小说界》第2卷第7期至第12期,署名"向恺然"。

按:归国时间据《自传》。

1916年(民国五年丙辰)　27岁

是年初,袁世凯任命之广东都督龙济光先后镇压广州、惠州反袁起义;4月6日,迫于形势,宣布广东"独立";4月12日,以召开广东独立善后会议为名,诱杀护国军代表汤觉顿、谭学夔等,史称"海珠惨案"。

约于是年初,向恺然受中华革命军江西省司令长官董福开委派,赴韶关游说龙济光属下之南、韶、连镇守使朱福全起义反袁,恰遇海珠之变,身陷险境。当于六月下旬脱险。随后即应友人电召至沪,与王新命(无为)、成舍我赁屋南阳路,专事写作,卖文为生。

3月,《变色谈》发表于《民权素》第16集(未完),署"恺然"。

3至4月,《拳术见闻录》发表于《中华小说界》第3卷第3—4期,署名"向恺然"。

5月,《留东外史》正集一至五卷由民权出版部初版发行。

8月,《无来禅师》发表于《小说海》第2卷第8号,署"恺然"。

10月,《朱三公子》发表于《小说海》第2卷第10号,署"恺然"。

11月,《丹墀血》(与半侬合撰)发表于《小说海》第2卷第11号,署"恺然"。

12月,《皖罗》发表于《小说海》第2卷第12号,署"恺然"。

同月,《拳术》由中华书局初版发行(后附《拳术见闻录》),署"平江向迷"。

按:是年6月19日,云南护国军张开儒部攻克韶关,朱福全弃城逃遁,向恺然因而脱险,与《拳术传薪录》谓"民国五年友人电招返沪"在时间上基本切合。《自传》:"遇海珠事变,几遭龙济光毒手。"或谓即海珠事变后遭朱福全囚禁。

王新命叙与向恺然、成舍我共同"卖文"等事颇详,包括向恺然为稿酬问题与恽铁樵"决裂",当时与向同居之女友为"章石屏"等①。经查1916—1918年《小说月报》目录,未见有"向迷""恺然"或"不肖生"作品,而署名"无为"者亦仅两篇。

《留东外史》正集卷数据董炳月《"国民作家"的立场:中日现代文学关系研究》;又见范烟桥《最近十五年之小说》。《变色谈》等篇刊载月份均为阴历。按林鸥自编《旧派小说家作品知见书目》著录有《变色谈》一种,署向恺然著,不知出版时间及单位,待查详情。

1917年(民国六年丁巳)　28岁

是年沈知方于上海创办世界书局。1月,《寸心杂志》在北京创刊,主编:衡阳何海鸣。

向恺然在沪。1月,中华书局印行《拳术》第12版。2月,"奇情小说"《寇婚》发表于《寸心杂志》第3期,署"不肖生"。《中华新报》或于是年连载向恺然所撰《技击余闻》。

是年又曾返乡暇居,一度任湖南东路清乡军军职,驻长沙东

---

① 王新命(无生).新闻圈里四十年[M]台北:龙文出版有限公司,1993.

乡。随后当即返沪。

按:《猎人偶记》第三章:"民国六年里居多暇,辄荷枪入山,为单人之猎";第六章:"丁巳八月余任湖南东路清乡军,率直隶军一连驻长沙东乡。"返沪时间当在下半年。黄曾甫说:"民国初年军阀混战时期,地方不宁,向恺然曾一度被乡人推任为清泰都保卫团团正(团副为李春琦,石牯牛人)。余幼年读小学时,曾亲见向恺然来我家作客,跨高头骏马,来往于清泰桥、福临铺之间。"①王新命《新闻圈里四十年》称向恺然《技击余闻》于《中华新报》刊出后"尤脍炙人口"。据其所述时间,当在民国六年。待核该报。

1918年(民国七年戊午)　29岁

向恺然当在沪。次子振宇生于2月25日,字一学,号为霖。生母为杨氏夫人。

按:向振宇,黄埔军校第15期毕业,1937年入空军官校为第12期飞行生。1941年11月赴美受训,次年归国,编入空军第四大队。曾驾机参与鄂西、常德、衡阳等七大战役,先后击落日机两架。1991年7月卒于长沙。

1919年(民国八年己未)　30岁

是年向恺然曾一度自沪返湘,与王志群创办国技俱乐部于长沙,不久返沪。

2月,《拳术见闻录》由上海泰东图书局出版,署名"向逵恺然"。

4月1日,长篇武侠小说《龙虎春秋》由上海交通图书馆出版,

---

① 黄曾甫.平江不肖生为何许人[J]长沙文史资料,1990(增刊).

署"向恺然"。

按：创办国技俱乐部事，见《我个人对于提倡拳术之意见》等。《龙虎春秋》共 20 回，叙年羹尧及"江南八侠"故事。

1920 年（民国九年庚申）　31 岁

向恺然在沪，《半夜飞头记》或作于是年。

按：《半夜飞头记》第 1 回述及友人于"四年前"曾读《无来禅师》，问是否知其故事，因而引起作者撰写本书之意向（见时还书局民国十七年第八版）。据此可推知写作时间；初版时间或亦即在同年，当由上海时还书局印刷发行。按：学界多将《双雏记》《艳塔记》与《半夜飞头记》并列为向氏作品，实则《双雏记》为《半夜飞头记》之一续（二集，书名已在《半夜飞头记》结尾中作过预告），《艳塔记》为二续（三集），另有《江湖铁血记》为三续（四集），分别出版于民国十五年（1926）10 月、十七年（1928）7 月、十八年（1929）2 月，均由上海时还书局印行。续作者为"泗水渔隐"，即俞印民（1885—1949），浙江上虞人，曾就读于绍兴府中学堂、上海吴淞中国大学；曾任武汉《大汉报》副刊助理编辑，抗战爆发后任国民政府西安行营少将参议，第一、第十战区少将秘书。《艳塔记》自序略谓：不肖生著《半夜飞头记》，久而未续，时还书局主人访余于吴下，具言不肖生事繁无间，将嘱余以蒇其事。余不治小说久矣，昔年主汉口《大汉报》时，以论政之余，间作杂稿以实篇。旋以主人之请，遂为续《双雏记》以应。兹事距今，忽忽两年矣。

1921 年（民国十年辛酉）　32 岁

世界书局改为股份公司，先后设编辑所、发行所、印刷厂，并于各大城市设分局达30余处。

向恺然当在沪。

1922年(民国十一年壬戌)　　33岁

3月,《星期》周刊创办于上海,编者包天笑。8月11日,《红杂志》周刊创刊于上海,编者严独鹤、施济群。

顾明道《啼鹃录》出版于是年。

赵焕亭始撰《奇侠精忠传》。

向恺然在沪。8月3日,包天笑主编之《星期》周刊第27号始载笔记小说《猎人偶记》第一章,署"向恺然";9月10日第28号载第二章;9月17日第29号载第三章;9月24日第30号载第四章;10月15日第32号载第五章;10月29日第35号载第六章。同刊10月22日第34号、11月5日第36号连载《蓝法师记》(含"蓝法师捉鬼""蓝法师打虎"两篇)。

10月1日,《留东外史》续集(六至十集)由上海民权出版部出版发行。

10月8日,《星期》周刊第32号开始连载《留东外史补》,署"不肖生"撰文,"天笑评眉"。

是年,《聪明误用的青年》连载于《快活》杂志第24、26、27期,署名"不肖生"。

是年又为中国晚报社编辑《小晚报》,其间初会刘百川。

按:《留东外史》续集出版时间据董炳月《"国民作家"的立场:中日现代文学关系研究》。《杨登云》(上):"记得是壬戌年的冬季。那时在下在中国晚报馆编辑小晚报,有时也做些谈论拳棒的文字,在小晚报上刊载……而刘百川也就在这时候,因汪禹丞君的介绍,与我会面的。"按《小晚报》待查。

1923年(民国十二年癸亥)   34岁

6月,《侦探世界》半月刊创刊于上海,编者先后为程小青、严独鹤、陆澹安。

向恺然在沪。

1月5日,《红杂志》第22期开始连载《江湖奇侠传》。

1月14日,《向恺然家之猴》发表于《星期》第46期,署名"钏影"。

1月21日,《留东外史补》于《星期》第47号载毕,共计13章。

3月4日,《星期》周刊第50号刊载《我研究拳脚之实地练习》。

3月6日《红杂志》第34期、8月27日第50期分别刊载短篇《岳麓书院之狐疑》《三个猴儿的故事》。

5月11日,《三十年前巴陵之大盗窟》发表于《小说世界》第2卷第6期,署名"不肖生"。

6月1日(?)《侦探世界》第1期开始连载《近代侠义英雄传》,署"不肖生"。6月21日(?)第3期、7月5日(?)第4期、7月19日(?)第5期分别刊载短篇小说《好奇欤好色欤》上、下及《半付牙牌》,10月24日第10期、11月8日第11期刊载《纪杨少伯师徒遇剑客事》上、下,十一月朔日第13期、十一月望日第14期刊载《纪林齐青师徒逸事》上、下,均署"向恺然"。

7月6日,《陈雅田》发表于《小说世界》第3卷第1期,署名"不肖生"。

9月14日,袁寒云发起"中国文艺协会",向恺然参会并在同乡张冥飞介绍下与袁寒云相识。

按：《北洋画报》第 8 卷第 355 期袁寒云《记不肖生》一文云："予客海上时，曾因友人张冥飞之介识之；且与倚虹、天笑、南陔、芥尘、大雄、东吴诸子，共创文艺协会。"另据郑逸梅《"皇二子"袁寒云的一生》中载："克文来沪，和文艺界人士，颇多往还。民国十二年他发起中国文艺协会，九月十四日，开成立大会于大世界之寿石山房，到者六十人，均一时名流，推克文为主席。十一月十五日又开会选举，当然克文仍为主席，余大雄、周南陔为书记，审查九人，为包天笑、周瘦鹃、陈栩园、黄叶翁、伊峻斋、陈飞公、王钝根、孙东吴及袁克文。干事二十人，为严独鹤、钱芥尘、丁慕琴、祁黻卿、戈公振、张碧梧、江红蕉、毕倚虹、刘山农、谢介子、张光宇、胡寄尘、张冥飞、余大雄、周南陔、张舍我、赵苕狂、徐桌呆等。但不久，克文北上，会事也就停止，没有什么活动了。"根据上述记载，袁寒云 1923 年在上海成立"中国文艺协会"，向恺然应该参与了此次盛会。

9 月，与姜侠魂、陈铁生等编订《国技大观》，内收向恺然所撰《我个人对于提倡拳术之意见》（见 "名论类"）、《拳术传薪录》（见 "名著类"）及《述大刀王五》《解星科》（三篇）、《窑师傅》《赵玉堂》（见 "杂俎类"之 "拳师言行录"）。同月，上海振民编辑社出版、交通图书馆印行《拳师言行录》单行本，列入 "武备丛书"；署 "杨尘因批眉，娄天权评点，向恺然订正，姜侠魂编辑"。严独鹤主编之上海《新闻报》约于是年下半年开始连载《留东新史》。是年八月，世界书局出版《江湖怪异传》（前有张冥飞序）。是年，世界书局出版《绘图江湖奇侠传》第一集（1—10 回）、第二集（11—20 回）及《近代侠义英雄传》第一集（1—10 回）、第二集（11—20 回）。是年由合肥黄健六介绍，在上海居士林皈依 "谛老和尚"，并听其讲《慈悲永谶》。

按：《侦探世界》第 1 至 8 期封面、封底均无出版月日，文中所注时间出自推算。叶洪生《近代中国武侠小说名著大系·平江不肖生小传及分卷说明》谓美国斯坦福大学胡佛图书馆藏有民国十二年世界书局原刊本《绘图江湖奇侠传》。国内曾见此版,似用刊物连载之纸型直接付印,分册装订。《国技大观》扉页署"向恺然 陈铁生 唐豪 卢炜昌著";"名著类"中除《拳术传薪录》外又收"向恺然注释"之《子母三十六棍》,该篇原出《纪效新书》,作者为明代俞庐江(大猷)。按《新闻报》1924年3月19日始载《留东新史》第26章,由此推测初载当在1923年(待核始载之确切时间)。或称不肖生又撰有《留东艳史》,写作、出版时间未详。皈依"谛老和尚"事据《我投入佛门的经过》。按"谛老和尚"当即天台宗名僧谛闲法师(1853—1932),俗姓朱,法名古虚,字谛闲。光绪十二年(1886)由上海龙华寺方丈、天台宗42代祖师迹瑞法师授为传持天台教观43世祖,叶恭绰、蒋维乔、徐蔚如等均为其居士弟子。《近代侠义英雄传》第一集有沈禹钟序,署"癸亥秋月"。第三至八集初版时间待查。《江湖奇侠传》第三集以后之初版时间有待核查、考证,暂不列入本表系年;参见顾臻《〈江湖奇侠传〉版本研究》①。

1924年(民国十三年甲子)　35岁

1月,《变色谈》,连载于《社会之花》第1—4期,署名"不肖生"。按:文中提及他十七岁(1906年)经上海去日本云云。

7月18日,《红杂志》出至2卷50期(总100期)停刊;8月2日,《红玫瑰》出版第1卷第1期,编者严独鹤、赵苕狂。

---

① 顾臻.《江湖奇侠传》版本研究[C]平江:2010·中国平江·平江不肖生国际学术研讨会论文集,2010.

向恺然在沪。《侦探世界》续载《近代侠义英雄传》，元旦第17期载短篇小说《天宁寺的和尚》，三月朔日第21期载《吴六剃头》，四月朔日第23期载《江阴包师父轶事》，四月望日第24期载《拳术家李存义的死》。四月末，《侦探世界》终刊，共出24期，第24期刊载《近代侠义英雄传》4回，其他各期每期刊出2回，共计50回。《红杂志》续载《江湖奇侠传》，2月29日2卷30期、3月7日31期、3月28日34期、5月16日41期、5月25日42期、6月6日44期、6月13日45期分别刊载短篇小说《熊与虎》《虾蟆妖》《皋兰城上的白猿》《喜鹊曹三》《两矿工》《一个三十年前的死强盗》《无锡老二》。《红玫瑰》续载《江湖奇侠传》，8月9日1卷2号刊短篇小说《名人之子》9月6日6号刊《李存义殉技讹传》（为《拳术家李存义的死》正讹），10月11日11号、10月18日12号、11月15日16号、11月22日17号、12月6日19号、12月20日21号分别刊载短篇小说《神针》《快婿断指》《孙禄堂》《癫福生》《没脚和尚》《黑猫与奇案》。6月26日，《新闻报》连载《留东新史》结束；30日始载《玉玦金环录》。7月，世界书局出版《留东新史》3册，共36章。

按：《名人之子》为短篇社会小说，正文署"向恺然"，题下赵苕狂按："向君别署不肖生，素以武侠小说著称于世，兹乃别开生面，以此社会短篇见贶。绘影绘声，惟妙惟肖，绝妙一回官场现形记也。读者幸细一咀嚼之。苕狂附识。"《留东新史》出版时间据董炳月《"国民作家"的立场：中日现代文学关系研究》）。

1925年（民国十四年乙丑）　36岁

向恺然在沪。《江湖小侠传》由世界书局出版发行。《红玫瑰》1

月17日1卷25号、2月7日28号、2月28日31号、3月28日35号、4月4日36号、4月11日37号、4月18日38号、5月23日43号、6月6日45号分别刊载短篇小说《恨海沉冤录》《傅良佐之魔》《侠盗大肚皮》《无名之英雄》《秦鹤岐》《绿林之雄》上、下、《三掌皈依记》《何包子》。

5月1日,《新上海》第1期开始连载《回头是岸》(署名"不肖生"),至1926年第3期共载七章半。其开篇云:"民国壬子年,不肖生在岳州干一点小小的差事,那时的中华民国才成立不久,由革命党改组的国民党,在湖南的气焰,正是炙手可热,不肖生虽不是真正的老牌革命党,然因辛亥以前在日本留学,无意中混熟了好几个革命党,想不到革命一成功,我也就跟着那些真正的老牌革命党,得了些好处。得的是甚么好处?第一是得着了出入官衙的资格,可以带护兵马弁,戴墨晶眼镜"。

按:民国壬子年即公元1912年,说明这一年他在岳州出任军职。

5月,陈微明设"致柔拳社"于上海,向恺然从之习练杨氏太极拳数月;适王志群来沪,又从之习吴氏太极拳。

按:《江湖小侠传》有初版广告见《红玫瑰》2卷1期。《练太极拳之经验》:"到乙丑年五月,幸有一位陈微明先生从北京来到上海",设立致柔拳社教授太极拳,乃得初习数月。而《近代中国武侠小说名著大系》所收《我研究推手的经过》则谓"一九二三年在上海从陈微明先生初学太极拳","一九二三"当为"一九二五"之误。陈微明(1881—1958),湖北蕲水人,曾举孝廉,任清史馆编纂。先从孙禄堂习形意拳、八卦掌,后从杨澄甫习太极拳。著有《海云楼文集》《太极拳讲义》等。

1926年（民国十五年丙寅）　37岁

6月6日,《郴州老妇》发表于《上海画报》第118期,署名"向恺然",其《后记》为"炯"所撰识语,云:"向恺然先生别署不肖生,技击之术,为小说才名所掩。兹篇(系)愚丐张冥飞先生转求得之者,所述又为武侠佚闻,弥足珍焉。"

7月,国民革命军分三路从广东正式开始北伐。9月10日,国民革命军第八军(军长唐生智)所部刘兴第四师占领湖北孝感。廖磊时为第四师第三团团长。

向恺然在沪。6月1日,《江湖奇侠传》第86回在《红玫瑰》2卷32号载完,编者在"编余琐语"中宣告:不肖生之《江湖奇侠传》共86回,本期业已登完。现请其接撰《近代侠义英雄传》,以备本刊第3卷之用。但3卷1号所载为《江湖奇侠传》之87回,仍系向恺然手笔。6月,世界书局印行之《江湖奇侠传》或已出至第九集(79—86回)。同年,上海《新闻报》连载《玉玦金环录》结束(该书连载稿酬为千字4.5元),该书后由中央书店印行,改名《江湖大侠传》。《红玫瑰》2月14日2卷17号、3月13日21号、7月7日37号、7月14日38号、7月21日39号、8月5日41号、8月12日42号分别刊载短篇小说《癫福生》《梁懒禅》《至人与神蟒》上、下、《甲鱼顾问》《杨登云》上、下。是年大东书局出版《留东外史补》。是年撰成《近代侠义英雄传》第51回至第65回。

按:按刘兴部占领孝感之后又曾出击广水、武胜关、汀泗桥,占领汉口;10月,奉命留两湖整训。

1927年1月之《新闻报》已无《玉玦金环录》,是知连载结束于1926年。稿酬据向晓光所藏新闻报馆民国十五年二月六日致向恺然函原件。

大东书局出版《留东外史补》时间据董炳月《"国民作家"的立场：中日现代文学关系研究》，待查此版是否初版。

按：《红玫瑰》所载《江湖奇侠传》回目与后来印行之各种单行本回序、回目不尽相同，参见顾臻《〈江湖奇侠传〉版本研究》。该刊3卷1号所载第87回开头有"因此重整精神，拿八十七回以下的《奇侠传》与诸位看官们相见"之语，正文文风亦与前相似，故论者多认为此回与88回仍属向氏手笔。世界书局所印《江湖奇侠传》第十至十一集，版权页所标印行时间亦为是年6月。由于此二集涉及"伪作纠纷"，此时间是否符合事实待考。参见顾臻《〈江湖奇侠传〉版本研究》。《近代侠义英雄传》第51回末陆澹庵评语："著者前撰此书，仅五十回，即已戛然而止，读者每以未睹全豹为憾，今乘暇续成之。"同书第66回开头正文则谓："这部侠义英雄传，在民国十五年的时候，才写到第六十五回。"均指51回至65回写于《侦探世界》终刊之后。

1927年（民国十六年丁卯）　　38岁

2月3日，唐生智第八军扩编为第四集团军，原第四师扩编为第三十六军，军长刘兴；下辖第一师师长为廖磊。4月12日，上海发生反革命政变，国共、宁汉正式分裂。4月18日，武汉国民政府誓师继续北伐，三十六军挺进豫、皖。8月，唐生智通电讨蒋；9月，三十六军沿长江南岸进至芜湖，进驻东西梁山。10月，南京政府决定讨伐唐生智，唐退守湖南，三十六军失利西撤。11月，唐生智下野，三十六军退守湖南长沙、平江、浏阳、金井一线。

向恺然当于2、3月间离沪，就任三十六军军部中校秘书，随军驻湖北孝感。曾建议第一师师长廖磊在天后宫设立军民俱乐部,开展文体活动,敦进军民情谊。8月以后当随军往返于鄂、皖、湘。是年二月二日(阳历3月5日),《红玫瑰》第3卷第7号续载《江湖奇侠传》第88回毕。编者在"编余琐话"中宣告:"不肖生到湖南做官去了,一时间没有工夫撰稿。《江湖奇侠传》只得暂停数期。"此后该刊续载者当皆系伪作。九月,中央书店印行《玉玦金环录》。

  按:按向恺然在孝感事迹据《向恺然逸事》①,然该文所述时间及部分细节与史实不符。本《年表》所记刘兴部进驻孝感时间、番号变动情况等,均以其他历史文献为依据。又《孝感市志·大事记》:是年5月6日,中共孝感县特别支部发起举行"倒蒋演讲大会","国民革命军第四师十七团宣传队"曾与会发表演讲(按"第四师"或指刘兴部队旧番号,时已扩编为三十六军,该师或即指廖磊师);6月30日,国民党极右分子会同土劣进入县城,勒缴农民自卫军枪支,驻军第三十六军第一师及教导团占领县党部、农协、妇协及总工会驻所,史称"湖北'马日事变'"②。可知廖磊部(或包括三十六军其他部队、机构)在此期间确仍驻扎于孝感,撤离时间或在8月。

1928年(民国十七年戊辰)　　39岁

  年初,刘兴率三十六军撤至溆浦。在李宗仁压力之下,刘兴辞去军职,闲居上海,廖磊接任三十六军军长,部队受桂系节制。4月5日,蒋介石誓师"二次北伐",白崇禧率三十六军再沿京汉路进军

---

①魏鋆.向恺然逸事[G]//平江文史资料:第1辑.平江政协文史资料研究委员会,1988.
②孝感市志[M]北京:红旗出版社,1995.

豫、冀，9月10日攻占唐山、开平。11月19日第四集团军缩编，三十六军缩编为第十师，廖磊为师长，仍驻扎开平。

向恺然随军进驻天津附近之开平。其间或曾挂职于天津特一区区署及市政府。据《江湖奇侠传》相关内容改编、张石川执导、明星公司发行之电影《火烧红莲寺》在沪上映；其后连续拍摄至18集，掀起武侠影片摄制热潮及武侠文艺热潮。

按：按挂职天津政府机关一事，当与时任天津特别市政府参事之黄一欧（黄兴之子）有关。详见1929年《北洋画报》8月6日所载亦强《不肖生生死问题》及8月8日所载袁寒云《记不肖生》二文。电影《火烧红莲寺》又有第19集，为香港所摄制。

7月17日，《红玫瑰画报》第6期（非卖品）刊有《江湖小侠传》《侠义英雄传》《江湖奇侠传》广告。

9月4日，《红玫瑰画报》第8期刊有《留东外史》广告。

1929年（民国十八年己巳） 40岁

年初，廖磊部或已进驻北平。3月，唐生智与蒋介石合作倒桂，刘兴潜回旧部，逼走白崇禧，率部参与蒋桂战争。顾明道《荒江女侠》开始连载。

向恺然当于是年初随廖磊部进驻北平，随即辞去军职，当于8月间随黄一欧赴津。同年夏秋间，受聘为沈阳《辽宁新报》特约撰述员，为该报撰长篇武侠小说《新剑侠传》。在北平曾从许禹生、刘思绶研习太极推手；又曾会见太极拳发源地河南陈家沟陈氏太极第四代传人陈积甫，考察陈、杨两派拳术异同。同年，《现代奇人传》一册由世界书局出版发行。

3月24日，《上海画报》第450期所载《小报告》（署名"网"）称：

"小说名家向恺然先生,近年在湘中任军法官,昨世界书局得讯,先生已归道山矣。"4月3日,上海亦《晶报》刊出不肖生"物故"消息。包天笑化名"曼奴"在该报发表《追忆不肖生》,其他报章亦有追挽文字跟进。7月21日,《晶报》载张冥飞文,称不肖生在津沽。随后《琼报》《滩报》发表谴责赵苕狂冒名续写《江湖奇侠传》之文字,而平、津报章亦因《辽宁新报》预告刊载《新剑侠传》而发生不肖生存殁之争。8月3日、6日、8日,《北洋画报》发表亦强《不肖生生死问题》《关于不肖生之又数种消息》及袁寒云《记不肖生》三文,证实向恺然确实曾在天津。

又据《不肖生不死》(刊于1929年8月18日《上海画报》第498期,署名"耳食")一文记载:"前年盛传向君已作古人,兹据北平友人函称,则向君目前确在"北平头发胡同甲一号第十三师办公处,已投笔从戎矣!"同期所载《重理书业之不肖生》(署名"悄然")则云:"不肖生向恺然君,自游幕湘南后,沪上曾一度传其已死,实则向已随李品仙部至北平,向寓在西城头发胡同甲一号,惟以随军关系,既不大与外间通问,且不愿以真相示人耳。近闻向已辞去军队生活,而重整理笔墨生涯,其第一步即为沈阳《辽宁新报》撰《新剑侠传》。"

另据《平襟亚函聘不肖生》(刊于1929年8月21日《上海画报》第499期,署名"俞俞")记载:"前此途中为匪戕害云云,特东坡海外之谣耳【张其锃(子午)杨毓瓒(瑟君)皆死于匪,向先生被戕之谣,殆即由此传误】。向先生尝致《新闻报》严独鹤先生一书,声明死耗之不确,又询《江湖奇侠传》九集以后之续稿,并谓可以继续为《快活林》撰著,平襟亚先生闻讯,急函约向先生到沪,为中央书店撰小说。每月交□万字(原稿漏字),致酬五百金,订约一年,款存银行保证,暂时不得更为它家作何种小说云。"

8月15日,《北洋画报》刊出向恺然致该社社长冯武越函及近照一张,谣言遂息。父国宾公卒于是年。

按:向恺然在《练太极拳的经验》中曾说:"戊辰七月,我跟着湖南的军队到了北京,当时北京已改名北平。"按戊辰七月即1928年8月16日至9月14日,而三十六军9月10日方攻占开平,文中"戊辰"疑为"己巳"之误,月份是否有误待考。练习、考察太极拳事,见《我研究推手的经过》等文。是年,《红玫瑰》第5卷第20号刊出《江湖奇侠传》十一集本及《现代奇人传》出版广告。按《江湖奇侠传》第十集与第十一集均系伪作,涉嫌侵犯向恺然著作权。据1929年11月6日《上海画报》第524期振振《向恺然返湘省亲记》,世界书局曾托李春荣到北平与向恺然接洽赔偿问题。关于"物故"谣言及上述著作权纠纷,向为霖在《我的父亲平江不肖生》中亦曾叙及,部分情节有待查证。

9月,据《世界书局迎向记》(刊于1929年9月12日《上海画报》第506期"耳食")短讯称:"听说向恺然先生从北平写信到上海世界书局,提出一个小小交涉,就是《江湖奇侠传》要从第十集重新做过,沈老板大为赞成,赶忙托李春荣君亲自赴平,答应向君的要求,并且要请他结束全书。"

又据《快活林将刊不肖生著作》(刊于1929年9月27日《上海画报》第511期,署名"重耳")记载:"向现仍拟在沪重理笔墨生涯,其开宗明义之第一声,将在《新闻报》上之《快活林》露脸,以《快活林》编者严独鹤君,与向素有交谊,且甚钦佩向君之笔墨也。惟《快活林》之长篇小说,俟《荒江女侠》登完后,尚有徐卓呆和张恨水二君之小说,预计在本年度内,无再登他人小说之可能,故向君现特先撰《学习太极拳之经过》短文一篇,约五六千字,其中关于太极拳之派别及效用,均详述靡遗,极富趣味,不日即将刊载。"

11月,《上海画报》第524期(1929年11月6日)所刊《向恺然返湘省亲记》("振振"自北平寄)称:"其尊人忽抱沉疴,得电忽忽,即行就道。"另,《上海画报》528期(1929年11月18日)所刊《向恺然起诉时还书局》(署名"平平")称:"世界书局以八千元了结《江湖奇侠传》版权纠纷事宜;向恺然就《半夜飞头记》署名问题起诉时还书局。"

1930年(民国十九年庚午) 41岁

3月18日,上海《新闻报》副刊《快活林》始载向恺然《练习太极拳的经验》,4月20日载完。此文主要总结在北平习研太极拳之心得、见闻,后收入陈微明所编《太极正宗》,列为第七章,题目改为《向恺然先生练习太极拳的经验》。

按:是年3月28日《新闻报·快活林》刊载陈微明《一封书证明事实·陈微明致向恺然》,云:"数年未见,每于友人中探兄踪迹,近始知在北平研究太极拳","闻兄仍作文字生涯,其境况可知,何不仍南来一游乎?"可知向氏返沪或在4、5月间。

向恺然于是年4月间自北平返沪,继续写作生涯。

按:据4月24日《上海画报》第579期所刊《不肖生来沪》(记者)称:"小说界巨子平江向恺然先生,著作等身,文名藉甚,近已偕其眷属来沪,暂寓爱多亚路普益公报关行,刻方卜居适宜之地。"

1931年（民国二十年辛未）　42岁

向恺然当于是年撰成《近代侠义英雄传》第66至84回。

按：《近代侠义英雄传》第66回："这部侠义英雄传，在民国十五年的时候，才写到第六十五回，不肖生便因事离开了上海，不能继续写下去；直到现在整整五年，已打算就此中止了。""不料近五年来，天假其便居然在内地谋了一桩四业不居的差使；可以不做小说也不致挨饿，就乐得将这支不健全的笔搁起来。……想不到竟有许多阅者，直接或间接写信来诘问，并加以劝勉完成这部小说的话。不肖生因这几年在河南直隶各省走动，耳闻目见的又得了些与前八集书中性质相类似的材料；恰好那四业不居的差使又掉了，正用得着重理旧业。""四业不居的差使"当指所任军职。亦不排除上年业已开始续撰之可能。

1932年（民国二十一年壬申）　43岁

2月，湖南省政府主席何键于长沙创办湖南国术训练所，所址设于皇仓湾武圣宫内，首任所长万籁声；5月，万籁声离任，何键亲自兼任所长。10月1日至5日，湖南省第二届国术考试在长沙举行。7月，天津《天风报》开始连载还珠楼主（李寿民）所撰《蜀山剑侠传》。《南海县政季报》第11—12期刊发《令遵奉令查禁〈江湖奇侠传〉一书及明星出品之"红莲寺"影片仰遵令布告周知案》。

是年向恺然离沪返湘，居长沙学宫街希圣园，于何键兼任国术训练所所长后出任该所秘书，主管所务。取得友人吴鉴泉、杜心五、王润生、柳惕怡等支持，以顾如章为总教官，刘清武为教务主任，加聘范庆熙、王荣标、范志良、纪授卿、常冬生、白振东等为教官；以李肖聃为国文教员，柳午亭为生理卫生教员。所内南北之争消弭，全所面貌一新。10月派出学员参加省第二届国术考试，取得优异成绩。是年3月，世界书局出版《近代侠义英雄传》第九至十二集（66—84回）。

按：国术训练所创办时间据《湖南武术史》。向恺然《自传》："民国二十一年回湖南办国术训练所及国术俱乐部，两次参加全国运动会，湖南省皆夺得国术总锦标。"（按《长沙文史》第14辑所载肖英杰《湖南省国术馆始末——解放前的湖南武术界》一文谓国术训练所创办于1931年。互联网所载《湖南国术训练所掌故》一文跟帖或谓1929年冬万籁声即应聘入湘就任所长；关于万氏离湘时间，又有1932年7月、1933年7月诸说，似均不确。）湖南省第二次国术考试时间据《湖南武术史》（第一次为1931年9月27-29日）①。岳麓书社版《近代侠义英雄传》之底本即世界书局1932年本，然而删去第15至第19回及第65回、第67回、第68回共计8回文字，导致文献残缺，殊为可惜。

1933年（民国二十二年癸酉）　44岁

10月20日至30日，中央国术馆于南京公共体育场举办全国第二届国术考试。

向恺然在国术训练所任秘书。10月，派出选手多人参加全国国术考试，获得优异成绩。《湖南省第二届国术考试汇刊》出版，内收向恺然《提倡国术之贡献》《妇女界应积极提倡国术》《写在国术考试以后》《我失败的经验》四文。是年秋，《金刚钻月刊》第2期以《论单鞭》为题，刊载1924年（甲子）春季陈志进与向恺然来往书信

---

①湖南省体委武术挖整组.湖南武术史[M]长沙:湖南日报第二印刷厂,1999.

三通。

　　按：按第一次全国国术考试举办于1928年10月。向晓光函谓《湖南省第二届国术考试汇刊》出版于"（省）国（术）考第二年"。《金刚钻月刊》编者施济群在《论单鞭》之前加有按语云："甲子春，余方为世界书局辑《红杂志》，陈君志进以书抵余，嘱转向君恺然，讨论太极拳中之单鞭一手。盖当是时有某书贾者，发行《国技大观》一书，贸然列向君名，丑诋单鞭无实用，陈君乃作不平鸣。迨鱼雁数往返，始悉《国技大观》一书，非向君所辑，然则向君之受此夹气，非向君始料所及也。岂不冤哉！癸酉仲秋编者识。"文末复按："陈、向二君，素昧平生，因此一度之笔战，乃成莫逆交。语云：'不打不成相识。'信然。今陈、向二君俱在湖南主持国术分馆教授事，倘重读当年讨论单鞭数书，悻悻之色，溢于言表，必哑然自笑也。"

1934年（民国二十三年甲戌）　45岁

　　1月，竺永华出任国术训练所所长，建议何键于长沙又一村成立国术俱乐部。何自任董事长，竺任总干事长，下设总务、宣传、游艺、教务四股。

　　向恺然兼任国术俱乐部秘书，同时兼任高级班太极拳教员。端午节前，太极名家吴公仪、公藻兄弟应邀抵湘，就任国术俱乐部教员。向恺然主持欢迎仪式，有合影留存，题曰摄于"蒲节前一日"。是年秋，王志群返湘，向恺然与之相聚三月，晨夕探讨太极拳。在向恺然主持、筹划下，国术俱乐部之建设以及活动之开展颇见成效，拥有礼堂、演武厅、国术大操场、射箭场、摔跤场、弹子房、民众剧院等设施，组织、推广文体活动，贡献颇多。是年所撰《赵老同与尤四喇嘛》连载于《山西国术体育旬刊》第1卷第1、2期;《三晋武侠传》连载于同刊第1卷第3、4、5期(前两期署"肖肖生",第5期署"不肖生");《国术名家李富东传》载于第1卷第7、8期合刊,《霍元甲传》连载于第6期及7、8期合刊。母王氏太夫人卒于是年阳历2月28日。

按:与王志群重聚事,见《太极径中径》。《赵老同与尤四喇嘛》等篇多与《近代侠义英雄传》互文。

1935年(民国二十四年乙亥)　46岁

10月10日至20日,第六届全国运动会在上海举行。

向恺然在国术训练所、国术俱乐部任秘书职。以国术训练所学员为主之湖南省国术队女子组荣获全国运动会总分第一名。6月,长沙裕伦纸业印刷局印行吴公藻《太极拳讲义》,向恺然为之作序,以答客问方式阐释太极拳精义。

按:《太极拳讲义》序末署"民国二十四年六月平江向恺然序于湖南国术训练所"。

1936年(民国二十五年丙子)　47岁

何键改湖南省国术训练所为湖南省国术馆。10月,第六届华中运动会在长沙举行。

向恺然受何键之命,与竺永华专任国术俱乐部事务。湖南省男、女武术队分别荣获第六届华中运动会武术总分第一名。原配杨氏夫人卒于是年8月25日。

按:专任国术俱乐部事等据《湖南武术史》。

1937 年（民国二十六年丁丑） 48 岁

7月7日卢沟桥事变，抗日战争爆发。7月18日，长沙市政府、国术俱乐部等九团体于又一村国术俱乐部召开会议，决定成立"长沙人民抗敌后援会"，24日改称"湖南人民抗敌后援会"，后又改称"湖南人民抗敌总会"。11月27日，新任湖南省主席张治中宣誓就职，何键调任内政部长。廖磊率部驻皖，9、10月间，以陆军上将衔出任第十一集团军总司令兼第七军团军团长。

向恺然任国术俱乐部秘书，积极参与抗敌后援等爱国活动。

按：向一学《回忆父亲一生》称：向恺然时曾接待、安排田汉、熊佛西率领之抗日宣传队演出及徐悲鸿绘画展览等活动。

1938 年（民国二十七年戊寅） 49 岁

1月23日，张治中改组省国术馆，原副馆长李丽久升任馆长，任郑岳为副馆长。2月，日机开始轰炸长沙等地。5月，湖南各县成立抗日自卫团。6月7日，第五战区司令官兼安徽省主席李宗仁迁省会于大别山区立煌县（今金寨县）。廖磊奉令驻守大别山，以第二十一集团军总司令身份兼任第五战区豫鄂皖边区游击总指挥，9月27日出任安徽省主席，10月8日兼任省保安司令。11月，日军攻长沙，国军撤退时放火烧城。

向恺然当于是年受廖磊之邀，往安徽立煌出任第二十一集团军总办公厅主任兼省府秘书；同往之武术界人士包括白振东、粟永礼、时漱石、黄楚生、刘杞荣等。不久，嘱侄孙向次平于返湘时接成佩琼到立煌。是年秋，与成佩琼在立煌结婚，婚礼由第二十一集团军政治部主任胡行健操办。是年中央书局印刷发行《玉玦金环录》之改名本《江湖大侠传》，署"襟霞阁主人精印""大字足本"，列入

"通俗小说文库",前有范烟桥序及陈子京校勘后序。

按:廖磊就任安徽省主席时间据《中华民国史事日志》①等,《金寨县志·大事记》作10月24日②。向恺然所任职务据《湖南省文史馆馆员传略》,此外又有"顾问""参议"诸说。按:成佩琼,婚后改名"仪则",原籍湖南宁乡,生于民国八年(1919)1月6日。初中毕业后考入国术训练所女子师范班,主学太极拳;毕业后任益阳信义中学体育教师。向斯来2010年12月2日函云:"1937年卢沟桥事变,母亲回到国术训练所。不久,父亲应二十一集团军总司令廖磊的邀请,前往安徽任职总办公厅主任。父亲去安徽时,从国术训练所带了一些男学员随同前往,在廖磊部任职。后来又派他侄孙向次平(曾在行政院任过职)来长沙,说向主任派他来接母亲前往安徽安排工作。当时母亲与父亲只是师生关系,兵荒马乱的年代,工作不好找,有这样的机会,就跟向次平去了。到安徽后,父亲托人向母亲求婚(父亲元配杨氏已于1936年去世),母亲考虑父亲比她大20多岁,开始没有同意。父亲先后派了唐生智内侄凌梦南、参谋长徐启明、副官处长罗敏、政治部主任胡行健等人,轮番给母亲说媒,做工作,母亲终于同意了。1938年秋,由政治部主任胡行健操办婚筵,为我父母举行了结婚仪式。"向一学《回忆父亲一生》称:"因日机轰炸长沙,全家搬回老家东乡苦竹坳樊家神。父亲在福临铺抗日自卫团当副团长……后来随桂系廖磊去安徽。"黄曾甫《平江不肖生为何许人》称:"1938年长沙大火前,敌机时来侵扰,向恺然携眷下乡,住在长沙县竹衫铺樊家神(在麻分嘴附近)老家。在乡人士组织福

---

① 郭廷以.中华民国史事日志[M]台北:中央研究院近代史研究所,1988.
② 金寨县志[M]上海:上海人民出版社,1992.

临乡自卫团,又推举向恺然任副团长,他招来一批国术训练所的学生,在乡下训练。"按:经查《湖南抗日战争日志》[1],"湖南民众抗日自卫总团"由张治中兼任团长,下设区团部,由各区保安司令兼任团长;县设县团部,由县长兼任团长;乡(镇)设大队部,由乡(镇)长任大队长。福临铺为镇,向恺然若任该职,当为福临铺抗日自卫团之副大队长。按向斯来2010年12月2日函云:"母亲回忆,抗战爆发后,父亲即随廖磊去了安徽,并没有在长沙出任过长沙县抗日自卫团副团长,一直从事文字和武术工作。此事母亲记得很清楚,因为卢沟桥事变后,她就从益阳回到了长沙(的)省国术训练所。对父亲行止比较清楚。"上述两说,以向一学、黄曾甫说为是。

1939年(民国二十八年己卯)　50岁

10月23日,廖磊因脑溢血逝世,追赠陆军上将,葬立煌县响山寺。

向恺然在立煌。殆于是年(或上年?)访刘百川并初识觉亮和尚("胖和尚")于六安,又识画僧懒悟("懒和尚")于立煌。女斯来生于是年12月某日,生母为三配夫人成仪则。

按:向恺然《我投入佛门的经过》:"我学佛得力于一位活菩萨,那位活菩萨是谁?是六安大悲庵的胖老和尚。这和尚在大悲庵住了五六十年,七八十岁的六安人,都说在做小孩的时候便看见这胖老和尚,形貌举动就和现在一样。凡是安徽的佛教徒恐怕没有不知道他的。他的法名叫觉亮,但是少有人知道,他在大悲庵几十年的行持活动,写出来又是一部好神话小说。不过他是一个顶怕麻烦的

---

[1]钟启河,刘松茂.湖南抗日战争日志[M]长沙:国防科技大学出版社,2005.

人,我不敢无故替他惹麻烦。"向氏与此僧交往之确切时间、过程待考。成仪则《忆恺然先生》:"住在六安县的刘百川老师,是全国著名的武术家。此时困住家乡,一筹莫展。恺然先生访知后,和二十一集团军总司令廖磊乘视察军情之机,途经六安,会见了刘百川老师。老友相逢,倍加欢喜。刘百川对恺然先生的事业深表赞同,于是便同来立煌,住在我家。恺然先生向廖磊详细介绍刘的武术及为人,建议安排他的职务。廖磊当时是总司令兼安徽省主席,欣然接受了这一建议,将刘安排在安徽省政府任参议一职。"①姑将访刘百川及初会胖和尚均志于本年。朱益华《五档坡的大玩家》:"抗日战争时期懒悟应弘伞法师邀请到金寨(当时叫'立煌')小灵山。这时候曾经以写《江湖奇侠传》而轰动一时的向恺然,应安徽省主席的邀请来到金寨。向恺然与懒悟一见如故,并写了一副对联送给懒悟。联文是'书成焦叶文犹绿,睡起东窗日已红。'懒悟很喜欢,抗战胜利后携回迎江寺,挂在他的画室里。"②按懒悟即懒和尚,河南潢川人,俗姓李。生年未详,卒于1969年。以书画闻名于世,属新安画派,称"汪采石、黄宾虹后第一人"。迎江寺在安庆(当时已沦陷)。向恺然初会懒悟之时间待考,亦姑志于本年。向斯来,谱名振来。

1940年(民国二十九年庚辰)　51岁

1月11日,李品仙继任安徽省长。

向恺然在立煌。

---

①成仪则.忆恺然先生[M]//平江不肖生.江湖奇侠传 长沙:岳麓书社,2009:附录.
②朱益华.五档坡的大玩家[N].安徽商报,2008 07 04.

1941年(民国三十年辛巳)　52岁

向恺然在立煌。女斯立当生于是年。生母为三配夫人成仪则。

按：向斯立,谱名振立。其身份证生日为1942年2月14日,向晓光谓实际出生时间早于是年。向斯行身份证生年亦为1942年,可知斯立当生于1941年。

1942年(民国三十一年壬午)　53岁

是年春,经教育部批准,安徽省临时政治学院改建为安徽省师范专科学校。12月底,日军突袭并占领立煌,大肆烧杀,于次年初撤退。

向恺然在立煌。12月,广益书局出版《龙门鲤大侠》一册,署向恺然著。子斯行生于是年8月21日。生母为成仪则夫人。

按：向斯行,谱名振行,卒于2008年。《龙门鲤大侠》未见原书,书目所录出版时间为"康德八年"即1942年,疑印行于东北沦陷区。

1943年(民国三十二年癸未)　54岁

安徽师范专科学校升格为安徽学院。向恺然以省府秘书兼任安徽学院文科教授当始于是年。女斯和生于是年12月27日。生母为成仪则夫人。

按：安徽学院后与原安徽大学合并重组,重建安徽大学(时在1949年10月)。向斯来2010年12月2日函："父亲在立煌县任二十一集团军总办公厅主任时,兼任安徽大学(按：据《自传》及相关文献当为安徽学院)教授,教古典文学,每周去授课一天,上午两节课,下午两节课。持续时间大约一年多。"向斯和,谱名振和。

1944年(民国三十三年甲申)　55岁

向恺然在立煌。奉派以省府秘书身份会同定慧禅师领修被日寇焚毁之响山古寺。《太极径中径》或撰于是年。

按：金寨县政府网 2009 年 4 月 28 日发布《响山寺》简介云："1943 年元旦，日寇犯境，寺被焚毁，荡然无存。1944 年安徽省府为恢复寺庙，派秘书向恺然会同禅师定慧领修，历时 8 个月，于 1945 年建成。"《太极径中径》写作时间据该篇内文推测。此文见于刘杞荣《太空拳》一书(湖南省新华印刷厂 19 年印行)，此前曾否公开发表待查。又，同书另收向恺然《湖南武术代有传人》一文，当作于中华人民共和国成立之后，未知确切时间。

1945年(民国三十四年乙酉)　56岁

抗战胜利。安徽省政府由立煌迁至合肥。

向恺然督修之响山寺完工，计重建瓦屋 30 间，分为一宅三院。其左后方为廖公祠、墓(祀廖磊)，右为忠烈祠(祀桂系阵亡将士)。

按：响山寺完工资料据金寨县政府网。1947 年 12 月 10 日《纪事报》所载《名小说家平江不肖生匪窟脱险经过》谓：向氏督修之三大工程为"廖公祠、昭忠祠、胜利纪念塔"，而 1947 年 9 月尚"未竣"。《纪事报》所载文当据传闻而写，所叙督修时间及事实或有不确之处。成仪则《忆恺然先生》亦曾说及抗战胜利后督修响山寺及胜利纪念塔，而胜利纪念塔不见载于金寨县志及政府网。

1946年(民国三十五年丙戌)　57岁

华中军政长官白崇禧在合肥宣布撤销第十战区，于蚌埠设立第八绥靖区,夏威任司令长官。

向恺然应夏威之邀,赴蚌埠佐其戎幕,出任少将参议,主办《军声报》。2月,安徽省政府教育厅编印之《新学风》创刊号刊载向恺然所撰《宋教仁、杨度同以文字见之于袁世凯——〈革命野史〉材料之一》;该刊第2期列向恺然为特约编撰。是知其时已开始构思、撰写《革命野史》。6月,上海广益书局出版《太湖女侠传》一册,署向恺然、许慕羲合作。

按:任少将参议等事据《湖南省文史馆馆员传略》。《军声报》,民国三十五年(1946)由第八绥靖区政训部创办,社址设于蚌埠华丰街10号,日出对开一大张,次年停办。叶洪生《近代中国武侠小说名著大系》之《近代侠义英雄传》《江湖奇侠传》卷首《平江不肖生小传及分卷说明》谓:《革命野史》"原称《无名英雄》",曾以《铁血英雄》之名"发表于上海《明星日报》"。待核实。《太湖女侠传》未见原书。

1947年(民国三十六年丁亥)　58岁

9月2日,中国人民解放军晋冀鲁豫野战军(即二野)三纵八旅占领立煌县城。向恺然时在立煌,因即被俘。审查期间二野民运部长史子云曾建议向恺然赴佳木斯高校任教,向因"家庭观念太重"而未允。解放军遂礼遇而释放之,并开具通行证,乃携眷经六安转赴蚌埠。

按:是年12月间,国民党军与二野二纵在立煌展开拉锯战。次年2月下旬,二野主力转移。直至1949年9月6日,中国人民解放军二十四军七十一师二一三团占领金家寨后,立煌县方正式宣告解放。1947年12月10日《纪事报》所刊《名小说家平江不肖生匪窟脱险经过》谓:向氏于9月3日被俘,在"古碑冲的司令部中"接受审查,"八天"之后获释。所述其他情节与下文所引向氏自述、向斯来函所述基本一致,"史子云"则误作"史子荣","民运部长"误作"行政部长"。湖南省文史馆所藏向恺然1953年致"李部长"(当为时任湖南省委宣传部长之李锐)函云:"1947年在安徽遇二野民运部长史子云和八纵队政治部许主任,他们都是读过我所作小说的。他们对我说,我的小说思想与他们接近,一贯的同情无产阶级,不歌颂政府,不歌颂资产阶级,并说希望我到佳木斯去当大学教授。我自恨家庭观念太重,那时已有五个小儿女,离开我便不能生活,不愿接受他的希望,于今再想那样认识我的人便不易得了。"向斯来2010年12月2日函谓:"经我与母亲及妹妹们回忆",父亲被俘"是1947年秋天的事,刘邓大军进军大别山后发生的。当时父亲被带走了一个星期,回来后告诉我母亲,新四军对他很好。说他很坦白,有什么说什么;思想先进,和共产党能够合拍;又是文化人,共产党队伍里很需要他这样的人,动员他加入共产党,随部队到东北佳木斯去。父亲一生没参加过任何党派,虽然在廖磊部做事,也并没有加入国民党。父亲对新四军说,他可以随部队去东北,但是,家有妻室儿女大小六人,而且子女年龄都很小,要去得带家属一起去。新四军答复说,战争年代,家属不能随军,但是,蚌埠设有留守处,家属可以留在蚌埠。父亲回复说,此前他之所以没有随二十一集团军去蚌埠,留在立煌没走,自己讨点事做(负责建胜利纪念塔),就是因为孩子都小,走不了。如果家属不能随军,他一个人去东北会放心不下。因此只能答应新四军说,他回湖南后,将来贵军解放长沙,他一定出城三十里迎接。1949年,父亲与程潜等国民党高级将领一起,在长沙签名起义,迎接解放军。在审查父亲的那七天时间里,新四军要父亲帮他们做了一些文字工作,比如写小册子、宣传品等。闲聊中,他们问父亲对共产党有什么看法,父亲说,担心他们挺进大别山离后方太远,怕给养供不上。冬天马上来了,天冷了怎么办?通过审查,父亲一无血债,二无劣迹,而且在当地民众中口碑很好,七天后,新四军把父亲放回来了。临回家前,还请父亲吃了餐饭,一位叫'史团长'的(按当即向恺然致'李部长'函中所说之史子云)陪同父亲一起用餐。回家后,父亲继续为部队做了一些文字工作。后来新四军给我们家开了豫、鄂、皖三省通行证(路条),我们就离开了立煌县,到六安去了。我们在六安过完春节就从六安去了蚌埠。淮海战役开始前,形势十分紧张,我们又随父亲从蚌埠撤到南京。1948年冬天,二哥向一学给全家搞来了免费机票,于是,我们全家和二哥一起,坐免费飞机从南京飞到汉口,再从汉口坐火车回长沙。"按当时"中国人民解放军"虽已定名,但当地仍习惯使用"新四军"这一称呼;"蚌埠设有留守处"之说或属误记,因为当时该市并未解放。又,向一学在《回忆父亲一生》中称其父被解放军"释放"后暂居于"合肥"的"一个庙里",《纪事报》所刊文亦称向氏"脱险"后"依于合肥城内东大街皖中唯一古刹的明教寺"。是则赴蚌埠前后曾否逗留于合肥,尚待考证核实。《湖南省文史馆馆员传略》仅云:"一年后辞(参议)职,任蚌埠实验小学校长。"按向斯来曾向笔者口述父亲被俘经过甚详,略谓:解放军进入家中,父亲先交出佩枪,他们接着入室搜查,但对钱物、字画等分毫不动,这一点给我们留下的印象特别深刻。

1948年(民国三十七年戊子)　59岁

12月,淮海战役接近尾声,蚌埠即将解放。

是年春,向恺然就任蚌埠市中正小学校长。冬,携妻女等赴南京,由次子为霖护送,乘空运署专机飞汉口,再转火车返回长沙,出任程潜主持之湖南省政府参议。8月,于佛学刊物《觉有情》月刊第208期发表《我投入佛门的经过》。女斯道生于是年6月6日。生母为成仪则夫人。

按:中正小学,中华人民共和国成立后改名"实验小学"。《上海滩》1996年第2期所载夏侯叙五《平江不肖生身世补缀》:"到了1947年的元月份,《军声报》忽然停刊了。不久,夏威受命接任安徽省主席,因为省会在合肥,第八绥靖区机关也随之迁往合肥。可是向恺然却不愿意跟随,似另有所谋。果然他通过新任蚌埠市长李品和(湖南人,李品仙的弟弟)的力荐,出任中正小学校长……向恺然上任后,很少过问校务,把校内大小一切事务全部推给了教导主任,他自己则每日读书写作(《革命野史》即在此时动笔)。"按此文所述时间较含混,经核《蚌埠市志·蚌埠大事记》,第八绥靖区迁合肥时间为民国三十七年(1948)10月;李品和原任蚌埠市政筹备处主任,确于1947年正式设市后出任市长;向恺然任中正小学校长则在1948年春。向为霖《回忆父亲一生》:"大约是淮海战役后,父亲由安徽来到南京",随后又"回安徽将家小接来南京",一同返湘。向斯道,谱名振道。

1949年(民国三十九年己丑)　60岁

向恺然在长沙随程潜、陈明仁将军和平起义。家居长沙南门外青山祠。

1950年(庚寅)　61岁

自是年9月起,向恺然每月受领军政委员会津贴食米一市担。

4月,上海元昌印书馆出版《侠义英雄》三册,署向恺然著。5月,所著《革命野史》由岳南铸字印刷厂印行,署"平江不肖生"。因销量过少而未续写。

  按:津贴数额后来略有增加,但因子女众多,生活仍颇窘迫。《侠义英雄》未见原书。

1951 年至 1953 年(辛卯至癸巳)　62 至 64 岁

向恺然在长沙。

1954 年(甲午)　65 岁

2月,向恺然应湖南省人民政府之聘,任省文史馆馆员,月薪50元。

1955 年(乙未)　66 岁

向恺然在长沙。

1956 年(丙申)　67 岁

向恺然参加全国第一次武术观摩表演大会,任裁判委员,受到国家体委主任贺龙元帅接见。

1957 年(丁酉)　68 岁

向恺然撰《丹凤朝阳》,刊于湖南省文联刊物《新苗》第7期。又应贺龙元帅之请,准备撰写百余万字之《中国武术史话》,因"反右运动"开始而未果,并于运动中被划为"右派分子"。同年12月27日逝世。

附:确切写作、出版(刊载)时间未详之作品目录

《变色谈》(此为林鸥《旧派小说家作品知见书目》手稿所录书目,原书未见,版别未详);

《乾坤弩》(有大众图书社版,未见原书,出版时间未详);

《绿林血》(有大众图书社版,未见原书,出版时间未详);

《烟花女侠》(未见原书,版别未详);

《铁血大侠》(未见原书,版别未详);

《荒山游侠传》(有艺光书店版,未见原书,出版时间未详);

《情恨满天》(有天津古籍出版社1987年重印本上、下二册,收入"近代通俗文学研究资料丛书",全书未见,写作、初版时间未详);

《玉镯金环镖》(未见原书,版别未详);

《奇人杜心五》(叶洪生称原载沪上《香海画报》,今上海图书馆残存之该画报中未见此篇);

《武术源流》《太极推手的研究》《我研究推手的经验》(后二文均见录于叶洪生主编之《近代中国武侠名著大系》所收向氏作品卷首,《经验》一文末有"民族形式体育运动"、"文化遗产"等语,殆作于中华人民共和国成立后);

《湖南武术代有传人》《太极拳名称的解释》(此二文均作于中华人民共和国成立后)。

(本年表蒙湖南省文史馆、图书馆及向斯来女士,日本中村翠女士,张元卿、顾臻、林鸥先生,李文倩、石娟、禹玲博士,毛佳小姐等提供相关资料,特此致谢。)

参考文献

[1]向氏族谱[M]民国三十三年(1944)六修版

[2]向恺然自传[M]//平江不肖生 江湖奇侠传 长沙:岳麓书社,2009:卷首

[3]向恺然 自传[R] 湖南省文史馆藏原稿抄件

[4]黄曾甫 平江不肖生为何许人[J]长沙文史资料,1990(增刊)

[5]凌辉 向恺然简历[R]湖南省文史馆所藏原稿抄件

[6]向恺然 拳术[M]上海:中华书局,1916

[7]向恺然 我研究拳脚之实地练习[J]星期周刊,民国十二年(1923)3月4日第50号

[8]湖南省文史馆馆员传略[M] 长沙:湖南师范大学印刷厂,2000

[9]向一学．回忆父亲一生[M]//平江不肖生 江湖奇侠传 长沙:岳麓书社,2009:附录

[10]王新命(无生) 新闻圈里四十年[M]台北:龙文出版有限公司,1993

[11]顾臻《江湖奇侠传》版本研究[C]平江:2010·中国平江·平江不肖生国际学术研讨会论文集,2010

[12]魏鋆 向恺然逸事[G]//平江文史资料:第1辑 平江政协文史资料研究委员会,1988

[13]孝感市志[M]北京:红旗出版社,1995

[14]湖南省体委武术挖整组 湖南武术史[M]长沙:湖南日报第二印刷厂,1999

[15]郭廷以 中华民国史事日志[M]台北:中央研究院近代史研究所,1988

[16]金寨县志[M]上海:上海人民出版社,1992

[17]钟启河,刘松茂 湖南抗日战争日志[M]长沙:国防科技大学出版社,2005

[18]成仪则 忆恺然先生[M]//平江不肖生 江湖奇侠传 长沙:岳麓书社,2009:附录

[19]朱益华 五档坡的大玩家[N] 安徽商报,2008 07 04

王度庐年表
（增补稿）

徐斯年　顾迎新

说明

1.本表曾在《西南大学学报》刊出，此为补订本，包括增补史料及其说明、考证，并订正了个别疏误。

2.本表包含许多新发现的资料，特别是在辽宁省实验中学档案室发现的王度庐档案，从而补正了徐著《王度庐评传》的一些误判和部分欠缺。

3."度庐"实为1938年起用的笔名，为了统一，本表用为表主正名。

4.由于史料不全，历年行状、著述依然详略不一，有待继续挖掘、补充史料。

5.表中所记日期，阳历用阿拉伯数字，清、民国年份及旧历日期用汉字。

6.表中所系年龄均为虚岁。

7.由于旧报缺失严重，所以连载作品肯定不全。表中所录者，始载时间和结束时间多难确认,一般仅记月份,有线索可资考证者在按语中加以说明。

1909 年(清宣统元年,己酉)　1 岁

正月,清帝爱新觉罗·溥仪改元"宣统"。清廷决定消除"旗""民"界限,旗人不再享受"俸禄"。

七月廿九(9 月 3 日),王度庐生于北京"后门里"司礼监胡同四号一户下层旗人家庭,原名葆祥(后曾改为葆翔),字霄羽。父亲"在清宫管理车轿的机构里当小职员"。家庭成员除父母外还有一位姐姐、一位未嫁的姑母和一位叔祖父。一家六口,全靠父亲薪金维持生计。

按:后门即地安门,后门里位于地安门内,属镶黄旗驻地。司礼监胡同,得名于明代位于该地之司礼太监署;后改称"吉安所左巷",则得名于清代宫中嫔妃、宫女卒后停尸之"吉祥所"(后改"吉安所")。毛泽东青年时代曾租寓于本胡同 8 号。

关于父亲职务的记述引自王度庐手写简历,其父任职机构当系内务府下属之"上驷院"。内务府为管理皇家事务的机构,成员均为满洲上三旗(镶黄、正黄、正白)"从龙包衣"。"包衣",满语,意为"自家人",一定语境下也指"奴仆""世仆"。据此,王氏当属编入满洲镶黄旗的"汉姓人"(不同于"汉人""汉军"),这一族群不仅属于"旗族",而且也被承认为满族。

1910 年(清宣统二年,庚戌)　2 岁

1911 年(清宣统三年,辛亥)　3 岁

1912年(民国元年,壬子)　4岁

1月1日,孙中山宣誓就任中华民国总统。2月2日,清宣统帝宣告退位。根据清室优待条件,宫内各执事人员照常留用,王度庐父亲依然可以领受部分薪金,家庭生计勉得维持。

1913年(民国二年,癸丑)　5岁

1914年(民国三年,甲寅)　6岁

1915年(民国四年,乙卯)　7岁

1916年(民国五年,丙辰)　8岁

1月,王度庐父亲病故。2月,遗腹弟出生,名葆瑞,字探骊。家境日蹙,主要靠母亲为人缝补浆洗维持生计。

是年2月2日,王度庐夫人李丹荃生于陕西周至。

按:葆瑞出生时间据人民日报社1991年1月3日印发之《谭立同志生平》。葆瑞(即谭立)为遗腹子,由此可知其父当卒于1月份。

周至,离西安甚近。

1917年(民国六年,丁巳)　9岁

1918年(民国七年,戊午)　10岁

是年王度庐始入私塾读书。曾与姐、弟同染重症,母亲变卖家当为之治疗,终得转危为安,而家庭经济更加贫困。

1919 年(民国八年,己未)　11 岁
五四运动爆发。王度庐仍在私塾就读。

1920 年(民国九年,庚申)　12 岁
王度庐仍在私塾就读。

1921 年(民国十年,辛酉)　13 岁
是年王度庐入景山高等小学就读。

1922 年(民国十一年,壬戌)　14 岁
王度庐在读于景山高小。

1923 年(民国十二年,癸亥)　15 岁
王度庐在读于景山高小。

1924 年(民国十三年,甲子)　16 岁
王度庐在读于景山高小。

1925 年(民国十四年,乙丑)　17 岁
是年1月,宋心灯在北京创办《小小》日报(后改《小小日报》),自任社长、主笔。

王度庐从景山高等小学毕业,先在精精眼镜店当学徒,后在《平报》和电报局任见习生,可能已经开始向《小小》日报投稿。

按：宋心灯（？—1949），字信生，原籍河北大兴（析津）。新闻专科学校毕业，也是北京早期足球运动和羽毛球运动的发起者之一。《小小》日报即注重刊载体坛信息，后来发展为综合性小报。

又按：辽宁实验中学所存退休人员档案中的王度庐登记表，"文化程度"一栏填为"九年"，当系虚数。

1926年（民国十五年，丙寅） 18岁

是年《小小日报》先后刊载王度庐所撰侦探小说《半瓶香水》、《黄色粉笔》和"实事小说"《红绫枕》，均署"王霄羽"。

9月，《小小日报》馆印行《红绫枕》单行本，标类改为"惨情小说"。

12月，《小小日报》连载社会小说《残阳碎梦》，亦署"王霄羽"。

12月24日，《小小日报》刊出宋信生所撰《本报改版宣言》，"将旧有之八小版易为四大版"。

按：由于存报缺失严重，《半瓶香水》《黄色粉笔》未见，不知确切发表时间。因《红绫枕》内文提及它们，故知连载于《红绫枕》之前。由此亦不排除其一已于上年开始见报的可能。又据李丹荃女士回忆，早期作品还有《绣帘垂》《浮白侠》两种，均未见。《残阳碎梦》，现存第十次载于是年12月20日，由此推知当始载于12月1日；现存第三十三次载于次年1月21日，末注"（未完）"。

1927年（民国十六年，丁卯） 19岁

是年王度庐始在宽街夜授计民小学任职，先当会计，后任教员，直至1929年。同时继续卖稿和自学，包括到北京大学旁听，往三座门北京图书馆、鼓楼民众图书阅览室阅读。

1月,《小小日报》连载武侠小说《侠义夫妻》,署"王霄羽"。

3月16日,《小小日报》始载社会小说《琪花恨》,署"王霄羽"。

4月,《小小日报》连载社会小说《孀母孤儿》,署"王霄羽"。

5月,《小小日报》连载社会小说《飘泊花》,署"王霄羽"。

6月,《小小日报》连载侦探小说《红手腕》,署"王霄羽"。

8月,《小小日报》连载侠情小说《护花铃》,署"霄羽"。

10月,《小小日报》连载武侠小说《青衫剑客》,署"王霄羽"。

按:《侠义夫妻》,现存第八次载于1月31日,当始载于《残阳碎梦》结束后;连载结束时间当在《琪花恨》始载之前。《孀母孤儿》仅存5月2日第十一次,由此推知始载时间在4月(《琪花恨》结束之后)。《飘泊花》,现存第六次载于5月30日。《红手腕》,现存第十一次载于7月9日,可知始载于6月末。《护花铃》仅存十四、十七次,载于9月2日、5日,是知始载于8月,标类"侠情小说",写当时题材。《青衫剑客》,第四次载于10月9日,至11月9日犹未结束。

1928年(民国十七年,戊辰)　20岁

是年北京改称"北平"。

3月,《小小日报》连载侦探小说《疑真疑假》,署"葆祥"。

3月,《小小日报》连载社会小说《蝶魂花骨》,署"王霄羽"。

7月,《小小日报》连载"醒世小说"《双凤随鸦录》,署"王霄羽"。

按:《疑真疑假》,第四次载于3月12日,当始载于8日。《蝶魂花骨》,第三十四次载于4月11日,当始载于3月9日,与《疑真疑假》同时,故用两个笔名。《双凤随鸦录》,第四十二次载于8月21日。

本年存报缺失严重,当有不少连载作品至今未知。以下类似情况不再逐一说明。

1929年(民国十八年,己巳)　21岁

6月,《小小日报》连载社会小说《战地情仇》,署"王霄羽"。

按:《战地情仇》,仅存7月4日一次(序号未详)。本年几无存报。

1930年(民国十九年,庚午)　22岁

是年王度庐离开宽街夜授计民小学,改任家庭教师,不久认识李丹荃。

按:李丹荃在所遗手稿《王度庐小传》中说:"我在北京读中学时,在一个同学家里认识了王度庐。那时,他正给我的同学的弟弟补习功课。记得他曾送过我两本书,一本是纳兰容若的《饮水词》,另一本是《浮生六记》。我不喜欢《浮生六记》,却很喜欢那本词,有些句子至今仍能记得,如'摇落尽,有鬓未全僧,风雨消磨生死别,似曾相识只孤灯;情在不能醒……''瘦狂那似肥痴好,任他肥痴好,笑他多病与长贫,不及衮衮诸公向风尘……'"(文中所记纳兰词句与原作略有出入)

3月,《小小日报》连载侦探小说《自鸣钟》,署"王霄羽"。

按:《自鸣钟》残存连载文本至三十一次告"全卷终",次日接载《惊人秘柬》第一次。故暂系于3月。

是年,王度庐始用笔名"柳今"在《小小日报》开辟个人专栏"谈天",每日发表短文一篇,纵论国事、民生、世态、人情、风习、学术、艺文等。"柳今"在这些短文里经常述及"自己"的"经历",多属杜

撰;但是,这位论说者的心态、性格、气质又与当时的王度庐十分相符。

按:因存报缺失,"谈天"开栏、终结时间未详。所载杂文均署"柳今",以下不作逐篇标注。

4月1日,《小小日报》"谈天"栏刊出杂文《世态》。

4月4日,《小小日报》"谈天"栏刊出杂文《荒芜的青年》。

按:4月2日、3日报纸缺失,或漏杂文两篇。以下类似情况不再加注按语。

4月5日,《小小日报》"谈天"栏刊出杂文《中等人》。

4月6日,《小小日报》"谈天"栏刊出杂文《架子》。

4月7日,《小小日报》"谈天"栏刊出杂文《性的广告》。

4月8日,《小小日报》"谈天"栏刊出杂文《笑》。

4月9日、10日,《小小日报》"谈天"栏连续刊出杂文《永垂不朽》(一)、(二)。

4月11日,《小小日报》"谈天"栏刊出杂文《女性的教育与生育》。

4月12日,《小小日报》"谈天"栏刊出杂文《一位平民文学家》,赞赏满族鼓词作者韩小窗。文中说:"世界本来是平民的世界,尤其是文学家,更要有一种平民化的精神,他才能够用文学的力量,来转移风化,陶冶民情;否则琢句雕章,自以为是,至多不过只能得到少数的文蠹的几遍诵读罢了。"韩小窗"这人确实是位有天才、有词藻、有思想的文学家。他能把他这种才学,不去作八股,不去批试帖,而能用来编大鼓,他的平民思想可见了,他的环境可见了,而他的清高也可见了"。

按:韩小窗(约1828—1890),辽宁开原人,满族,子弟书(即鼓词)作家。其代表作有《露泪缘》《宁武关》《长坂坡》《刺虎》《黛玉悲秋》《红梅阁》及影卷《谤可笑》《金石语》等。

4月13日,《小小日报》"谈天"栏刊出杂文《绝顶聪明》。

4月14、15日,《小小日报》"谈天"栏连续刊出杂文《道德》(一)、(二)。

4月17至23日,《小小日报》"谈天"栏连载杂文《伦理与中国》。全文分为五节:一、伦理的产生;二、伦理的优点;三、伦理被利用以后;四、伦理存亡与中国之存亡;五、伦理的蟊贼。

4月25日,《小小日报》"谈天"栏刊出杂文《小难》。

4月26日,《小小日报》"谈天"栏刊出杂文《女招待》。

4月27日,《小小日报》"谈天"栏刊出杂文《落子馆》。

4月29日,《小小日报》"谈天"栏刊出杂文《麻醉剂》。

4月30日,《小小日报》"谈天"栏刊出杂文《万寿寺》。

4月,《小小日报》连载侦探小说《惊人秘柬》,署"王霄羽"。

按:《自鸣钟》残存连载文本至三十一次告"全卷终",次日接载《惊人秘柬》第一次,具体日期均难考定。

5月1日,《小小日报》"谈天"栏刊出杂文《赘泽品》。

5月2日,《小小日报》"谈天"栏刊出杂文《童子军》。

5月3日,《小小日报》"谈天"栏刊出杂文《女腿》。

5月4日,《小小日报》"谈天"栏刊出杂文《颠倒雌雄》。

5月5日,《小小日报》"谈天"栏刊出杂文《歌舞剧》。

5月6日,《小小日报》"谈天"栏刊出杂文《招与待》。

5月7日,《小小日报》"谈天"栏刊出杂文《恢复北京》。

5月8日,《小小日报》"谈天"栏刊出杂文《野鸡》。

5月9日,《小小日报》"谈天"栏刊出杂文《女招打》。

5月13日,《小小日报》"谈天"栏刊出杂文《署名》。
5月14日,《小小日报》"谈天"栏刊出杂文《迷》。
5月15日,《小小日报》"谈天"栏刊出杂文《恶五月》。
5月16日,《小小日报》"谈天"栏刊出杂文《送春》。
5月17日,《小小日报》"谈天"栏刊出杂文《哭》。
5月18日,《小小日报》"谈天"栏刊出杂文《雨天》。
5月19日,《小小日报》"谈天"栏刊出杂文《名士派》。
5月20日,《小小日报》"谈天"栏刊出杂文《小算盘》。
5月21日,《小小日报》"谈天"栏刊出杂文《自行车》。
5月22日,《小小日报》"谈天"栏刊出杂文《穷北京?》。
5月23日,《小小日报》"谈天"栏刊出杂文《服从》。
5月24日,《小小日报》"谈天"栏刊出杂文《奴隶性》。
5月28日,《小小日报》"谈天"栏刊出杂文《澡堂里》。
5月29日,《小小日报》"谈天"栏刊出杂文《安慰》。
5月30日,《小小日报》"谈天"栏刊出杂文《中国剧》。
5月31日,《小小日报》"谈天"栏刊出杂文《游民》。
5月,《小小日报》连载侦探小说《触目惊心》,署"王霄羽"。

按:《触目精心》未见,据《空房怪事》前言列入,连载时间在《神獒捉鬼》之前,故系入5月。

6月1日,《小小日报》"谈天"栏刊出杂文《端午节》。
6月3日,《小小日报》"谈天"栏刊出杂文《打麻雀》。
6月4日,《小小日报》"谈天"栏刊出杂文《谋事》。
6月5日,《小小日报》"谈天"栏刊出杂文《无聊的北平》。
6月6日,《小小日报》"谈天"栏刊出杂文《病》。同日开始连载侦探小说《神獒捉鬼》,署"王霄羽"。

按:《神獒捉鬼》始载时间据原件图片背面报头,共连载二十五次,当结束于 6 月 30 日(7 月 1 日始载《空房怪事》,参见《空房怪事》引言)。

6 月 7 日,《小小日报》"谈天"栏刊出杂文《造化儿子》。
6 月 8 日,《小小日报》"谈天"栏刊出杂文《疯人》。
6 月 9 日,《小小日报》"谈天"栏刊出杂文《阔事》。
6 月 10 日,《小小日报》"谈天"栏刊出杂文《骗术》。
6 月 11 日,《小小日报》"谈天"栏刊出杂文《财神 阎王》。
6 月 12 日,《小小日报》"谈天"栏刊出杂文《画中人》。
6 月 13 日,《小小日报》"谈天"栏刊出杂文《醉酒》。
6 月 14 日,《小小日报》"谈天"栏刊出杂文《夫妻间》。
6 月 15 日,《小小日报》"谈天"栏刊出杂文《不开壳》。
6 月 16 日,《小小日报》"谈天"栏刊出杂文《憔悴》。
6 月 17 日,《小小日报》"谈天"栏刊出杂文《伤心人》。
6 月 18 日,《小小日报》"谈天"栏刊出杂文《情书》。
6 月 19 日,《小小日报》"谈天"栏刊出杂文《琴声里》。
6 月 21 日,《小小日报》"谈天"栏刊出杂文《什刹海》。
6 月 22 日,《小小日报》"谈天"栏刊出杂文《凶杀案》。
6 月 23 日,《小小日报》"谈天"栏刊出杂文《关于裤子》。
6 月 24 日,《小小日报》"谈天"栏刊出杂文《三件痛快事》。
6 月 25 日,《小小日报》"谈天"栏刊出杂文《诗人》。
6 月 26、27 日,《小小日报》"谈天"栏连续刊出杂文《贵族学校》(一)、(二)。
6 月 28 日,《小小日报》"谈天"栏刊出杂文《穷 住》。
6 月 29 日,《小小日报》"谈天"栏刊出杂文《妙影》。

6月30日,《小小日报》"谈天"栏刊出杂文《罪恶场中之未来者》。

6月,《小小日报》连载社会小说《烟霭纷纷》,署"香波馆主"。

按:现存《烟霭纷纷》第三十六次连载文本复印件上有副刊"编余"一则,云"今天这版算作'七夕特刊'"。查1930年七夕为阳历8月30日,由此推知《烟霭纷纷》当始载于6月27日。

7月1日,《小小日报》"谈天"栏刊出杂文《吃饭问题》。

7月5日,《小小日报》"谈天"栏刊出杂文《平民化》。

7月6日,《小小日报》"谈天"栏刊出杂文《面子》。

7月7日,《小小日报》"谈天"栏刊出杂文《醋 忌讳》。

7月8日,《小小日报》"谈天"栏刊出杂文《文士与蚊士》。

7月9日,《小小日报》"谈天"栏刊出杂文《人品与装饰》。

7月12日,《小小日报》"谈天"栏刊出杂文《消夏》。

7月13日,《小小日报》"谈天"栏刊出杂文《财神爷》。同日,《小小日报》始载惨情小说《玉藕愁丝》,署"香波馆主"。

按:《玉藕愁丝》始载日期据预告图片背面报头推知。

7月14日,《小小日报》"谈天"栏刊出杂文《妓女问题》。

7月15日,《小小日报》"谈天"栏刊出杂文《杨耐梅 朱素云》。

按:杨耐梅,生于1904年,中国早期影星,曾出演《玉梨魂》《奇女子》《上海三女子》《空谷兰》等无声片。当时北平讹传她已"香消玉殒",作者故撰此文悼念。实则杨在1960年卒于台湾。朱素云,京剧小生演员朱沄之艺名,生于1872年,卒于1930年。

7月16日,《小小日报》"谈天"栏刊出杂文《难民返国》。

7月17日,《小小日报》"谈天"栏刊出杂文《灯下人》。

7月18日,《小小日报》"谈天"栏刊出杂文《捧》。

7月19日,《小小日报》"谈天"栏刊出杂文《快乐人多?》。

7月20日,《小小日报》"谈天"栏刊出杂文《西游记》。

7月21日,《小小日报》"谈天"栏刊出杂文《火警》。

7月22日,《小小日报》"谈天"栏刊出杂文《人体美》。

7月23日,《小小日报》"谈天"栏刊出杂文《穷光蛋》。

7月24日,《小小日报》"谈天"栏刊出杂文《抵抗力》。

7月25日,《小小日报》"谈天"栏刊出杂文《香艳文章》。

7月26日,《小小日报》"谈天"栏刊出杂文《雨夜柝声》。

7月27日,《小小日报》"谈天"栏刊出杂文《爱河》。

7月28日,《小小日报》"谈天"栏刊出杂文《调戏》。

7月29日,《小小日报》"谈天"栏刊出杂文《"嫁"的问题》。

7月30日,《小小日报》"谈天"栏刊出杂文《阎罗王》。

7月31日,《小小日报》"谈天"栏刊出杂文《知音》。

7月,《小小日报》连载侦探小说《空房怪事》,署"王霄羽"。

按:《空房怪事》共连载二十九次,残存文本图片均无报头,难以确认具体时间(第一次疑载于7月3日,见图片背面;结束于第二十九次,当为8月1日)。

8月2日,《小小日报》"谈天"栏刊出杂文《战》。

8月3日,《小小日报》"谈天"栏刊出杂文《时髦》。

8月4日,《小小日报》"谈天"栏刊出杂文《人逛人》。

8月5日,《小小日报》"谈天"栏刊出杂文《跳舞场里》。

8月6日,《小小日报》"谈天"栏刊出杂文《奸杀案》。

8月7日,《小小日报》"谈天"栏刊出杂文《阴阳电》。

8月8日,《小小日报》"谈天"栏刊出杂文《办白事》。

8月9日,《小小日报》"谈天"栏刊出杂文《眼光》。

8月10日,《小小日报》"谈天"栏刊出杂文《无与偶 莫能容》。
8月11日,《小小日报》"谈天"栏刊出杂文《喜新厌旧》。
8月12日,《小小日报》"谈天"栏刊出杂文《洋化的话》。
8月13日,《小小日报》"谈天"栏刊出杂文《发财学》。
8月14日,《小小日报》"谈天"栏刊出杂文《儿童 成人》。
8月15日。《小小日报》"谈天"栏刊出杂文《英雄难过美人关》。
8月16日,《小小日报》"谈天"栏刊出杂文《交际》。
8月17日,《小小日报》"谈天"栏刊出杂文《呻吟》。
8月18日,《小小日报》"谈天"栏刊出杂文《枇杷巷里》。
8月19日,《小小日报》"谈天"栏刊出杂文《捕蝇》。
8月20日,《小小日报》"谈天"栏刊出杂文《殉情》。
8月21日,《小小日报》"谈天"栏刊出杂文《人死不值钱》。
8月22日,《小小日报》"谈天"栏刊出杂文《癞蛤蟆 天鹅肉》。
8月23日,《小小日报》"谈天"栏刊出杂文《作时评》。
8月25日,《小小日报》"谈天"栏刊出杂文《马路》。
8月26日,《小小日报》"谈天"栏刊出杂文《女朋友》。
8月27日,《小小日报》"谈天"栏刊出杂文《跳楼者》。
8月28日,《小小日报》"谈天"栏刊出杂文《蟋蟀》。
8月29日,《小小日报》"谈天"栏刊出杂文《古城返照》。
8月30日,《小小日报》"谈天"栏刊出杂文《惹气》。
8月31日,《小小日报》"谈天"栏刊出杂文《活得弗耐烦》。

8月,《小小日报》始载武侠小说《鳌汊海盗》,署"霄羽"。

按:《鳌汊海盗》连载文本基本完整,但原件图片无报头,难以确认日期。共连载四十二次,当结束于9月间,时《烟霭纷纷》仍在连载。

9月1日,《小小日报》"谈天"栏刊出杂文《由线订书说起》。

9月2日、3日,《小小日报》"谈天"栏连续刊出杂文《"娶"的问题》(一)、(二)。

9月4日,《小小日报》"谈天"栏刊出杂文《罂粟味》。

9月5日,《小小日报》"谈天"栏刊出杂文《忏悔》。

9月6日,《小小日报》"谈天"栏刊出杂文《想当然耳》。

9月7日,《小小日报》"谈天"栏刊出杂文《标奇与仿效》。

9月8日,《小小日报》"谈天"栏刊出杂文《复古》。

9月9日,《小小日报》"谈天"栏刊出杂文《野草闲花》。同日同报又载影评《看了〈故都春梦〉》,署"柳今投"。

9月10日,《小小日报》"谈天"栏刊出杂文《倡门》。

9月12日,《小小日报》"谈天"栏刊出杂文《乞丐》。

9月13日,《小小日报》"谈天"栏刊出杂文《心》。

9月15日,《小小日报》"谈天"栏刊出杂文《短小经济》。

9月16日,《小小日报》"谈天"栏刊出杂文《性的文章》。

9月17日,《小小日报》"谈天"栏刊出杂文《逢场作戏》。

9月18日,《小小日报》"谈天"栏刊出杂文《浮云变幻》。

9月19日,《小小日报》"谈天"栏刊出杂文《敲钗小语》。

9月20日,《小小日报》"谈天"栏刊出杂文《俗礼》。

9月21日,《小小日报》"谈天"栏刊出杂文《何不当初》。

9月22日,《小小日报》"谈天"栏刊出杂文《醋的考证》。

9月23日,《小小日报》"谈天"栏刊出杂文《劲秋》。

9月28日,《小小日报》"谈天"栏刊出杂文《柴米油盐酱醋茶》。

9月30日,《小小日报》"谈天"栏刊出杂文《烛边思绪》,叙述阅读《朝鲜义士安重根传》的感受,抒发爱国情怀及对国内现实的愤懑。

10月1日,《小小日报》"谈天"栏刊出杂文《吵嘴》。

10月29日,《小小日报》"哈哈镜"栏刊出杂文《团圞圞月照破碎国家》,署"柳今"。

1931年(民国二十年,辛未) 23岁

是年,王度庐应聘担任《小小日报》编辑员。

5月,《小小日报》连载哀情小说《缠命丝》,署"王霄羽"。同时连载社会小说《燕燕莺莺》,署"香波馆主"。

9月18日,沈阳发生"九一八"事变,日本加紧侵华。

按:《缠命丝》仅存第九〇次,内文曰"全卷终",图片有"31,8,1"标注,据此倒推,当始载于5月;《燕燕莺莺》仅存第六二次,未完,图片注"31,8"。

1932年(民国二十一年,壬申) 24岁

是年王度庐当仍任《小小日报》编辑员。

按:本年未见有关行状、著述史料。

1933年(民国二十二年,癸酉) 25岁

王度庐于本年离《小小日报》编辑员职。

按:耿小的在《我与〈小小日报〉》中说,自己进入《小小日报》任编辑是在"1933年后","之前似乎赵苍海编过很短时期",却未提及王霄羽。若其记忆无误,则王之去职,当在赵前。

本年未见其他行状、著述史料。

1934年(民国二十三年,甲戌)　26岁

是年,李丹荃随父亲离北平去西安。不久王度庐亦往西安,任陕西省教育厅编审室办事员,《民意报》编辑员。

3月10日,山西省教育厅在西安民众教育馆举办西安中小学讲演竞赛会;28、29日,又在西安民乐园举办西安中小学第二届唱歌比赛,均派王霄羽任记录。

3月20日,西安《民意报》"戏剧与电影周刊"第一期刊载《中国戏剧生命之革新》第一节"九一八后的中国戏剧界",署"柳今"。文中慨叹中国剧坛进步缓慢,以至"今日远东国际纠纷之病菌集于中国,而我国之戏剧仍然如沉睡,如枯死,反使他人——俄国——高呼曰:'怒吼吧中国!'"

3月27日,西安《民意报》"戏剧与电影周刊"第二期续载《中国戏剧生命之革新》第一节"九一八后的中国戏剧界",署"柳今"。文中续论中国戏剧的觉醒与"推翻""旧剧势力"之关系。同期又载《电影是应合大众所需要　真不容易利用它》,署"潇雨"。文中说:"艺术只要不是'自我'的而是'大众'的,那就当然要被利用成为一种工具。电影尤其要首先被人利用的,不过常常又见人们弄巧成拙,利用影片作某种宣传,结果倒被观众利用",从而形成与国外影片亦步亦趋的种种题材热,当前已由伦理片、武侠侦探片演进为民生片。当局于"九一八"后号召影界多制作"关于唤起民族精神的片子"固然不错,但是"现在的民众,只是恐慌他们的经济穷困,生活惨淡,实在没有充分的力量去供给到民族上。或者,现在的电影也只走到了替穷人呼吁,次一步,才是民族精神"。

4月3日,西安《民意报》"戏剧与电影周刊"第三期未见,当续

载《中国戏剧生命之革新》第二节"新旧戏剧之检讨"。

4月10日,西安《民意报》"戏剧与电影周刊"第四期续载《中国戏剧生命之革新》第二节"新旧戏剧之检讨",署"柳今"。文中认为,"中国旧剧虽然不能追随时代,但确能利用科学,亦缘近代科学文明多供给于资产阶级之享乐,旧剧靡靡之音当愈适合于人之享乐。新剧□□□□,自难免在比较之下落后也。"(原件有四字无法辨认。)同期并载《伦敦公演〈彩楼配〉的问题》,署"潇雨"。文中认为,在伦敦由中国人与外国人用英语同演旧剧《彩楼配》,只能像《蝴蝶夫人》那样,迎合一部分外国人的扭曲了的东方观。"但是歪曲的东西在现代剧坛上实在没有它的地位,何况这《彩楼配》国际性质的公演。"

按:(1)王度庐档案中的履历表填:"1934—1935年 西安民意报编辑员","1935—1936年 陕西省教育厅 办事员"。而从文章刊出情况判断,任《民意报》编辑员应该在后(报馆编辑不可能受厅长派遣去任竞赛记录),或者同时兼任二职。

(2)西安《民意报》"戏剧与电影周刊"仅存一、二、四期,日期据打印稿说明(周刊第四期为4月10日)向前推算而得。4月3日报缺失,内容可据前后两期推知(不排除3日还有其他文章刊出)。4月10日以后报纸缺失,当有其他未知史料。

5月,《陕西教育月刊》第五期发表《陕西省教育厅举办西安中小学讲演竞赛会经过》和《陕西省教育厅举办西安中小学第二届唱歌比赛会经过》记录,均署"王霄羽"。

10月,《陕西教育旬刊》第二卷第廿九、卅、卅一期合刊"论著"栏刊出《民间歌谣之研究》,署"王霄羽"。全文五章:第一章"歌谣之史的发展";第二章"歌谣的分类法";第三章"歌谣价值的面面观";

第四章"歌谣技巧的研究";第五章"结论"。文中有这样的论述:"贵族化的文学在'五四'时就已被人打倒,现在一般人都提倡大众文学。真正的'大众文学'在哪里?我们离开了歌谣,恐怕再没有地方寻找了罢?"

1935年(民国二十四年,乙亥)　27岁

是年,王度庐与李丹荃在西安结婚。婚后李父卒于三原,王度庐前往料理丧事,曾遭歹徒劫持。

按:王度庐后来在《〈宝剑金钗〉序》中写及"频年饥驱远游,秦楚燕赵之间,跋涉殆遍",当有所夸张,实则未离陕西。

1936年(民国二十五年,丙子)　28岁

是年王度庐夫妇返回北平。

10月13日,《平报》刊载《献于〈平报〉——十五周年》,署"王霄羽"。同日,《平报》开始连载武侠小说《黄河游侠传》,署"霄羽"。

12月12日,发生"西安事变"。

按:李丹荃在遗稿中回忆返京前后的生活说:"我有晕眩症,那时常犯,昏迷中常听到王叨念:'谢家有女偏怜小,自嫁黔娄万事乖……'后来我知道了这是元稹的悼亡诗。我就说:'你老叨念什么,我又没有死呀!'现在回想当时情景,如在目前。"

1937年(民国二十六年,丁丑)　29岁

是年春,王度庐夫妇应李丹荃二伯父伊筱农召,同赴青岛。

4月17日,《平报》连载《黄河游侠传》结束。

4月18日,《平报》开始连载武侠小说《燕赵悲歌传》,署

"霄羽"。

4月末,王度庐回北平料理"文债",于端午节后返青岛。不久,弟探骊与北平进步青年同来青岛,王度庐夫妇送他们取道上海奔赴陕北参加革命。

按:李丹荃在所遗手稿中说:"弟弟到了青岛,我们大家分析了当时的形势,都赞成他去内地找出路。他们兄弟一向感情很好,分手时不无留恋。最后王度庐慨然说:'你就放心走吧,我们以后会团聚的,母亲的生活,家里的一切,有我呢。'他把自己的怀表给了弟弟。"

7月7日,卢沟桥事变爆发。

7月9日,《平报》连载《燕赵悲歌传》结束。

7月10日,《平报》开始连载武侠小说《八侠夺珠记》,署"霄羽"。

7月30日,北平、天津失守。

12月底,青岛守军撤离。

按:伊筱农(1870—1946?),广东法政及警察速成学校毕业。1912年来青岛,创办《青岛白话报》(后改名《中国青岛报》),在当地颇有影响。"伊"为满族所冠汉姓,可知李丹荃家族亦有满族血统。

《八侠夺珠记》殆未载完。

1938年(民国二十七年,戊寅)　30岁

1月10日,日寇全面占领青岛。伊筱农博平路宅第被日军作为"敌产"没收,王度庐夫妇与伯父同往宁波路4号租屋居住。生计陷入极度困难之时,王度庐偶遇在《青岛新民报》任副刊编辑的北平熟人关松海,应约向该报投稿。

5月30日、31日，《青岛新民报》发布《本报增刊武侠小说预告》，称"已征得名小说家王度庐先生之精心杰作长篇武侠小说《河岳游侠传》"，即将刊出。是为"度庐"笔名首次见报。

按：《青岛新民报》和后来的《青岛大新民报》在刊出王度庐作品之前都先发布预告，下不一一列载。

6月1日，《青岛新民报》开始连载武侠小说《河岳游侠传》，署"王度庐"。

6月2日，《青岛新民报》刊载散文《海滨忆写》，署"度庐"。

11月15日，《河岳游侠传》连载结束。共20回，未见单行本。

11月16日，《青岛新民报》开始连载武侠悲情小说《宝剑金钗记》，署"王度庐"。配图：刘镜海。

按：刘镜海，时在海泊路23号开设"镜海美术社"，除为王氏作品配插图外，在生活上与王度庐夫妇也经常互相照顾。

1939年（民国二十八年，己卯）　31岁

是年春，王度庐长子生于青岛。

4月24日，《青岛新民报》开始连载社会言情小说《落絮飘香》，署"霄羽"。配图：许清（刘镜海笔名）。

7月29日，《宝剑金钗记》在《青岛新民报》载毕。

7月30日，《青岛新民报》开始连载武侠悲情小说《剑气珠光录》。

是年，青岛新民报社印行《宝剑金钗记》单行本，前有王度庐自序，谓："频年饥驱远游，秦楚燕赵之间跋涉殆遍，屡经坎坷，备尝世味，益感人间侠士之不可无。兼以情场爱迹，所见亦多，大都财色相欺，优柔自误。因是，又拟以任侠与爱情相并言之，庶使英雄肝胆亦

有旖旎之思,儿女痴情不尽娇柔之态。此《宝剑金钗》之所由作也。"

按:《宝剑金钗记》自序仅见于青岛新民报版单行本,也是至今所见王度庐为自己著作所写申述创作意图的唯一自序(其他著作连载时虽或亦加引言,均系说明性文字,出版单行本时皆被删除)。

1940年(民国二十九年,庚辰) 32岁

2月2日,《落絮飘香》在《青岛新民报》载毕。

2月3日,《青岛新民报》开始连载社会言情小说《古城新月》,署"霄羽",配图:许清。

2月22日,《青岛新民报》刊载《〈落絮飘香〉读后》,作者傅珝琳系关松海之夫人。文中介绍霄羽"曩在北京主编《小小日报》时,以著侦探小说知名",并且透露"霄羽""度庐"实为一人。

4月5日,《剑气珠光录》载毕,随后亦由报社印行单行本。

4月7日,《青岛新民报》开始连载《舞鹤鸣鸾记》,署"王度庐",配图:刘镜海。此日所载为该书"序言",出单行本时被删却,全文如下:"内家武当派之开山祖张三丰,本宋时武当山道士,曾以单身杀敌百余,因之威名大振。武当派讲的是强筋骨、运气功、静以制动、犯则立仆,比少林的打法为毒狠,所以有人说'学得内家一二,即足以胜少林。'此派自张三丰累传至王咸来,咸来弟子黄百家,又将秘传歌诀,加以注解,所以内家拳便渐渐学术化了。可是后因日久年深,歌诀虽在,真功夫反不得传。自清初至近代,武当派中的侠士实寥寥无几,有的,只是甘凤池、鹰爪王、江南鹤等。甘凤池系以剑术称,鹰爪王专长于点穴,惟有江南鹤,其拳剑及点穴不但高出于甘、王二人之上,且晚年行踪极为诡异,简直有如剑仙,在《宝剑金钗记》与《剑气珠光录》二书中,这位老侠只是个飘渺的人物,如神龙

一般。而本书却是要以此人为主,详述他一生的事迹。又本书除江南鹤之外,尚有李慕白之父李凤杰,及其师纪广杰。所以若论起时代,则本书所述之事,当在李慕白出世之前数十年了。"

8月16日,南京《京报》开始连载《风雨双龙剑》,署"王度庐"。配图:刘镜海。

按:南京《京报》为汪伪时期出版的四开小报,原系三日刊,1940年8月16日改为日报,终刊于1945年8月16日。该报约得王度庐文稿,当亦出诸关松海之绍介。

介绍王度庐去市立女中代课的是潘思祖,字颖舒,河北邢台人,1930年毕业于河北大学国文系,时在青岛市立女中任教。李丹荃在回忆手稿中说:"潘先生常来我家,一坐就是半天。他善谈吐,知道的事情多,打开话匣子什么都说。""潘先生是王度庐那时唯一可以谈得来的人,只有和潘先生在一起,王度庐才肯毫无顾忌地说话。在有些言情小说里,故事情节也是取自潘先生的谈话资料。"王子久则在《王度庐和他的小说》(载于1988年1月9日《青岛日报》)中说:"下课后学生常常把他包围起来",要求他别把《落絮飘香》《古城新月》里女主人公的下场写得太惨。

1941年(民国三十年,辛巳) 33岁

是年王度庐任青岛圣功女中教员。

3月15日,《舞鹤鸣鸾记》在《青岛新民报》载毕,随后亦由报社印行单行本。

3月16日,《青岛新民报》开始连载《卧虎藏龙传》,配图:刘镜海。

4月10日,《古城新月》在《青岛新民报》载毕。

4月11日,《青岛新民报》开始连载《海上虹霞》,署"霄羽"。配图:许清。

5月9日,《风雨双龙剑》在南京《京报》载毕,共17回。随后即由报社印行单行本。

5月10日,南京《京报》开始连载《彩凤银蛇传》,署"度庐"。配图:刘镜海。

8月27日,《海上虹霞》在《青岛新民报》载毕。

8月28日,《青岛新民报》开始连载社会小说《虞美人》,署"霄羽"。配图:许清。

按:《风雨双龙剑》连载本与后来的上海育才书局重印本相比,在回目、内文上都略有差别,后者当经作者修订。

1942年(民国三十一年,壬午)　34岁

是年王度庐曾任青岛市立女中代课教员一个多月。

按:青岛毛铎先生之母当年为市立女中教员,他听母亲说,王度庐担任的是培训社会人员的课程,上课地点在市立女中附小(即位于朝城路5号的今朝城路小学)。

3月1日,《彩凤银蛇传》在南京《京报》载毕,共13回。

3月2日,南京《京报》开始连载《纤纤剑》,署"王度庐"。配图:刘镜海。

3月3日,南京《京报》刊载读者傅佑民来信《关于〈彩凤银蛇传〉鲁彩娥之死》,对《彩凤银蛇传》女主人公因伤重死于中途而未见到自幼失散之生母的结局提出异议。该报副刊编辑在《编者谨按》中说:"王先生写鲁彩娥之死,才正是脱去中国武侠小说的旧套……给读者一种'此恨绵绵无绝期'的尾巴……这才是全书的力

量"。"读者越是这样着急,气愤,越是著者的成功,越见王先生文笔感人之深。"

3月7日,《青岛新民报》开始连载《铁骑银瓶传》,署"王度庐"。配图:刘镜海。

3月6日,《卧虎藏龙传》在《青岛新民报》载毕。同日,南京《京报》又载读者陈中来信,再次对《彩凤银蛇传》写鲁海娥之死提出商榷,以为固然"不必'大团圆'或带'回令'",而"'见娘'似为必要"。信中还提及"某日路过平江府街,闻一擦皮鞋者与一少年,亦在津津然预测鲁海娥之未来",可见读者关心之一斑。

3月17日,南京《京报》再载读者王德孚来信,认为虽然鲁海娥之死写得好,但是还应加上一些交代后事、劝导爱人走正路的临终遗言。

3月24日,南京《京报》刊出王度庐《关于鲁海娥之死》一文,回答读者批评,说明"在写该书的第一回之前,我就预备着末了是一幕悲剧。""向来'大团圆'的玩艺儿总没有'缺陷美'令人留恋,而且人生本来是一杯苦酒,哪里来的那么些'完美'的事情?'福慧双修'的女子本来就很少,尤其是历史或小说里的'美人'。古人云:'自古美人如名将,不许人间见白头。'西施为千古美人,原因是她后来没有下落;林黛玉是读过了《红楼梦》的人一定惋惜的,原因也是她早死。近代的赛金花就不够'绝代佳人'的条件,她是不该后来又以老旦的扮相儿再登台。'好花不常开,好景不常在',美与缺陷原是一个东西。本此种种理由,于是我更得叫我们的'粉鳞小蛟龙'死了。""因为这样的女人决不可叫她去与人'花好月圆',度那庸俗的日子;尤其不能叫她跟十三妹一样去二妻一夫的给男子开心。"

10月31日,《纤纤剑》在南京《京报》载毕,共10回。

1943年(民国三十二年,癸未)　35岁

是年,《青岛新民报》与《大青岛报》合并,更名《青岛大新民报》。

是年王度庐曾任《治平月刊》编辑员一个多月。

1月23日,南京《京报》开始连载《舞剑飞花录》,署"王度庐"。配图:刘镜海。

10月5日,《青岛大新民报》刊出《寒梅曲》广告,其中说:"名小说家王霄羽先生自为本报撰《落絮飘香》《古城新月》《海上虹霞》《虞美人》等数篇之后,篇篇脍炙人口,远近交誉,百万读者每日争先竞读,投来赞誉之函件无数。盖王君文学湛深,复精研心理学,对于社会人情,观察最深;国内足迹又广,生活经验极为丰富;并以其妙笔,参合新旧写法,清俊流畅,细腻转宛;描写之人物,皆跃跃如生,令人留下深深印象。其所选之故事,又皆可悲可喜,新颖而近情合理,章法结构,亦极严谨,无懈可击。即以现刊之《虞美人》言,连刊二年余,若换他人之著作,恐早已令人生倦,然王君之文,日日有新的描写,故事有新的发展变幻,令人如食橄榄,越嚼其味越长;如观大海,久望而其波澜无尽。是以每日每人争相阅读,并常有向本社函电相询者。此均系事实,凡读者皆能信而不疑者也。故虽饱学之士,极富人生阅历之人,对王君之著作亦莫不称誉,谓之为当代第一流之小说家。今《虞美人》即将终篇,新作已由王君开始动笔,名曰《寒梅曲》。系由民国初年北京极繁华之时写起,先述女伶之生活,但与一般的俗流写法迥异;次叙一好学上进的女子,于艰苦环境之中不泯其志气,不失其天真。渐展为一段恋爱,男主角为一音乐家,于是《寒梅曲》遂写入本题矣。其后则此女主角遭境改变,如

寒梅之遇风雪,花片纷落,然不失其皓洁。中间穿插许多新奇而合理之故事,出现许多面貌不同、心情各异之人物,但人物虽多而不杂乱,每个人又都是在前几篇中未见过的,可也就许是读者眼前常见的。写至中段,则情节极为紧张,能不下泪、不感动者恐少;斯时又写一洁身自爱、有为之少年人,排万难立其身,颇富伦理知识,且有教育意味。至篇末结束之时,写得尤为高超,读者到时自然赞佩。并且此书与前几篇不同,王君之作风梢加改变,简洁流丽,不作繁冗之藻饰,不用生涩的字句,更以悲哀与滑稽相衬而写,非但令人回肠荡气,有时亦令人喷饭。总之,王君之作品早已成熟,已至炉火纯青之候,已有挥洒自如之才力,此《寒梅曲》尤最,不待多加介绍也。"

10月6日,《虞美人》在《青岛大新民报》载毕。

10月7日,《青岛大新民报》开始连载《寒梅曲》,署"霄羽"。配图:许清。

按:因存报缺失,《寒梅曲》连载结束时间未详。

1944年(民国三十三年,甲申)　　36岁

是年《铁骑银瓶传》在《青岛大新民报》载毕(具体月、日未详)。

1月18日,《舞剑飞花录》在南京《京报》载毕,共19章。

1月19日,南京《京报》开始连载《大漠双鸳谱》,标"侠情小说",署"王度庐"。配图:镜海。

7月3日《大漠双鸳谱》载毕,共6章。

7月4日,南京《京报》开始连载《春明小侠》,标"侠情小说",署"王度庐"。

按:《舞剑飞花录》后由励力出版社印行单行本,改题《洛阳豪客》,被压缩为16章。连载本之章题与单行本完全不同,文字出入也较大。

又,本年上海《戏世界》报曾刊出武侠小说《铁剑红绡记》,署"王度庐",现仅存4030、4031、4032、4033、4034、4035、4036、4038、4039、4040十期(即十段连载文本,分别属于第一、第二章,时间为3月20日至30日)。待辨真伪。

1945年(民国三十四年,乙酉)　　37岁

2月18日,王度庐之女生于青岛。

2月25日,《春明小侠》载至第20章。

5月1日,南京《京报》连载《琼楼双剑记》第二章,署"王度庐"。同日,青岛《民民民》月刊连载《锦绣豪雄传》,署"王度庐"。

是年夏秋之际,《青岛大新民报》停刊。8月15日,日本正式宣布投降。10月25日,青岛举行日军受降典礼。《青岛时报》等老报复刊,《民治报》《民众日报》等新报创刊。

按:《春明小侠》于本年2月25日载至第二十章,改标"武侠小说",以下报纸缺失,连载结束时间当在4月末。《琼楼双剑记》亦因报纸缺失而不知始载时间;至5月27日,所载内容仍为第二章,以后殆未续载。《锦绣豪雄传》亦未载完。

1946年(民国三十五年,丙戌)　　38岁

是年王度庐为维持生计,曾任赛马场办事员,于周日售马票。

12月2日,《青岛时报》开始连载王度庐所著武侠小说《紫凤镖》,署名"鲁云"。

1947 年（民国三十六年，丁亥）　39 岁

5 月 1 日，青岛《民治报》开始连载王度庐所撰武侠小说《太平天国情侠传》，署"鲁云"。

5 月 19 日，青岛《大中报》开始连载王度庐所撰武侠小说《清末侠客传》，署"鲁云"。

6 月 11 日，《青岛时报》开始连载王度庐所撰社会言情小说《晚香玉》，署"绿芜"。

7 月 18 日，《紫凤镖》在《青岛时报》载毕。

7 月 19 日，《青岛时报》开始连载王度庐所撰武侠小说《雍正与年羹尧》，署"鲁云"。

是年王度庐收到弟弟来信，得知中共即将获得全面胜利。

按：《太平天国情侠传》仅见一节，未知是否载毕。《雍正与年羹尧》《清末侠客传》当于次年载毕。

李丹荃在回忆文中说："47 年，我们忽然收到分离多年的弟弟的信，那信是经过几个人辗转捎来的。信中大意是：我在外买卖很好，我们不久即可团聚，望你们放心。信虽很短，但却是莫大喜讯。信中真实的含义，我们是明白的，知道多年的战争是将结束了。只是这时他们在北平的母亲已故去，没有来得及知道，是终身遗憾。"

1948 年（民国三十七年，戊子）　40 岁

是年王度庐曾任青岛摊商工会文牍。

1 月 31 日，《晚香玉》在《青岛时报》载毕。

2 月 1 日，《青岛时报》开始连载《粉墨婵娟》，署"绿芜"。

4 月 29 日，《青岛时报》开始连载武侠小说《宝刀飞》，署

"鲁云"。

6月,上海育才书局出版增订本《风雨双龙剑》。

7月10日,《粉墨婵娟》在《青岛时报》载毕。

7月15日,《青岛时报》开始连载侠情小说《燕市侠伶》,署"绿芜"。

9月17日,《宝刀飞》在《青岛时报》载毕。

9月20日,《青岛公报》开始连载武侠小说《金刚玉宝剑》,署"王度庐"。

按:《金刚玉宝剑》之"玉"字当系"王"字之误,参见丁福保主编之《佛学大辞典》:【金刚王宝剑】(譬喻)临济四喝之一,谓临济有时一喝,为切断一切情解葛藤之利剑也。《临济录》曰:"师问僧:有时一喝如金刚王宝剑,有时一喝如踞地金毛狮子,有时一喝如探竿影草,有时一喝不作一喝用,汝作么生会?僧拟议,师便喝。"《人天眼目》曰:"金刚王宝剑者,一刀挥断一切情解。"又:【金刚】(术语)Vajra梵语曰缚罗。……译言金刚,金中之精者,世所言之金刚石是也。……又(天名)持金刚杵之力士,谓之金刚。……【金刚王】(杂语)金刚中之最胜者,犹言牛中之最胜者为牛王也。……

9月24日,青岛《军民晚报》开始连载武侠小说《龙虎铁连环》,署"王度庐"。

10月,上海励力出版社将《清末侠客传》分为两册印行,分别改题《绣带银镖》《冷剑凄芳》。

11月,上海励力出版社出版《宝刀飞》。

同年,上海励力出版社还出版或再版了王度庐的以下作品:《鹤惊昆仑》(即《舞鹤鸣鸾记》);《宝剑金钗》(即《宝剑金钗记》);《剑气珠光》(即《剑气珠光录》);《卧虎藏龙》(即《卧虎藏龙传》);《铁骑银瓶》(即《铁骑银瓶传》);《紫电青霜》;《新血滴子》(即《雍正与年羹尧》);《燕市侠伶》;《落絮飘香》《琼楼春情》《朝露相思》《翠陌归人》(此为《落絮飘香》连载本的四个分册);《暴雨惊鸳》(此为《寒梅曲》连载本的第一分册,以下分册未见);《绮市芳葩》《寒波玉蕊》(此为《晚香玉》连载本的两个分册);《粉墨婵娟》《霞梦离魂》(此为《粉墨婵娟》连载本的两个分册)。

按:《燕市侠伶》之后集为《梅花香手帕》。后集未见连载,励力版《燕市侠伶》亦未见,该版当不包括后集。

1949年(己丑)　　41岁

是年,王度庐之弟谭立(即王探骊)出任中共大连市委副书记。

1月1日,青岛《民治报》开始连载《玉佩金刀记》,署"王度庐"。未完。

2月,《金刚玉宝剑》改由《联青晚报》连载。

4月,上海励力出版社出版《金刚玉宝剑》,共三册。

6月29日,王度庐幼子生于青岛。

是年秋,王度庐夫妇携长子、女儿同由青岛迁往大连(幼子暂留青岛)。王度庐任旅大行政公署教育厅编审委员。李丹荃先在市教育局初教科任科员,后任教于英华坊小学和大同坊小学。

本年,重庆千秋书局出版《紫凤镖》。上海励力出版社还出版了王度庐的下列作品:《朱门绮梦》《小巷娇梅》《碧海狂涛》《古城新月》(此为《古城新月》连载本的四个分册);《海上虹霞》《灵魂之锁》(此为《海上虹霞》连载本的两个分册);《琴岛佳人》《少女飘零》《歌舞芳邻》(此为《虞美人》连载本的前四个分册,以下分册未见);《洛阳豪客》(即《舞剑飞花录》);《风尘四杰》《香山侠女》《春秋戟》《龙虎铁连环》。

1950年(庚寅)　42岁

王度庐在旅大行政公署教育厅任编审委员。

1951年(辛卯)　43岁

王度庐调入旅大师范专科学校任教员。

1952年(壬辰)　44岁

王度庐在旅大师范专科学校任教员。

1953年(癸巳)　45岁

是年王度庐调入沈阳东北实验学校(现辽宁省实验中学)任语文教员,李丹荃任该校舍务处职员。

1954年(甲午)　46岁

王度庐在沈阳东北学校(现辽宁省实验中学)任教。

1955年(乙未)　47岁

5月,《人民日报》公布《关于胡风反革命集团的材料》。在清查"胡风分子"时,王度庐曾经受到无端怀疑。

1956年(丙申)　48岁

1月13日,文化部发出《关于续发处理反动、淫秽、荒诞图书参考目录的通知(56)(文陈出密字第9号)》,其第二条称:"有一些人专门编写反动、淫秽、荒诞的图书,如徐訏、无名氏、仇章专门编写政治上反动的、描写特务间谍的小说,张竞生、王小逸(捉刀人)、蓝白黑、笑生、待燕楼主、冷如雁、田舍郎、桑旦华专门编写含有反动政治内容或淫秽、色情成分的'言情小说',朱贞木、郑证因、李寿民(还珠楼主)、王度庐、宫白羽、徐春羽专门编写含有反动政治内容或淫秽、色情成分的神怪、荒诞的'武侠小说'。为了肃清反动、淫秽、荒诞的图书,请各省市文化局在审读图书时,对于徐讦……徐春羽等二十一人编写的图书特别加以注意。但决定是否处理和如何处理,仍应按书籍内容而定。"〔见中国出版科学研究所、中央档案馆编《中华人民共和国出版史料》第8辑(1956年),中国书籍出版社2002年10月版〕

同年,王度庐加入中国民主促进会,并任该会沈阳市第五届市委委员;又曾被选为皇姑区政协委员和沈阳市第六届人民代表大会代表。

按:以上政治身份据辽宁省实验中学所存退休人员登记表及李丹荃回忆文。加入民进当在本年,其他事项或在其后,因无法查实年份,姑均暂系于本年。

1957年(丁酉)　49岁

实验中学也掀起"反右"运动,王度庐没有受到大冲击。

1958年(戊戌)　50岁

王度庐继续任教于辽宁省实验中学。

1959年(己亥)　51岁

王度庐继续任教于辽宁省实验中学。

1960 年（庚子）　　52 岁

王度庐继续任教于辽宁省实验中学。

1961 年（辛丑）　　53 岁

王度庐继续任教于辽宁省实验中学。

1962 年（壬寅）　　54 岁

王度庐继续任教于辽宁省实验中学。

1963 年（癸卯）　　55 岁

王度庐继续任教于辽宁省实验中学。

1964 年（甲辰）　　56 岁

王度庐继续任教于辽宁省实验中学。

1965 年（乙巳）　　57 岁

王度庐继续任教于辽宁省实验中学。

1966 年（丙午）　　58 岁

"无产阶级文化大革命"爆发。王度庐受到冲击，被贬入"有问题的人学习班"，接受"清队"审查。

1967 年（丁未）　　59 岁

王度庐仍被"审查"，但实际上处于"逍遥"状态。

1968年(戊申)　　60岁

王度庐仍处于"逍遥"状态。

1969年(己酉)　　61岁

王度庐当在是年被结束"审查",获得"解放",即被宣布没有查出问题,恢复原来的政治身份。

按:依照"文革"程序,"有问题的人"被"解放"之前,仍需召开一次表示"结案"的批判会。李丹荃在回忆文中写道:"……开了一个小型批判会。也不知从什么地方找来一本《小巷娇梅》,批判者念一段,批判一番……当批判者念到生动有趣处,听者笑了,王度庐也忍不住笑了,当然要招来申斥:'你还笑?你要端正态度!'批判者们又从我们家拿走了我们的一本相册,里面有两张全家照片。一张中有我抱着49年初生的幼子;另一张是我穿着在旅大行政公署发的女干部服装,王度庐穿着他兄弟给他的呢子干部服装。批判者举着照片说:'你们穿得这么好,可见你们过去生活多么优越!你爱人还穿着裙子!'……对他的批判只是一种虚张声势的形式。那些老师并未认真对待。"

1970年(庚戌)　　62岁

是年春,王度庐以退休人员身份,随李丹荃下放到辽宁省昌图县泉头公社大苇子大队,不久转到泉头大队。

按:王度庐幼子在一封信里这样回忆父母被"下放"的情景:

"……我在农村'接受再教育',得知后立即赶回家。前往农村时,年迈的父母坐在卡车顶上,一路颠簸。爸爸当时身体就很不好,加上这一折腾,半路解手时,站了半天也解不出来。妈妈晕车,走一路吐一路。那情景我现在回忆起来都止不住要流泪。"

其女则曾在一封信里回忆到昌图看望父母的情景:

"听说他们下乡了,我很急,不久就请假找去了。他们一辈子住在城里,父亲更是年老体弱,手无缚鸡之力,忽然到了农村,借住在人家的半间小屋里,怎么生活?

"我还没走到家,就远远地看见父亲坐在一棵繁茂的大树下(很像一幅中国山水画),我的心顿时平静下来了。他永远是那么心平气和,不知是怎么修炼的。"

"我女儿小时候跟我父母在农村住过。有一次闹觉(困了,不睡,哭闹),我很烦,可我父亲说:'世界多美好啊,她是舍不得去睡觉啊。'

"有时,父亲用手比成一个取景框,东照一下,西照一下,对我的小孩说:'快来看,这边是一个景,那边也是一个景。'(父亲原本喜欢摄影,在小说《海上虹霞》中曾写到购买'莱卡'照相机,就颇内行。)

"他还常让母亲下地干活回来时带些野花野草。那时父亲走路已不太方便了。"

1971年(辛亥)　63岁

王度庐在昌图。

1972年(壬子)　64岁

王度庐在昌图。其幼子考入迁至铁岭的沈阳农学院农学系。

1973 年(癸丑)　　65 岁
王度庐在昌图。

1974 年(甲寅)　　66 岁
1 月 14 日,长子突然亡故,王度庐夫妇不胜哀痛。

同年,幼子毕业于迁至铁岭的沈阳农学院农学系,留校任教。李丹荃于下放人员"落实政策"时也被安排退休。

1975 年(乙卯)　　67 岁
王度庐夫妇迁往铁岭与幼子同住。

1976 年(丙辰)　　68 岁
王度庐在铁岭。

1977 年(丁巳)　　69 岁
2 月 12 日,王度庐因病卒于铁岭。

按:李丹荃在回忆手稿中这样记述丈夫逝世的情景:"儿子工作的学校已放了寒假,这天正是旧历年末。晚上儿子去办公室值夜,女儿远在几千里外工作。我们住在一间很小的宿舍里,暖气不热,电灯不亮,风吹得屋外树枝簌簌地响,偶然能听得到远处一声声犬吠。他病已重危,该说的话早已说完,他静静地合上双眼去了。我不愿惊动他,也不想叫别人,坐在床前陪伴着他,送他安静地走完了人生最后的旅程,时年六十八(周)岁……我遵从他的遗嘱,没有通知很多人,没有举行一切世俗的仪式,没有哀乐,没有纸花,悄然地由他的儿子和几位热情的青年同事用担架(把他)抬到离我家很近的火葬场。"

承张元卿博士协助查阅南京《京报》并发现、提供有关《陕西教育月刊、旬刊》资料，特此致谢！

何海鸣作品年表
（初稿）

张元卿 编

编例

1.本表的基本著录格式是同一年份下先录报刊文章,次录报刊连载长篇小说,次录单行本著作,最后附录评论文章及唱和诗词

2.为检索方便,同一年份下的不同刊物大致按首字音序排序;同一年份下同一刊物所载作品按刊期排列。

3.未特别注明的均署"何海鸣"。

4.模糊难辨的字以□代之。

1911 年
《亡中国者即和平》,刊于 7 月 17 日《大江报》,署名"海"。

1914 年
《点绛唇:想想思思》,刊于《游戏杂志》第 5 期,署名"白沙一雁"。

1915 年

《绿意(湖上新蒲苇)》《金缕曲·偕沈自强泛舟湖上》《浣溪纱·寄程习子》,刊于《游戏杂志》第 11 期,均署名"白沙一雁"。

本年,《求幸福斋随笔初集》由华商印书馆出版。

1916 年

本年,《求幸福斋随笔》《琴嫣小传》由上海民权出版部出版。

1917 年

《联语:挽新剧家陆镜若》,刊于《寸心》第 1 期,署名"一雁"。

《联语:挽蔡松坡先生》《文苑:请早颁恤典条例呈(大总统文)》,刊于《寸心》第 1 期,署名"海鸣"。

《眼枯集》《寸心之心》《札记一:偶然六记》《选录:何海鸣痛定之言》《现议会观》《短篇小说三:侦探小说:北京警犬侦探案之一》《短篇小说一:欧战军事短篇小说:赤子》《政心》,刊于《寸心》第 1 期。

《短篇小说一:欧战军事短篇小说:秋闺梦》《论撰一:军本》《文苑:眼枯集:隐尤、蓬山、无端、旧院、无题》《文苑:奈何词:玉女摇仙佩(无题)、添字昭君怨》,刊于寸心》第 2 期,署名"一雁"。

《文苑:眼枯集:李震中王桂金事谐返沪诗以赠之》《论撰一:现时之内外问题》《欧战军事短篇小说:敌种》,刊于《寸心》第 3 期,署名"一雁"。

《短篇小说一:欧战军事短篇小说:面包》《文苑:眼枯集:海上归来苦忆天飞、秋意、西江》,刊于《寸心》第 4 期,署名"一雁"。

《札记一:偶然六记之一:金陵纪战》,刊于《寸心》第2、4、6期,署名"一雁"。

《文苑:答职业函授学校辞文科教授书》,刊于《寸心》第4期,署名"求幸福斋主"。

《小说一:哀情小说:鮀海归舟》《论撰一:中美联盟论》《文苑:眼枯集:欢筵、赞圣辞(有序)》《政略与军略》,刊于《寸心》第5期,署名"一雁"。

《文苑:眼枯集:呈赵次珊先生、谭鑫培挽辞》,刊于《寸心》第6期,署名"一雁"。

本年,《奇童纵囚记》,由上海中华书局出版。

1918 年

本年,《海鸣说集》由上海民权出版部出版,收录了《卖歌女郎》《赤子》《敌种》《面包》《秋闺梦》《海外奇花》《北京警犬侦探案》《沧州生》《曾几何时》《情让》《花英》等小说。

1919 年

《丛录:华工与过激派》,刊于《新中国》第1卷第1期。

1920 年

《今后中国应行之社会政策》,刊于《新中国》第2卷第5期。

本年,《中国社会政策》由北京华星印书社出版,主要内容有社会政策的观念、意义,统计与调查,兴业与重农,兴业中的工商界,劳动管理机关与劳动团体;对劳动者、妇女、侨工的政策,劳动保护法;城市计划与改良农村,财产所有权与国有化,企业的统一政策;土地等各种税务政策;专利特权,购买与消费、银行、救贫、普选等政策。

本年,《中国工兵政策》由由北京华星印书社出版。该书共分四卷。总论,介绍世界军政问题趋势,中国现代军政问题焦点、工兵与农兵、屯田、征兵制等的关系。军制问题,介绍政策与军事的关系,国防、地方军事行政等问题。工兵训练,介绍金工、木工、电工、土工、缕工、挽工与军事的关系,炮兵、骑兵、工程兵、辎重兵、电信队兵、铁道队兵、汽车队兵、气球队兵、航空队兵、机关枪队兵、自转车队兵、卫生队兵的工兵训练。结论,介绍广义的军事经理学,军队纪律与社会秩序,古兵家与新潮等。

1921 年

《太平洋会议保侨案提出之旨趣与华侨之觉醒》,刊于《东方杂志》第 18 卷第 18—19 号

《航空事业与华侨》,刊于《航空》第 2 卷第 4 期。

《民众合作之航空事业》,刊于《航空》增刊。

《殖民地移转问题》,刊于《侨务》第 24 期。

1922 年

《求幸福斋主人卖小说的说话》,刊于《半月》第 1 卷第 10 号。

《评毕倚虹〈北里婴儿〉》,刊于《半月》第 1 卷第 20 号。

《惧内的侦察家》,刊于《红杂志》第 2 期,署名"求幸福斋主"。

《一个枪毙的人》,刊于《红杂志》第 5 期。

《戏剧中之红》,刊于《红杂志》第 6 期。

《离婚的证据》,刊于《红杂志》第 21 期。
《求幸福斋丛话》,刊于《红杂志》第 49 期。
《求幸福斋丛话》,刊于《红杂志》第 50 期。
《妓债》,刊于《快活》第 10 期。
《新婚妒误》,刊于《快活》第 14 期。
《红倌人》,刊于《快活》第 16 期。
《留声机片》,刊于《快活》第 23 期。
《一年来之回想与周年后进行之预计》,刊于《侨务》第 37 期。
《为山东路矿民有问题敬告华侨》,刊于《侨务》第 38 期。
《华侨航业谭》,刊于《侨务》第 39 期。
《评新加坡中华商会之弭兵电文》,刊于《侨务》第 41 期。
《论菲岛华侨交涉海关出入困难事件》,刊于《侨务》第 42 期。
《侨务旬刊之信用问题》,刊于《侨务》第 44 期。
《题国货指南并告华侨》,刊于《侨务》第 47 期。
《评华侨三进主义》,刊于《侨务》第 48 期。
《对于美洲华侨大中华兴业公司之批评》,刊于《侨务》第 49 期。
《本刊对美洲华侨简单之宣言》,刊于《侨务》第 49 期。
《华侨公债谈》,刊于《侨务》第 57 期,署名"海鸣"。
《论华侨之议员额》,刊于《侨务》第 59 期。
《学术栏之创造》,刊于《侨务》第 61 期。
《求幸福斋剧谈》,刊于《十日杂志》第 1 期。
《乡下媳妇》,刊于《小说时报》第 3 期。
《倡门送嫁录》,刊于《星期》第 2 期,署名"求幸福斋主"。
《妆台外史》,刊于《星期》第 15 期,署名"求幸福斋主"。

《海虹酬唱》,何"海鸣"、毕倚虹,刊于《星期》第 18 期。

《逃妾》,刊于《星期》第 24 期,署名"求幸福斋主"。

《儿童教育》,刊于《星期》第 26 期,署名"求幸福斋主"。

《大沧二沧》,刊于《星期》第 50 期,署名"求幸福斋主"。

《倡门教育》,刊于《心声》第 1 期,署名"求幸福斋主"。

《妓之初恋》,刊于《游戏世界》第 14 期,署名"求幸福斋主"。

《求幸福斋漫笔》,刊于《游戏世界》第 18 期。

《求幸福斋剧谈》,刊于《游戏世界》第 22 期。

《五人团》,刊于《侦探世界》第 6 期。

《骑车里面》,刊于《最小》第 1 卷 1 期。

《短篇小说:向晚的街市》,刊于《最小》第 1 卷 5 期。

本年,《侨务汇编(第一集)》,由北京侨务旬刊社出版;《求幸福斋丛话》第一、二集由上海大东书局出版。

附录:

《介绍〈海鸣诗存〉出版》,刊于《家庭》第 8 期广告。

陈芷斋《步何君海鸣题潘可恨女士诗原韵》,刊于《侨务》第 39 期。

《何海鸣由京来沪》,刊于《游戏世界》第 19 期。

1923 年

《求幸福斋论诗》,刊于《半月》第 3 卷第 5 号。

《丈夫的责任》,刊于《红杂志》第 9 期。

《小说家之妻》,刊于《红杂志》第 11 期。

《丝光布》,刊于《红杂志》第 16 期,署名"求幸福斋主"。

《家声》,刊于《红杂志》第 19 期。

《脚之爱情》,刊于《红杂志》第 25 期。

《津沽杂记》,刊于《红杂志》第 29 期,署名"求幸福斋主"。

《一件卷逃案》,刊于《红杂志》第 31 期。

《求幸福斋剩墨》,刊于《红杂志》第 40 期。

《项圈(续)》,刊于《红杂志》第 42 期,署名"求幸福斋主"。

《演说席边》,刊于《红杂志》第 48 期,署名"求幸福斋主"。

《求幸福斋丛话》,刊于《红杂志》第 49 期。

《求幸福斋丛记》,刊于《红杂志》第 50 期。

《鼠子归来记》,刊于《红杂志》第 2 卷第 77 期。

《榴火红时》,刊于《红杂志》纪念号。

《十二年岁首的重要报告》,刊于《侨务》第 64 期。

《华侨归国安全之保障》,刊于《侨务》第 78 期,署名"海鸣"。

《华侨方面之孔教问题》,刊于《侨务》第 80 期,署名"海鸣"。

《东三省大豆输入爪哇之研究》,刊于《侨务》第 86 期,署名"海鸣"。

《南洋诸民族运动与华侨之关系》,刊于《侨务》第 91 期,署名"海鸣"。

《荷属政府与华人知识界》,刊于《侨务》第 96 期,署名"海鸣"。

《马来树胶贩卖新例之评论》,刊于《侨务》第 97 期,署名"海鸣"。

《华侨兴办华北实业第一步之方法》,刊于《侨务》第 99 期,署名"海鸣"。

《钱太贵了》,刊于《小说世界》第 1 卷第 12 期。

《栗子香》,刊于《小说世界》第 1 卷第 9 期。

《雏鸡记》,刊于《小说世界》第 2 卷第 1 期。

《穷人的钱》,刊于《小说世界》第 2 卷第 10 期。

《权威》,刊于《小说世界》第 2 卷第 13 期。

《总统的早餐》,刊于《小说世界》第 2 卷第 12 期。

《小厮奇梦记》,刊于《小说世界》第 4 卷第 5 期。

《最初的忧患》,刊于《小说世界》第 4 卷第 8 期。

《后门口的舆论》,刊于《小说世界》第 4 卷第 10 期。

《资格》,刊于《小说世界》第 4 卷第 12 期。

《我的白话词》,刊于《心声》第 1 卷第 2、3、4、5 期。

《狗之自述(集锦小说)》,刊于《心声》第 1 卷第 4 期。陶报癖、何海鸣、贡少芹合作。

《狗之自述(集锦小说二)》,刊于《心声》第 1 卷第 5 期,陶报癖、何海鸣、贡少芹合作。

《集锦小说狗之自述(下)》,刊于《心声》第 1 卷第 6 期,陶报癖、何海鸣、贡少芹合作。

《两般身世》,刊于《心声》第 4、5 期,署名"求幸福斋主"。

《离婚以后》,刊于《心声》第 1 卷第 6 期。

《私娼日记》,刊于《心声》第 1 卷第 8 期。

《珠帘寨脚本(上)(何海鸣抄)》,刊于《心声》第 1 卷第 10 期。

《珠帘寨脚本(下)》,刊于《心声》第 2 卷第 1 期。

《订正译派上天台剧本》,刊于《心声》第 2 卷第 4 期。

《三日间的情死狂(上)》,刊于《心声》第 2 卷第 6 期。

《海鸣诗存》,刊于《心声》第 2 卷第 8 期。

《己未杂诗(衡阳何海鸣)》,刊于《心声》第 3 卷第 2 期。

《求幸福斋漫笔》,刊于《游戏世界》第 21、24 期。

《歌舞小志:求幸福斋剧谈》,刊于《游戏世界》第 19、21、22 期。

《求幸福斋剧谈:快板固要斟酌着唱》,刊于《游戏世界》第 24 期。

《瓜园逋客》,刊于《侦探世界》第 1 期,署名"求幸福斋主"。

《家庭间的侦探》,刊于《侦探世界》第 2 期,署名"求幸福斋主"。

《一星期的上海侦探》,刊于《侦探世界》第 11 期。

《无妄之灾》,刊于《侦探世界》第 16、17、18 期。

《致张枕绿信》,刊于《最小》第 1 卷第 10 期。

《倡门之粥》,刊于《最小》第 1 卷第 16 期。

《不知所云云》,刊于《最小》第 1 卷第 26 期。

《何诹的怨诗》,刊于《最小》第 2 卷第 37 期。

《关于小说之文:最短的短篇小说》,刊于《最小》第 2 卷第 56 期。

《短篇小说:梦中世界(下期登完)》,刊于《最小》第 4 卷第 101、102、106 期。

《关于小说之文:小说的说》,刊于《最小》第 4 卷第 107 期。

《短篇小说:接吻》,刊于《最小》第 4 卷第 108 期。

本年,《海鸣诗存》由侨务旬刊社印行,分为《初学集》(11 首)、《东游集》(31 首)、《眼枯集》(74 首)、《葬心集》(110 首)四部分。

附录:

叶克钧《关于小说之文:何海鸣的总统的早餐》,刊于《最小》第 2 卷第 58 期。

陆澹盦《辑余赘墨：何海鸣先生》，刊于《侦探世界》第 6 期。

1924 年

《我之生平》，刊于《半月》第 3 卷第 11 号。
《废娼之我见》，刊于《半月》第 3 卷第 16 号。
《华侨拓殖史的意义》，刊于 10 月 14 日《晨报副刊》第 244 期。
《热河客话》，刊于《大东月报》第 6 期，署名"求幸福斋主"。
《先烈祠前》，刊于《大众》第 8 卷第 1 期，署名"求幸福斋主"。
《救命圈》，刊于《红玫瑰》第 1 期，署名"求幸福斋主"。
《奇梦记》，刊于《红玫瑰》第 5 期，署名"求幸福斋主"。
《月下》，刊于《红玫瑰》第 1 卷第 7 期。
《卡单线》，刊于《红玫瑰》第 9 期，署名"求幸福斋主"。
《倡门之狗》，刊于《红玫瑰》第 15 期，署名"求幸福斋主"。
《面具》，刊于《红杂志》第 22 期。
《鼠子归来记》，刊于《红杂志》第 27 期。
《菲律宾新年风俗谈》，刊于《红杂志》第 28 期，署名"求幸福斋主"。
《大观园梦史》，刊于《红杂志》第 85 期，署名"求幸福斋主"。
《本刊第一百期纪念词》，刊于《侨务》第 100 期，署名"海鸣"。
《本刊第一百期后之进行计划》，刊于《侨务》第 100 期，署名"海鸣"。
《华侨与领事》，刊于《侨务》第 101 期，署名"海鸣"。
《论华侨之禁烟运动》，刊于《侨务》第 102 期，署名"鸣"。
《华侨归国旅行团之计画》，刊于《侨务》第 103 期，署名"海鸣"。

《论集美学村》，刊于《侨务》第106期，署名"海鸣"。

《本刊三周纪念之感想》，刊于《侨务》第109期。

《巴布亚荷领殖民地纪游诗笺》序，刊于《侨务》第111期。

《介绍平民千字课与侨界注意平民教育者》，刊于《侨务》第112期，署名"海鸣"。

《敬告身任异国职务之侨长》，刊于《侨务》第113期，署名"海鸣"。

《介绍秘鲁华侨全体协作航业公司之伟绩》，刊于《侨务》第114期，署名"海鸣"。

《英属南洋取消树胶限制之问题》，刊于《侨务》第116期，署名"海鸣"。

《中华教育改进社年会中之华侨教育问题》，刊于《侨务》第117期，署名"海鸣"。

《侨校储蓄策》，刊于《侨务》第118期，署名"海鸣"。

《在平大讲授华侨拓殖史的意义》，刊于《侨务》第123期。

《实业会议特刊》导言，刊于《侨务》第124期。

《建国大计与华侨》，刊于《侨务》第127期。

《国民会议之先决问题》，刊于《侨务》第128期。

《海外各侨埠华货之输出入》，刊于《侨务》第130期，署名"海鸣"。

《衡门片时》，刊于《社会之花》第1卷第1期。

《海派新剧观》，《心声》第4期，署名"求幸福斋主"。

《美国侦探公会广告》、《美国模仿监狱之成绩》，刊于《侦探世界》第23期。

《古巴监狱观》，刊于《侦探世界》第23期。

《德国最有名之侦探犬》,刊于《侦探世界》第 24 期。

《何海鸣得意之诗》,刊于《紫罗兰花片》第 15 期。

《最小报特刊债务号(一):炸弹式的负债者》,刊于《最小》第 4 卷第 181 期。

本年,《海鸣小说集》由上海世界书局出版,收录了《五十年后的娼妓》《脚之爱情》《惧内的侦探家》《一个枪毙的人》《小说家之妻》《离婚的证据》《红信人》等小说。

《倡门红泪》由上海大东书局出版,周瘦鹃校阅,共七章,署名"求幸福斋主"。

1925 年

《初学集(辛亥至癸丑):辛亥别金陵》《初学集:金缕曲·题吕璧城女士信芳集》《初学集:出汉口》《初学集:烟台纪游》《初学集:夜雨恼人感凌大同及林翠娥眉吏近事》《初学集:秦淮河所见》《初学集:壬子中秋》《初学集:金陵围城口占》,刊于《妇女旬刊汇编》第 1 期,均署名何"一雁"。

《爱欤罪欤》,刊于《红玫瑰》第 1 期,署名"求幸福斋主"。

《图书馆养成的大盗》,刊于《红玫瑰》第 4 期,署名"求幸福斋主"。

《倡门之夫》,刊于《红玫瑰》第 14 期,署名"求幸福斋主"。

《军书》,刊于《红玫瑰》第 16 期。

《黄金顾问》,刊于《红玫瑰》第 1 卷第 27 期。

《血花》,刊于《红玫瑰》第 32 期。

《恋爱的最后一幕》,刊于《红玫瑰》第 44 期,署名"求幸福斋主"。

《丈夫联合会》,刊于《红玫瑰》第 50 期,署名"求幸福斋主"。

《追悼孙中山先生》,刊于《侨务》第 136 期。

《国民代表会议的选举》,刊于《侨务》第 139 期。

《为什么要纪念陈虞钦烈士》,刊于《侨务》第 139 期。

《国民代表会议华侨议员选举之观察》,刊于《侨务》第 140 期。

《侨务院问题》,刊于《侨务》第 141 期。

《上海的大小》,刊于《新上海》第 1 期,署名"求幸福斋主"。

《上海朋友》,刊于《新上海》第 2、3 期,署名"求幸福斋主"。

《皮簧剧之过程与趋势》,刊于《雅歌集》第 1 期。

《荡妇》,刊于《紫罗兰》第 2 期,署名"求幸福斋主"。

1926 年

《徒手兵》,刊于《大众》第 13 卷第 1 期。

《嫉妒心里的实验》《曹孟德诗派》,刊于《大众》第 13 卷第 8 期。

《严崇的诗》,刊于《大众》第 13 卷第 9 期。

《民歌之竹枝与绝句》,刊于《大众》第 13 卷第 15 期。

《理想病》,刊于《大众》第 13 卷第 22 期。

《韩小窗之鼓词》,刊于《大众》第 14 卷第 1 期。

《天津落子馆记》,刊于《大众》第 14 卷第 2 期。

《薪水》,刊于《大众》第 14 卷第 5 期。

《眼枯集》,刊于《妇女旬刊》第 216 期,署名"何一雁"。

《孤军》,刊于《红玫瑰》第 21—23 期,署名"求幸福斋主"。

《谁敢认这儿子》,刊于《红玫瑰》第 26 期,署名"求幸福斋主"。

《交际之花》,刊于《红玫瑰》第 27 期,署名"求幸福斋主"。

《我作小说的经过》,刊于《红玫瑰》第 2 卷第 40 期,署名"求幸福斋主"。

《痴情残劫》,刊于《夏之花小说季刊》第 1 期。

《爱之影》,刊于《紫罗兰》第 1 卷第 6 期,署名"求幸福斋主"。

《东交民巷杂记》,刊于《紫罗兰》第 1 卷第 8 期,署名"求幸福斋主"。

《银幕上的丈夫》,刊于《紫罗兰》第 1 卷第 9 期,署名"求幸福斋主"。

《三个夜晚》,刊于《紫罗兰》第 1 卷第 20 期,署名"求幸福斋主"。

《灾妓》,刊于《紫罗兰》第 2 卷第 1 号,署名"求幸福斋主"。

本年,《倡门小说集》(周瘦鹃编)由上海大东书局出版。该书收录了五篇何海鸣的小说:《老琴师》《从良的教训》《倡门之母》《倡门之子》《温文派的嫖客》。

1927 年

《最勇敢的西班牙小说集》,刊于《紫罗兰》第 2 卷第 2 号,署名"求幸福斋主"。

本年,《何海鸣说集》,由上海大东书局出版,收录了《压岁钱》《面孔的改造》《可怜的债主》《离婚后的交情》《儿童公育》《闺中怨语》《大沧二沧》《音乐组合》《十三个情人》(上、下)等小说。

1929 年

《梦中的一吻》,刊于《国闻周报》第 6 卷 44、45 期,署名"何一雁"。

《朔方健儿传》,由上海世界书局出版,署名"求幸福斋主"。

附录:

惜惜《何海鸣潦倒沈阳城》,刊于《上海画报》第 517 号。

1930 年

《灰色生活》,刊于 5 月 2 日《大公报》,署名"一雁"。
《桑梓之邦》,刊于《国闻周报》第 7 卷 10 期,署名"何一雁"。
《边城风雪夜》,刊于《国闻周报》第 7 卷 17 期,署名"何一雁"。
《关东见闻录》,刊于 9 月 1 日《天风报》,署名"一雁"。
《佛与旦》,刊于 9 月 14 日《天风报》,署名"一雁"。
《此中人》,9 月连载于《天风报》。

1931 年

《公共汽车中》,刊于《红玫瑰》第 25 期,署名"求幸福斋主"。
《海南人》,刊于《红玫瑰》第 28 期,署名"求幸福斋主"。
《吾与报》,刊于《社会日报》纪念专刊,署名"海鸣"。
《龙虎斗之方式》,刊于《戏剧月刊》第 3 卷第 9 期,署名"何一雁"。
《房租》,刊于 1 月 17 日《社会日报》,署名"求幸福斋主"。
《小达子之包公脸谱》,刊于 3 月 20 日《中华画报》,署名"一雁"。

《痛悼寒云》,刊于4月3、10日《中华画报》。

《王泊生之拿手戏》,刊于4月17日《中华画报》,署名"求幸福斋主"。

《题李涵秋遗著》,刊于4月17日《中华画报》。

《下野大人物新职业》,刊于5月1日《中华画报》,署名"一雁"。

《皮簧剧中生与净之配搭》,刊于5月8日《中华画报》,署名"求幸福斋主"。

《戏台上之宝帐》,刊于5月19日《中华画报》,署名"求幸福斋主"。

《皇后观》,刊于6月2日《中华画报》,署名"求幸福斋主"。

《英美德法之大错误》,刊于6月19日《中华画报》。

《画报与新闻影片》,刊于6月20日《中华画报》,署名"一雁"。

《赠王调甫》,刊于6月23日《中华画报》,署名"一雁"。

《芒果》,刊于6月26日《中华画报》,署名"一雁"。

《上海四件事》,刊于7月2日《中华画报》,署名"雁"。

《小说与传记》,刊于7月6日《中华画报》,署名"求幸福斋主"。

《中国大师与英国活佛》,刊于7月13日《中华画报》,署名"一雁"。

《萧何追韩信》,刊于7月17日《中华画报》,署名"求幸福斋主"。

《我对于鲜人暴行特别见解》,刊于7月22日《中华画报》"求幸福斋主"。

《德国人之中国旧剧观》,刊于7月29日《中华画报》,署名"求幸福斋主"。

《说几句公道话》,刊于 8 月 5 日《中华画报》,署名"一雁"。

《敬念菊老》,刊于 8 月 5 日《中华画报》,署名"求幸福斋主"。

《帅颂平》,刊于 8 月 14 日《中华画报》,署名"求幸福斋主"。

《武器与财产》,刊于 8 月 24 日《中华画报》,署名"求幸福斋主"。

《都市之灾患》,刊于 8 月 31 日《中华画报》,署名"一雁"。

《英雄哉麦克唐那乎》,刊于 9 月 11 日《中华画报》,署名"一雁"。

《最可怜之中国裸体派》,刊于 9 月 23 日《中华画报》,署名"求幸福斋主"。

《我要称赞日本几句》,刊于 9 月 25 日《中华画报》,署名"求幸福斋主"。

《救国文艺》,刊于 10 月 5 日《中华画报》,署名"求幸福斋主"。

《请看锦州》,刊于 10 月 9 日《中华画报》,署名"求幸福斋主"。

《有办法的忍耐》,刊于 10 月 21 日《中华画报》,署名"一雁"。

《罚跪》,刊于 11 月 2 日《中华画报》,署名"一雁"。

《喜闻义威上将归国》,刊于 11 月 6 日《中华画报》,署名"一雁"。

《国联的慢性病》,刊于 12 月 18 日《中华画报》,署名"一雁"。

《犬养毅》,刊于 12 月 30 日《中华画报》,署名"一雁"。

《故都春梦》,1 月 5 日开始在《社会日报》连载,1933 年 3 月 28 日结束,未完。该小说又名《故都残梦》。

《藏春记》,3 月 13 日连载于《中华画报》,署名"海鸣"。

1932 年

《我将赞助华联旬刊》,刊于《华联旬刊》第 2 卷第 10 期。

《傀儡的悲剧》,刊于《珊瑚》第 1 卷第 7、8 期,署名"求幸福斋主"。

《赛骂的世界》,刊于 3 月 7 日《天风报》,署名"求幸福斋主"。

《军事消息》,刊于 3 月 9 日《天风报》,署名"求幸福斋主"。

《唾沫与纸墨》,刊于 3 月 15 日《天风报》,署名"求幸福斋主"。

《替一件戏法征名》,刊于 3 月 22 日《天风报》,署名"求幸福斋主"。

《黄沙司戏》,刊于 3 月 24 日《天风报》,署名"求幸福斋主"。

《谈美国总统选举》,刊于 11 月×日《天风报》,署名"求幸福斋主"。

《哀不择言》,刊于 11 月 15 日《天风报》,署名"求幸福斋主"。

《迷觉关头》,刊于 11 月 16 日《天风报》,署名"求幸福斋主"。

《献给一般从义勇军找出路的志士们》,刊于 11 月 24 日《天风报》,署名"求幸福斋主"。

《国际蛮人》,刊于 11 月 27 日《天风报》,署名"求幸福斋主"。

《上吞下吐头一塞》,刊于 12 月 1 日《天风报》,署名"求幸福斋主"。

《仪式》,刊于 12 月 3 日《天风报》,署名"求幸福斋主"。

《谈同性恋爱》,刊于 12 月 6 日《天风报》,署名"求幸福斋主"。

《检查》,刊于 12 月 9 日《天风报》,署名"求幸福斋主"。

《不再写这些了吧》,刊于 12 月 12 日《天风报》,署名"求幸福斋主"。

《吃蛇的进化》,刊于 12 月 15 日《天风报》,署名"求幸福斋主"。

《禁烟的德政》,刊于 12 月 18 日《天风报》,署名"求幸福斋主"。

《法律解答中的危险性》,刊于 12 月 21 日《天风报》,署名"求幸福斋主"。

《旧剧中的最大的涵义》,刊于 12 月 24 日《天风报》,署名"求幸福斋主"。

《伍子胥剧谈》,刊于 12 月 27 日《天风报》,署名"求幸福斋主"。

《可怜小女儿》,刊于《万岁》第 1 卷第 2 期。

《摩登女儿经》,刊于《万岁》第 1 卷第 1—10 期,署名"求幸福斋主"。

《古欢集之五》,刊于《万岁》第 1 卷第 6 期,署名"求幸福斋主"。

《合巧记(上)》,刊于《万岁》第 1 卷第 7、8 期,署名"求幸福斋主"。

《说旦》,刊于《戏剧月刊》第 3 卷第 11 期,署名"何一雁"。

《谭鑫培翁的专号与专著及合于现代传记文学的专著》,刊于《戏剧月刊》第 3 卷第 12 期,署名"何一雁"。

《二十一岁的民国了》,刊于 1 月 1 日《中华画报》,署名"求幸福斋主"。

《一年一年的长期斗争》,刊于 3 月 13 日《中华画报》。

《标语口号旗子的今昔之感》,刊于 3 月 28 日《中华画报》,署名"雁公"。

《贪军》,刊于 4 月 18 日《中华画报》,署名"求幸福斋主"。

《谈小说》,刊于 4 月 25 日《中华画报》,署名"一雁"。

《邮潮的旁面感想》,刊于 5 月 30 日《中华画报》,署名"一雁"。

《东北新闻界之□》,刊于 6 月 1 日《中华画报》,署名"雁公"。

《十九路军赴闽何亟》,刊于 6 月 8 日《中华画报》,署名"雁公"。

《到长春做官去》,刊于 6 月 15 日《中华画报》,署名"雁公"。

《为狗请命》,刊于 6 月 22 日《中华画报》,署名"雁公"。

《华北危矣》,刊于 6 月 27 日《中华画报》,署名"雁公"。

《投毒的问题》,刊于 7 月 11 日《中华画报》,署名"雁"。

《外交上之种种姿态》,刊于 7 月 22 日《中华画报》,署名"雁公"。

《乐剧里的医生》,刊于 8 月 1 日《中华画报》,署名"一雁"。

《观潘玉珍姊妹武术所感》,刊于 8 月 5 日《中华画报》,署名"雁"。

《是要大大拍卖一下了》,刊于 8 月 8 日《中华画报》,署名"求幸福斋主"。

《再谈炸弹制造法》,刊于 9 月 2 日《中华画报》,署名"雁公"。

《挽张效坤》,刊于 10 月 3 日《中华画报》,署名"雁公"。

《铁像问题》,刊于 10 月 26 日《中华画报》,署名"雁公"。

《题冯玉祥拉洋车的画和诗》,刊于 10 月 31 日《中华画报》,署名"雁公"。

《日本诗人之中国同志》,刊于 11 月 4 日《中华画报》,署名"雁公"。

《党国要人之一床被》,刊于 11 月 9 日《中华画报》,署名"雁公"。

《南岳云开》,刊于 11 月 21 日《中华画报》,署名"雁公"。

《张宗昌的个性》,9 月 22 日至 10 月 1 日连载于《社会日报》,署名"求幸福斋主"。

《谨受质与谨受贺》,刊于 10 月 3 日《社会日报》,署名"求幸福斋主"。

《张宗昌之家事》,11 月 25—27 日连载于《社会日报》,署名"求幸福斋主"。

《戎马双栖记》,1 月 1 日至 7 月 4 日连载于《申报》,共十二回,署名"求幸福斋主"人。

《入关邮侣》,10 月 1—30 日连载于《申报》,署名"求幸福斋主"。

《黄浦血痕》,11 月 25 日起在天津《大公报》连载,署名"求幸福斋主"。

《关内风光》,9 月起在上海《大亚画报》连载,署名"求幸福斋主"。

本年,《怒》由上海大众书局出版。

1933 年

《说大》,刊于 10 月 17 日《大报》。

《辛克莱的转向》,刊于 10 月 24、25 日《大报》。

《华侨宜自己担当革命救国》,刊于《华联旬刊》第 3 卷 3、4 期。

《广告式的著作家》,刊于《金刚钻月刊》第 1 卷第 1 期。

《房间》,刊于《珊瑚》第 3 卷第 1 期,署名"求幸福斋主"。

《大刀》,刊于《珊瑚》第 5 期,署名"求幸福斋主"。

《病中的新年杂感》,刊于 1 月 3 日《天风报》,署名"求幸福斋主"。

《结束旧年的伍子胥剧谈》,刊于1月6日《天风报》,署名"求幸福斋主"。

《滑稽武剧的一幕》,刊于1月8日《天风报》,署名"求幸福斋主"。

《戏台上的虚君制》,刊于1月11日《天风报》,署名"求幸福斋主"。

《天津小姐招宴纪盛》,刊于1月17日《天风报》,署名"求幸福斋主"。

《说开氅》,刊于1月18日《天风报》,署名"求幸福斋主"。

《开氅与战裙》,刊于1月20日《天风报》,署名"求幸福斋主"。

《极不堪的应时新诗》,刊于1月23日《天风报》,署名"求幸福斋主"。

《王小二过年》,刊于1月28日《天风报》,署名"求幸福斋主"。

《怕鞭炮与金鼓吗》,刊于1月30日《天风报》,署名"求幸福斋主"。

《集中力量以作后援》,刊于2月1日《天风报》,署名"求幸福斋主"。

《奇古》,刊于2月3日《天风报》,署名"求幸福斋主"。

《工作的音乐》,刊于2月5日《天风报》,署名"求幸福斋主"。

《光与夜》,刊于2月7日《天风报》,署名"求幸福斋主"。

《伤心开鲁》,刊于2月10日《天风报》,署名"求幸福斋主"。

《揭穿哲学大师译书讲学的秘密》,刊于2月13日《天风报》,署名"求幸福斋主"。

《三板斧的新歌赞》,刊于2月20日《天风报》,署名"求幸福斋主"。

《黑人与生番》，刊于2月22日《天风报》，署名"求幸福斋主"。

《狗摇尾巴的故事》，刊于2月25日《天风报》，署名"求幸福斋主"。

《望当局改守为攻》，刊于2月28日《天风报》，署名"求幸福斋主"。

《颠沛流离中所得之教训》，刊于3月9日《天风报》，署名"求幸福斋主"。

《辜负萧伯讷的期望》，刊于3月11日《天风报》，署名"求幸福斋主"。

《战场中的日本饭》，刊于3月12日《天风报》，署名"求幸福斋主"。

《速攻》，刊于3月15日《天风报》，署名"求幸福斋主"。

《汪优游善作小说》，刊于3月24日《天风报》，署名"求幸福斋主"。

《南方两家旧文艺杂志》，刊于3月31日《天风报》，署名"求幸福斋主"。

《人类故事书上的一把刀子》，刊于4月8日《天风报》，署名"求幸福斋主"。

《倡门奇事补述》，刊于3月19日《天风报》，署名"求幸福斋主"。

《观龙翔凤舞影片有感》，刊于3月30日《天风报》，署名"求幸福斋主"。

《书芳丛杂忆后》，刊于5月17日《天风报》，署名"求幸福斋主"。

《奇异的笞刑》，刊于6月16日《天风报》，署名"求幸福斋主"。

《天津小姐与小吕宋嘉年华会》,刊于1月13日《中华画报》,署名雁公。

《何海鸣书法》,刊于1月23日《中华画报》。

《特别启事》,刊于1月25日《中华画报》,署名"求幸福斋主"。

《日本人牙齿风有毒》,刊于3月8日《中华画报》,署名雁公。

《壮哉孙殿英》,刊于3月8日《中华画报》,署名"求幸福斋主"。

《冷……热》,刊于3月29日《中华画报》,署名雁公。

《中华三百期与一部毛诗》,刊于5月31日《中华画报》,署名"求幸福斋主"。

《何海鸣书扇》,刊于9月20日《风月画报》。

《段门二丁》,刊于2月12—13日《社会日报》,署名"求幸福斋主"。

《从战略上论榆热一带之守势》,刊于2月28至3月1日《社会日报》,署名"求幸福斋主"。

《热河溃败之覆辙》,刊于3月19—21日《社会日报》。

《英雄傅文郁犯罪》,刊于4月26—27日《社会日报》,署名"求幸福斋主"。

《官场现形:方花脸》,刊于4月28—29日《社会日报》,署名"求幸福斋主"。

《天津日浪人现形记》,刊于5月10—12日《社会日报》,署名"求幸福斋主"。

《沧海遗经:鼓王记》,刊于5月20日至6月8日《社会日报》。

《张敬尧之一生》,刊于5月23—30日《社会日报》,署名"求幸福斋主"。

《记黄派武生马德成》,刊于6月24—26日《社会日报》,署名"求幸福斋主"。

《沧海遗经:迷香记》,刊于6月27日至7月29日《社会日报》。

《故都秘辛:饿鬼十八姨传》,刊于7月10—13日《社会日报》,署名"求幸福斋主"。

《津门花史:困在落马湖的江浙女生》,刊于8月13日《社会日报》,署名"求幸福斋主"。

《沧海遗经:兰交记》,刊于9月4日至10月4日《社会日报》。

《郑燕侯别传》,刊于10月15—17日《社会日报》,署名"求幸福斋主"。

《沧海遗经:飞雪记》,刊于11月20日至12月20日《社会日报》。

《记沽上诗妓朱笑君》,刊于11月27—28日《社会日报》,署名"求幸福斋主"。

《求幸福斋近诗》,刊于11月29日《社会日报》。

《竹杠新术:陈光远受宠若惊》,刊于12月2—4日《社会日报》,署名"求幸福斋主"。

《求幸福斋近诗(二)》,刊于12月7日《社会日报》。

《白楚香被刺详记》,刊于12月9—10日《社会日报》,署名"求幸福斋主"。

《晓风残月》,1月1日开始连载于天津《风月画报》,至本年12月30日结束,共14回,署名"求幸福斋主"。

《市隐生涯》,12月12日开始连载于天津《风月画报》,至1934年8月5日"前集"结束,署名"求幸福斋主"。

1934 年

《何海鸣在沪成立中国国权社》,刊于《老实话》第 15—26 期。

《腥红热的颂赞》,刊于《金刚钻月刊》第 1 卷第 8 期,署名"求幸福斋主"。

《为〈蛮荒侠隐记〉题几句话》,刊于 7 月 5 日《天风报》,署名"求幸福斋主"。

《出局的立唱与坐唱》,刊于 8 月 8 日《风月画报》,署名"求幸福斋主"。

《沧海遗经:随喜记》,刊于 1 月 22 日《社会日报》。

《随便谈谈:〈庸报〉与我》,刊于 1 月 18—22 日《社会日报》。

《说冷》,刊于 2 月 6—11 日《社会日报》,署名"求幸福斋主"。

《言之伤心:乱离狗》,刊于 2 月 20—23 日《社会日报》,署名"求幸福斋主"。

《平津仅存之两坤班》,刊于 3 月 26—29 日《社会日报》,署名"求幸福斋主"。

《天津情死案的汇报与假想》,刊于 5 月 14—18 日《社会日报》,署名"求幸福斋主"。

《可堪追忆:革命历险记》,刊于 6 月 27 日至 7 月 18 日《社会日报》,署名"求幸福斋主"。

《挥汗杂谈:说热》,刊于 7 月 21—22 日《社会日报》,署名"求幸福斋主"。

《写在〈失女记〉之后》,刊于 9 月 21—24 日《社会日报》,署名"求幸福斋主"。

《述魏赵灵飞夫人》,刊于 9 月 29—30 日《社会日报》,署名"求幸福斋主"。

《坏在这三上的国庆》,刊于 10 月 11—12 日《社会日报》,署名"求幸福斋主"。

《革命历险记》,刊于 10 月 25 日至 11 月 7 日《社会日报》,署名"求幸福斋主"。

《文白之争与大众语的我见》,刊于 11 月 29 日至 12 月 7 日《社会日报》。

《晓风残月》,8 月 8 日开始该小说第 15 回开始在《风月画报》连载。

《往来冠盖》《青黄时代》,9 月连载于《天风报》。

1935 年

《军需界清末名人——陈赟举》,刊于《经理月刊》第 1 卷第 2 期,署名"何一雁"。

《夏禹的神话》,刊于《越风》第 4 期,署名"求幸福斋主"。

《房租》,刊于《社会月报》第 1 卷第 7 期。

《哭寒云》,刊于《社会月报》第 1 卷第 8 期。

《背进曲》("兵祸痛记"),刊于 11 月 16 日《实报半月刊》第 3 期。

《订正谭派上天台剧本》,刊于《戏剧旬刊》第 2 期。

《三仇案》,刊于 12 月 1—3 日《扶轮日报》,署名"求幸福斋主"。

《三十年前老学生琐记》,连载于 1935 年 12 月 12 日至 1936 年 1 月 17 日《扶轮日报》,署名"求幸福斋主"。

《何海鸣未染瘟疫不南行另有苦衷》,刊于 12 月 15 日《扶轮日报》,未署名,编者按称此文为何氏所作,原名《并未传染瘟疫的更正》。

1936 年
《二五之年》,刊于 1 月 1 日《扶轮日报》,署名"求幸福斋主"。

《科场旧话》,连载于 1 月 18—28 日《扶轮日报》,署名"求幸福斋主"。

《旧梦新题》,刊于 1 月 22 日《风月画报》,署名"求幸福斋主"。

《唁大方先生姬丧》,刊于 3 月 29 日《风月画报》,署名"求幸福斋主"。

《三香记之二》,刊于 4 月 22 日《风月画报》,署名"求幸福斋主"。

《挽大方先生》,刊于 12 月 27 日《风月画报》。

《津桥酬唱录》,刊于 3 月 21 日《天津商报画刊》,署名"海鸣"。

《背进曲》,刊于 1 月 16 日《实报半月刊》第 7 期。

《民国报坛识小录》,刊于《越风》半月刊第 7 期,署名"求幸福斋主"。

《武昌首义的由来》,刊于《越风》第 20 期,署名"求幸福斋主"。

1937 年
《实报社话旧》,刊于《实报》半月刊第 14 期,署名"求幸福斋主"。

《关于读经》,刊于《实报》半月刊第 16 期,署名"求幸福斋主"。

《彩唱经验谈》,刊于《实报》半月刊第 19 期,署名"求幸福斋主"。

1938 年

本年,《东游纪行》由天津庸报社出版。

1939 年

《远东商务:列强应采的途径》,刊于《天文台》第 227 期,署名"一雁"。

《英对远东外交》,刊于《天文台》第 235 期,署名"一雁"。

1940 年

《书感一章酬羡鱼》,刊于 1 月 1 日《国民杂志》创刊号。

《庚辰九日冶城登高专辑(上):冶城登高以足疾未往寥士代拈彩字病后补作》,刊于《国艺》第 2 卷第 4 期。

《平生师友记》,刊于《国艺》第 2 卷第 5、6 期。

《中国新政治体制》,刊于《华文每日半月刊》第 5 卷第 12 期。

《实施宪政的基础》,刊于《民意》第 1 期。

《军人的和平谈判》《廉洁政治的先决条件》,刊于《民意》第 2 期。

《中日共同南进论》《全面和平与全体机构》,刊于《民意》第 3 期。

《论新社会民主主义》,刊于《民意》第 4 期。

《我的报人史》,刊于《中央导报》第 1 卷第 4 期。

《和平建国的情绪》,刊于《中央导报》第 1 卷第 14 期。

《建国的庄严工作》,刊于《中央导报》第 1 卷第 20 期。

《关于项羽》,刊于 7 月 26 日《中报》。

《五十感怀兼谢诸友》，刊于 8 月 8 日《中报》，署名"海鸣"。

《与项羽同性格者——明崇祯帝》，刊于 8 月 9 日《中报》。

《关于刘越石》，刊于 8 月 14 日《中报》，署名"海鸣"。

《自得自失的英雄》，刊于 8 月 21 日《中报》，署名"海鸣"。

《符坚的腌臜气》，刊于 8 月 22 日《中报》，署名"海鸣"。

《足疾》，刊于 9 月 2 日《中报》，署名"海鸣"。

《猪仔皇帝》，刊于 9 月 17 日《中报》，署名"海鸣"。

《辛亥武汉首义实录》，刊于 10 月 10 日《中报》。

《武昌三武》，刊于 10 月 15 日《中报》，署名"海鸣"。

《失去了少年》，刊于 10 月 18 日《中报》，署名"海鸣"。

《石季龙与康熙帝》，刊于 10 月 20 日《中报》，署名"海鸣"。

《辛亥的民族革命》，刊于 10 月 22 日《中报》，署名"海鸣"。

《由头山满翁想到孙先生》，刊于 10 月 24 日《中报》，署名"海鸣"。

《南京的日本旧友》，刊于 10 月 26 日《中报》，署名"海鸣"。

《科场什忆》，刊于 11 月 1 日《中报》，署名"海鸣"。

《邱吉尔的名言》，刊于 11 月 3 日《中报》，署名"海鸣"。

《"吾妻"》，刊于 11 月 4 日《中报》，署名"海鸣"。

《丰臣太阁与淀君夫人》，刊于 11 月 5 日《中报》，署名"海鸣"。

《日本的三首杜鹃诗》，刊于 11 月 7 日《中报》，署名"海鸣"。

《马蹄铁与金葫芦》，刊于 11 月 8 日《中报》，署名"海鸣"。

《宋案之线索》，刊于 11 月 9 日《中报》，署名"海鸣"。

《黑旗》，刊于 11 月 10 日《中报》，署名"海鸣"。

《癸丑党人东渡记》，刊于 11 月 12 日《中报》，署名"海鸣"。

《日本古代的女子文学》，刊于 11 月 14 日《中报》，署名

"海鸣"。

《从来没有的事》,刊于 11 月 16 日《中报》,署名"海鸣"。
《悼亡友"武毕业"》,刊于 11 月 17 日《中报》,署名"海鸣"。
《毕庶澄之死》,刊于 11 月 20 日《中报》,署名"海鸣"。
《南京的行》,刊于 11 月 23 日《中报》,署名"海鸣"。
《我与航空》,刊于 11 月 24 日《中报》,署名"海鸣"。
《管西园乔梓》,刊于 11 月 25 日《中报》,署名"海鸣"。
《需要骡子的精神》,刊于 11 月 26 日《中报》,署名"海鸣"。
《会馆与试馆》,刊于 11 月 27 日《中报》,署名"海鸣"。
《老兵》,刊于 11 月 28 日《中报》,署名"海鸣"。
《沽上的八十老人》,刊于 12 月 3 日《中报》,署名"海鸣"。
《南京白菜》,刊于 12 月 4 日《中报》,署名"海鸣"。
《南京的网鱼》,刊于 12 月 6 日《中报》,署名"海鸣"。
《北平的八十老人》,刊于 12 月 7 日《中报》,署名"海鸣"。
《君子小人与善恶》,刊于 12 月 8 日《中报》,署名"海鸣"。
《鸡蛋与脂粉》,刊于 12 月 9 日《中报》,署名"海鸣"。
《把明天蹴去》,刊于 12 月 10 日《中报》,署名"海鸣"。
《岑楼兄述先德索诗赋此以报》(诗),刊于 12 月 11 日《中报》,署名"海鸣"。
《由欢喜佛说到性教育》,刊于 12 月 12 日《中报》,署名"海鸣"。
《南京的樵夫樵妇》,刊于 12 月 13 日《中报》,署名"海鸣"。
《别格官币神社解》,刊于 12 月 14 日《中报》,署名"海鸣"。
《佛学的动静》,刊于 12 月 16 日《中报》,署名"海鸣"。
《总兵·统领·都统:前清武职官衔遗留到民国时代》,刊于 12

月 19 日《中报》,署名"海鸣"。

《也许有人提倡坐轿子》,刊于 12 月 20 日《中报》,署名"海鸣"。

《北京奥国大饭店》,刊于 12 月 21 日《中报》,署名"海鸣"。

《防空床》,刊于 12 月 22 日《中报》,署名"海鸣"。

《金匮石室的谜》,刊于 12 月 23 日《中报》,署名"海鸣"。

《凌叔华的旧婚约》,刊于 12 月 24 日《中报》,署名"海鸣"。

《寒天苦雨的南方》,刊于 12 月 26 日《中报》,署名"海鸣"。

《犹太人被厌恶的原因》,刊于 12 月 27 日《中报》,署名"海鸣"。

《普遍的歌曲》,刊于 12 月 28 日《中报》,署名"海鸣"。

《一个社会问题》,刊于 12 月 29 日《中报》,署名"海鸣"。

《当当旧话》,刊于 12 月 30 日《中报》,署名"海鸣"。

《饥馑的世界》,刊于 12 月 31 日《中报》,署名"海鸣"。

附录:

十园《何君海鸣陈君达哉年均五十书此奉贻》,刊于《国艺》第 2 卷第 2 期。

寥士《戏赠何海鸣将军》,刊于 8 月 6 日《中报》。

平章《怀何海鸣将军》,刊于 12 月 7 日《中报》。

1941 年

《重话辛年》,刊于 1 月 1 日《中报》,署名"海鸣"。

《希特勒的思想战》,刊于 1 月 6 日《中报》,署名"海鸣"。

《绍介一本小书:〈科学方法漫谈〉》,刊于 1 月 7 日《中报》,署名"海鸣"。

《今年的小品文》,刊于 1 月 8 日《中报》,署名"海鸣"。

《炉边闲话——火里去》,刊于 1 月 9 日《中报》,署名"海鸣"。

《最初的中日亲善》,刊于 1 月 10 日《中报》,署名"海鸣"。

《评华北的一部佛化小说〈惨涸〉》,刊于 1 月 11 日《中报》。

《向南京市政府建议设置园蔬研究所》,刊于 1 月 13 日《中报》,署名"海鸣"。

《文贫与隐贫》,刊于 1 月 14 日《中报》,署名"海鸣"。

《把人们冰冻起来》,刊于 1 月 15 日《中报》,署名"海鸣"。

《处置连环画与小人书》,刊于 1 月 16 日《中报》,署名"海鸣"。

《柳人环逸事》,刊于 1 月 17 日《中报》,署名"海鸣"。

《新闻官》,刊于 1 月 19 日《中报》,署名"海鸣"。

《长寿与摄生的要则》,刊于 1 月 21 日《中报》,署名"海鸣"。

《现代的菜单》,刊于 1 月 22 日《中报》,署名"海鸣"。

《由对联说到汉字》,刊于 1 月 23 日《中报》,署名"海鸣"。

《医药上的实验》,刊于 1 月 24 日《中报》,署名"海鸣"。

《印光法师与梁任公》,刊于 1 月 28 日《中报》,署名"海鸣"。

《春王正月的旧话》,刊于 1 月 31 日《中报》,署名"海鸣"。

《居家灯室之灯》,刊于 2 月 1 日《中报》,署名"海鸣"。

《列队游行之灯》,刊于 2 月 2 日《中报》,署名"海鸣"。

《市廛陈设之灯》,刊于 2 月 3 日《中报》,署名"海鸣"。

《立春劝农的意义》,刊于 2 月 4 日《中报》,署名"海鸣"。

《金刚钻与人比重》,刊于 2 月 5 日《中报》,署名"海鸣"。

《同是一幕悲剧》,刊于 2 月 6 日《中报》,署名"海鸣"。

《说一点慈善的话》,刊于 2 月 8 日《中报》,署名"海鸣"。

《薪俸问题》,刊于2月9日《中报》,署名"海鸣"。
《太太解》,刊于2月10日《中报》,署名"海鸣"。
《再谈大官的俸禄》,刊于2月11日《中报》,署名"海鸣"。
《北京的文化市场》,刊于2月12日《中报》,署名"海鸣"。
《搭班者言》,刊于2月17日《中报》,署名"海鸣"。
《舢板与水雷快艇》,刊于2月18日《中报》,署名"海鸣"。
《日本三山上的华池》,刊于2月19日《中报》,署名"海鸣"。
《居礼夫人之女》,刊于2月20日《中报》,署名"海鸣"。
《有怀贾翰卿》,刊于2月21日《中报》,署名"海鸣"。
《关于袁随园》,刊于2月26日《中报》,署名"海鸣"。
《略工感慨》,刊于2月27日《中报》,署名"海鸣"。
《南洋与澳洲》,刊于2月28日《中报》,署名"海鸣"。
《有讥我卖文三十年者赋此志感》(诗),刊于3月2日《中报》,署名"海鸣"。
《西班牙日斯巴尼亚》,刊于3月6日《中报》,署名"海鸣"。
《谈组织观光协会》,刊于3月7日《中报》,署名"海鸣"。
《顾君义先生》,刊于3月8日《中报》,署名"海鸣"。
《联圣方地山》,刊于3月9日《中报》,署名"海鸣"。
《礼教与风雅》,刊于3月11日《中报》,署名"海鸣"。
《"亚"与"牙"》,刊于3月12日《中报》,署名"海鸣"。
《再谈一些方音问题》,刊于3月13日《中报》,署名"海鸣"。
《佛学与理学》,刊于3月14日《中报》,署名"海鸣"。
《理学与汉学》,刊于3月15日《中报》,署名"海鸣"。
《南北物价的比较》,刊于3月18日《中报》,署名"海鸣"。
《京剧中仿学方言范围颇广》,刊于3月20日《中报》。

《四声与阴阳》,刊于 3 月 21 日《中报》。

《梦中人》,刊于 3 月 24 日《中报》。

《偷与懒》,刊于 3 月 26 日《中报》。

《螺丝钉》《法国元帅的军刀》,刊于 3 月 28 日《中报》,后一篇署名"求幸福斋主"。

《补祝:双重纪念总得输诚达款》,刊于 4 月 3 日《中报》。

《唱戏之话》,刊于 4 月 4 日《中报》,署名"海鸣"。

《南斯拉夫与塞尔维亚》,刊于 4 月 11 日《中报》,署名"海鸣"。

《稿纸上的风格与技术》《南归一戏作》(诗),刊于 4 月 13 日《中报》,署名"海鸣"。

《办公室里》,刊于 4 月 15 日《中报》,署名"鸣"。

《美国老翁之反战精神》,刊于 4 月 16 日《中报》,署名"海鸣"。

《"古白鹭洲"题名的商榷》,刊于 4 月 17 日《中报》,署名"海鸣"。

《垫字的歌唱》《喜菊朋老友南来》(诗)刊于 4 月 18 日《中报》,署名"海鸣"。

《希特勒的用兵东非》,刊于 4 月 20 日《中报》,署名"海鸣"。

《马谡言过其实自夸自负》,刊于 4 月 21 日《中报》,署名"海鸣"。

《"战太平"汎论》,刊于 4 月 22 日《中报》。

《戏词与杂文》,刊于 4 月 23 日《中报》,署名"海鸣"。

《江左世家》,刊于 4 月 25 日《中报》,署名"海鸣"。

《三代为将的江东世家:陆逊、陆抗、陆机》,刊于 4 月 26 日《中报》。

《清末民初金银比价》,刊于 4 月 28 日《中报》。

《不平等的战争》,刊于4月29日《中报》。

《万国殡仪馆的伙计》,刊于4月30日《中报》。

《由上天台谈到"三刚"的故事》,刊于5月5日《中报》。

《铜头毒蛇》,刊于5月6日《中报》。

《回教国大兴起》,刊于5月7日《中报》。

《二十七年前日本博多市之追念会》,刊于5月8日《中报》,署名"海鸣"。

《佛与众生》,刊于5月9日《中报》,署名"海鸣"。

《前进的光明大道在哪里?》,刊于5月10日《中报》,署名"海鸣"。

《哀梨可蒸食乎?》,刊于5月11日《中报》。

《英国的业余作战家》,刊于5月12日《中报》,署名"海鸣"。

《为杂耍进一言》,刊于5月13日《中报》。

《民间史话的民本意义》,刊于5月14日《中报》。

《再谈民间史话》,刊于5月15日《中报》。

《大鼓书的源流》,刊于5月16日《中报》。

《哀伦敦》,刊于5月17日《中报》。

《清末王夏刘三状元》,刊于5月18日《中报》,署名"海鸣"。

《赫斯的出走》,刊于5月19日《中报》。

《画坛新动向——写给钱松岩先生》,刊于5月20日《中报》,署名"海鸣"。

《作文署真名的意义》,刊于5月22日《中报》,署名"海鸣"。

《近代绅士们的骂街技术》,刊于5月23日《中报》。

《二十年前北京有报名〈百一〉》,刊于5月24日《中报》,署名"海鸣"。

《"佛化猪"奇迹》,刊于 5 月 26 日《中报》。

《戏词的兴行与时代性》,刊于 5 月 27 日《中报》。

《由纯文字谈到佛学》,刊于 5 月 28—29 日《中报》,署名"海鸣"。

《克里特岛的实验》,刊于 5 月 31 日《中报》。

《旧据剧的反战作品》,刊于 6 月 1 日《中报》,署名"海鸣"。

《律诗之于阴阳平》,刊于 6 月 3 日《中报》,署名"海鸣"。

《怨憎会苦的解释》,刊于 6 月 4 日《中报》,署名"海鸣"。

《古代的鲜卑人》,刊于 6 月 6 日《中报》,署名"海鸣"。

《木刻画与版牍》,刊于 6 月 7—8 日《中报》,署名"海鸣"。

《佛学八识谈》,刊于 6 月 8 日《中报》,署名"海鸣"。

《旧剧中的古监狱》,刊于 6 月 9 日《中报》,署名"海鸣"。

《一国元首的稿费收入》,刊于 6 月 10 日《中报》,署名"海鸣"。

《和平即是净土》,刊于 6 月 12 日《中报》,署名"海鸣"。

《微笑团的颂赞》,刊于 6 月 13 日《中报》,署名"海鸣"。

《求不得苦的分析》,刊于 6 月 14 日《中报》,署名"海鸣"。

《防空壕里的统计》,刊于 6 月 15 日《中报》,署名"海鸣"。

《生病的季节》,刊于 6 月 16 日《中报》,署名"海鸣"。

《失败的说明》,刊于 6 月 17 日《中报》,署名"海鸣"。

《事实与条件》,刊于 6 月 18 日《中报》,署名"海鸣"。

《说盟》,刊于 6 月 21 日《中报》,署名"海鸣"。

《妻的薪给?》,刊于 6 月 22 日《中报》,署名"海鸣"。

《旧剧里的死法精神》,刊于 6 月 23 日《中报》,署名"海鸣"。

《语文优越感》,刊于 6 月 24 日《中报》。

《打妻的风气》,刊于 6 月 25 日《中报》,署名"海鸣"。

《世界各巨头的内顾之忧》,刊于 6 月 26 日《中报》,署名"海鸣"。

《公开的信——覆一青年作者》,刊于 6 月 27 日《中报》,署名"海鸣"。

《唯一老伶工尚和玉》,刊于 7 月 3 日《中报》,署名"海鸣"。

《北洋华侨》,刊于 7 月 4 日《中报》,署名"海鸣"。

《苏俄士兵的勇敢》,刊于 7 月 5 日《中报》,署名"海鸣"。

《有涵养的作品》,刊于 7 月 6 日《中报》,署名"海鸣"。

《新的"七七"》,刊于 7 月 7 日《中报》,署名"海鸣"。

《认儿认女的怪剧》,刊于 7 月 8 日《中报》,署名"海鸣"。

《〈春风回梦记〉影片观后感》,刊于 7 月 9 日《中报》,署名"海鸣"。

《杂粮如何调制》,刊于 7 月 10 日《中报》,署名"海鸣"。

《有与无的战争》,刊于 7 月 11 日《中报》,署名"海鸣"。

《追念汪笑侬》,刊于 7 月 12 日《中报》,署名"海鸣"。

《"堪察加"话旧》,刊于 7 月 17 日《中报》,署名"海鸣"。

《孟氏昆仲与孟小冬》,刊于 7 月 19 日《中报》,署名"海鸣"。

《汪笑侬的一派人才》,刊于 7 月 20 日《中报》,署名"海鸣"。

《旧戏念唱中几个入声字》,刊于 7 月 23 日《中报》,署名"海鸣"。

《战争中的一种数字》,刊于 7 月 24 日《中报》,署名"海鸣"。

《王莽建地下室避祸》,刊于 7 月 25 日《中报》,署名"海鸣"。

《史太林子被俘》,刊于 7 月 26 日《中报》,署名"海鸣"。

《为革命而牺牲的话剧先进王钟声》,刊于 7 月 28 日《中报》,署名"海鸣"。

《余叔岩之弟》,刊于7月30日《中报》,署名"海鸣"。
《俄兵的战术》,刊于7月31日《中报》,署名"海鸣"。
《人的"高贵感"》,刊于8月1日《中报》,署名"海鸣"。
《杀人的代价》,刊于8月5日《中报》,署名"海鸣"。
《黄金绢布与食米》,刊于8月6日《中报》,署名"海鸣"。
《北京一种文明戏》,刊于8月7日《中报》,署名"海鸣"。
《美国的丝袜》,刊于8月9日《中报》,署名"海鸣"。
《佛的布施》,刊于8月10日《中报》,署名"海鸣"。
《近代最不幸的民族》,刊于8月14日《中报》,署名"海鸣"。
《"胶著"与"扫荡"》,刊于8月16日《中报》,署名"海鸣"。
《人类的主宰》,刊于8月22日《中报》,署名"海鸣"。
《百年来时流的病态》,刊于8月28日《中报》,署名"海鸣"。
《四声五音的配合》,刊于8月29日《中报》,署名"海鸣"。
《罗斯福的"自由"》,刊于9月1日《中报》,署名"海鸣"。
《罪与苦的续话》,刊于9月4日《中报》,署名"海鸣"。
《〈心传精华录〉的评价》,刊于9月6日《中报》,署名"海鸣"。
《学佛又一解》,刊于9月7日《中报》,署名"海鸣"。
《血的损失》,刊于9月8日《中报》,署名"海鸣"。
《张季鸾死矣》,刊于9月10日《中报》,署名"海鸣"。
《旧戏单考证补》,刊于9月11日《中报》,署名"海鸣"。
《孤城血泪》,刊于9月14日《中报》,署名"海鸣"。
《旧剧话白味的语体文》,刊于9月15日《中报》,署名"海鸣"。
《九月衣裳之诗》,刊于9月17日《中报》,署名"海鸣"。
《又一首无衣之诗》,刊于9月18日《中报》。
《追念陶报癖先生》,刊于9月19日《中报》。

《我之副刊观》,刊于 9 月 20 日《中报》。

《北京的都市形态》,刊于 9 月 23 日《中报》。

《想起了马岱》,刊于 9 月 24 日《中报》。

《这笔血肉债券!》,刊于 9 月 25 日《中报》。

《V 字运动观》,刊于 9 月 26 日《中报》。

《被测验的国家》,刊于 9 月 27 日《中报》。

《马岱在戏剧中》,刊于 9 月 28 日《中报》。

《敬向援助中国革命日本同志追念会寄辞》,刊于 9 月 30 日《中报》。

《对上帝与历史负责》,刊于 10 月 4 日《中报》。

《中秋与国庆》,刊于 10 月 6 日《中报》。

《秋意》,刊于 10 月 8 日《中报》。

《闲话一位辛亥老同志》,刊于 10 月 10 日《中报》。

《章太炎与刘大同》,刊于 10 月 11 日《中报》。

《苏俄的鱼子酱》,刊于 10 月 13 日《中报》。

《我在读圣经》,刊于 10 月 14 日《中报》。

《英国的美械师与华水手》,刊于 10 月 15 日《中报》。

《缅甸雪茄》,刊于 10 月 16 日《中报》。

《总统号与将军号》,刊于 10 月 17 日《中报》。

《花的比喻》,刊于 10 月 18 日《中报》。

《加伦的"神兵"》,刊于 10 月 20 日《中报》。

《戏剧的学历》,刊于 10 月 22 日《中报》。

《南北二京的住家观》,刊于 11 月 3 日《中报》。

《有感于法国的人质》,刊于 11 月 5 日《中报》。

《袁督师遗稿遗事汇辑评价》,刊于 11 月 11 日《中报》。

《我也谈一谈〈家〉》,刊于11月13日《中报》。
《对文艺界的企盼》,刊于11月17日《中报》。
《追挽一颗海外将星》,刊于11月19日《中报》。
《致中和的蜕变》,刊于11月22日《中报》。
《叫魂》,刊于11月25日《中报》。
《"肉"的故事》,刊于11月27日《中报》。
《少爷兵》,刊于11月28日《中报》。
《肉与娼》,刊于11月29日《中报》。
《天津叶大爷》,刊于12月6日《中报》。
《天津"狗不理"》,刊于12月8日《中报》。
《失了效的几段八股文章》,刊于12月10日《中报》。
《上海的书馆考》,刊于12月11日《中报》。
《商店名牌的异同》,刊于12月12日《中报》。
《三张一韩》,刊于12月13日《中报》。
《现明老和尚素描》,刊于12月15日《中报》。
《〈留东外史〉中的张敬尧》,刊于12月18日《中报》。
《四郎探母的形形色色》,刊于12月21日《中报》,署名"求幸福斋主"。
《二十五年前的香港》,刊于12月22日《中报》。
《我的出生地——九龙》,刊于12月23日《中报》。
《吃过两次英国官司》,刊于12月24日《中报》。
《六不将军散轶话多》,刊于12月26日《中报》。
《〈留东外史〉中的胡韫玉的下落》,刊于12月27日《中报》。
《闲话婆罗洲》,刊于12月29日《中报》。
《北洋系各督军的比较:廉洁的田中玉》,刊于12月30日

《中报》。

《追念李涵秋先生》,刊于12月31日《中报》。

《东亚本位与中国本位论》,刊于《东亚联盟月刊》第1卷第4期。

《东亚联盟的必然性》,刊于《东亚联盟月刊》第1卷第6期。

《书感一章寄酬羡渔》,刊于《国民杂志》创刊号、第2期。

《强化中日亲善合作》,刊于《华文每日半月刊》第6卷第10期。

《中日共同的史地观念》,刊于《华文每日半月刊》第7卷第2期。

《东亚问题的一元化》,刊于《华文每日半月刊》第7卷第7期。

《华文论》,刊于《华文每日半月刊》第9卷第9期。

《新中国的对外关系》,刊于《公议》第3卷第5、6期。

《饮酖》《屯云馆谦集步寥士韵赠彦通》《一夜》(诗),刊于《公议》第4卷第2期。

《中国新经济体制》,刊于《民意》第10期。

《中日文化生活的提携》,刊于《中日文化》第1卷第3期。

《中日共建东亚文化的我见》,刊于《中日文化》第1卷第6期。

1942 年

《前后两个三十一年》,刊于1月1日《中报》。

《写小说与杂文的烦恼》,刊于1月5日《中报》。

《南洋华侨专用的名词》,刊于1月6日《中报》。

《曹锟的轶话》,刊于1月7日《中报》。

《追念梁节庵先生》,刊于1月9日《中报》。

《"马来"!》,刊于1月10日《中报》。

《苏妓的南洋开荒者》,刊于1月12日《中报》。
《中国卡通片题材的选择》,刊于1月15日《中报》。
《东方人的基督教》,刊于1月16日《中报》。
《老鼠抱蛋的勇与智》,刊于1月17日《中报》。
《四川雅州入印度的路线》,刊于1月19日《中报》。
《节约与复古》,刊于1月23日《中报》。
《□□主妇》,刊于1月24日《中报》。
《从头到足的改革》,刊于1月26日《中报》。
《湖南人在南京》,刊于1月28日《中报》。
《挑水与卖文》,刊于1月29日《中报》。
《侨置郡县地名的由来》,刊于1月30日《中报》。
《张勋与南京》,刊于1月31日《中报》。
《今杂家之谈·杂八地与大杂烩》,刊于2月5日《中报》。
《家家所感的书荒》,刊于2月6日《中报》。
《前江苏省长王瑚》,刊于2月9日《中报》。
《化坚为柔的神通》,刊于2月11日《中报》。
《佛教大统在中国》,刊于2月19日《中报》。
《湖南名僧多》,刊于2月20日《中报》。
《南京所传的梁皇忏》,刊于2月21日《中报》。
《密宗的源流》,刊于2月25日《中报》。
《由日本传回的佛门要籍》,刊于2月26日《中报》。
《白鹭洲建祠说》,刊于6月4日《中报》,署名"何一雁"。
《干支廿二字考书后》,刊于6月9日《中报》,署名"何一雁"。
《明人小说〈女仙传〉的发掘》,刊于6月13日《中报》,署名"何一雁"。

《小旦有情——由孔四郎说到荀慧生、陈墨香》,刊于6月15日《中报》,署名"何一雁"。

《谭病》,刊于6月16日《中报》,署名"何一雁"。

《古金陵十六楼》,刊于6月19日《中报》,署名"何一雁"。

《小说与史传的连锁》,刊于6月22日《中报》,署名"何一雁"。

《小品文宗:袁中道别传》,刊于6月24日《中报》,署名"何一雁"。

《明代金陵两布衣:陈遇、徐霖》,刊于6月25日《中报》,署名"何一雁"。

《南京的名泉佳井》,刊于7月1日《中报》,署名"何一雁"。

《瘗鹤铭的笔者》,刊于7月6日《中报》,署名"一雁"。

《汪三侬论文》,刊于7月7日《中报》,署名"何一雁"。

《做梦与作小说》,刊于7月11日《中报》,署名"何一雁"。

《苏州赵凡夫》,刊于7月15日《中报》,署名"何一雁"。

《苏州古天文数学家》,刊于7月18日《中报》,署名"何一雁"。

《再谈金陵两布衣》,刊于7月24日《中报》,署名"何一雁"。

《明季一怪人:沈君庸》,刊于8月3—4日《中报》,署名"何一雁"。

《明末奇女子:刘淑》,刊于9月1日《中报》,署名"何一雁"。

《中外两"燕语"》,刊于9月7日《中报》,署名"何一雁"。

《钱牧斋为万法师立传》,刊于9月11日《中报》,署名"何一雁"。

《天凉好个秋》,刊于10月24日《中报》,署名"何一雁"。

《黄叶吹来怕打头》,刊于10月28日《中报》。

《辛稼轩的〈泣血录〉》,刊于11月3日《中报》,署名"何一雁"。

《谈吃蟹》,刊于11月10日《中报》,署名何海鸣。

《情书的投递》,刊于12月7日《中报》。

《麒麟童的老戏》,刊于《本月戏剧》第3期,署名"求幸福斋主"。

《由尚和玉谈到猴戏》,刊于《本月戏剧》第6期,署名"求幸福斋主"。

《谈神仙》,刊于《古今》第1期,署名"海鸣"。

《明乔白岩守南京记》,刊于《古今》第8期。

《辛巳九日北极阁登高诗:分韵得栖字》,刊于《国艺》第3卷第5、6期。

《统一与特殊》,刊于《国民杂志》第2卷第2期。

《新国民运动座谈会座谈者说明:(1)何海鸣(照片)》,刊于《华文大阪每日》第8卷第1期。

《东亚的决战体制》,刊于《华文大阪每日》第8卷第2期。

《中国如何与日本协力?》,刊于《华文大阪每日》第8卷第10期。

《中国问题的解决》,刊于《华文大阪每日》第9卷第3期。

《自给自足的中日文化建设》,刊于《中日文化》第2卷第1期。

《大麓与大陆》,刊于《中日文化》第2卷第4期。

《汉字文化说》,刊于《中日文化》第2卷第6、7期。

《唯物、唯心与唯识》,刊于《中日文化》第2卷第8期。

《从中日文化说到教化》,刊于《中日文化》第2卷第9期。

《文明与教化》,刊于《中日文化》第2卷第10期。

1943 年

《华文论》,刊于《华文大阪每日》第9卷第9期。

《太平天国时代南京城的人间味》《穷滋味》,刊于《人间味》第1期。

《世法与世味》《前后两癸丑的南京史话》,刊于《人间味》第2期。

《京口江山旧记》,刊于《人间味》第3期。

《五味说》,刊于《人间味》第5、6期。

《文友的大地域性》,刊于《文友》第1卷第2期。

《纪念国庆的起信论》,刊于《文友》第1卷第10期。

《新体制与新教化》,刊于《新民报》第5卷第6期。

《论语的家数与版本》,刊于《一般》第1卷第1期,署名"求幸福斋主"。

《东亚的文化年与教化年》,刊于《中日文化》第3卷第1期。

《心理建设的实境》,刊于《中日文化》第3卷第2—4期。

《儒与佛的意识观》,刊于《中日文化》第3卷第11、12期。

《蔡京的虚誉》,刊于1月7-8日《社会日报》,署名"求幸福斋主"。

《由蔡京说到蔡襄与王安石》,刊于1月18—19日《社会日报》,署名"求幸福斋主"。

《义齿记》,刊于4月23日《中报》,署名"求幸福斋主"。

《路线记》,刊于4月27日《中报》,署名"求幸福斋主"。

《符与咒》,刊于5月6日《中报》,署名"求幸福斋主"。

《偷粪记》,刊于5月19日《中报》,署名"求幸福斋主"。

《奇耦与对偶》,刊于10月21日《中报》。

《蟹》,刊于10月28日《中报》,署名"何一雁"。

《蟹之小品》,刊于10月29日《中报》,署名"何一雁"。

《蟹埠与蟹蝶》,刊于 11 月 1 日《中报》,署名"何一雁"。
《数字典》,刊于 11 月 4 日《中报》。
《古之媒氏》,刊于 11 月 23 日《中报》。
《"侉"字考》,刊于 11 月 23 日《中报》,署名"求幸福斋主"。
《考一考"饼"》,刊于 11 月 27 日《中报》,署名"求幸福斋主"。
《鼠之小品》,刊于 12 月 6 日《中报》,署名"何一雁"。
《道在矢溺》,刊于 12 月 8 日《中报》。
《饲猪》,刊于 12 月 25 日《中报》,署名"何一雁"。
《吃肉》,刊于 12 月 30 日《中报》,署名"求幸福斋主"。

1944 年

《汉魏的猴子》,刊于 1 月 6 日《中报》,署名"何一雁"。
《甲申新春的诗》,刊于 1 月 31 日《中报》。
《美国军人妻的贞操》,刊于 2 月 2 日《中报》,署名"求幸福斋主"。
《新春——庙上》,刊于 2 月 7 日《中报》,署名"求幸福斋主"。
《说虫》,刊于 2 月 16 日《中报》,署名"求幸福斋主"。
《禽·兽·虫》,刊于 2 月 28 日《中报》,署名"求幸福斋主"。
《强项与出头》,刊于 2 月 29 日《中报》,署名"求幸福斋主"。
《虞美人埋香处》,刊于 3 月 4 日《中报》,署名"求幸福斋主"。
《惊蛰节之话》,刊于 3 月 6 日《中报》,署名"求幸福斋主"。
《贪污解》,刊于 3 月 17 日《中报》,署名"求幸福斋主"。
《戏剧型的路劫案》,刊于 3 月 20 日《中报》,署名"求幸福斋主"。
《鸦片一役的广勇》,刊于 3 月 28 日《中报》,署名"求幸福斋主"。

《苦忆鼓姬刘翠仙》,刊于 4 月 6 日《中报》,署名"求幸福斋主"。

《大将·儒将?》,刊于 4 月 22 日《中报》,署名"求幸福斋主"。

《九龙三江的回忆》,刊于 4 月 28 日《中报》,署名"求幸福斋主"。

《南京活财神——沈万三的宅第》,刊于 5 月 9 日《中报》,署名"求幸福斋主"。

《北京的大宅门》,刊于 5 月 10 日《中报》,署名"求幸福斋主"。

《水鬼》,刊于 5 月 20 日《中报》,署名"求幸福斋主"。

《樱桃考》,刊于 5 月 23 日《中报》,署名"求幸福斋主"。

《由乌饭说到道家方术》,刊于 5 月 25 日《中报》,署名"求幸福斋主"。

《典当与考古》,刊于 6 月 3 日《中报》,署名"求幸福斋主"。

《吃相》,刊于 6 月 6 日《中报》,署名"求幸福斋主"。

《算学史补谈》,刊于 6 月 13 日《中报》,署名"求幸福斋主"。

《嫖姚解》,刊于 6 月 27 日《中报》,署名"求幸福斋主"。

《虫中最活跃实行家》,刊于 6 月 28 日《中报》,署名"求幸福斋主"。

《高才的比例表》,刊于 6 月 30 日《中报》,署名"求幸福斋主"。

《谤圣?倮虫之精者!》,刊于 7 月 6 日《中报》,署名"求幸福斋主"。

《寸身矮与委矢射》,刊于 7 月 20 日《中报》,署名"求幸福斋主"。

《尴尬,尲尬》,刊于 7 月 29 日《中报》,署名"求幸福斋主"。

《古死刑:腰斩与车裂》,刊于 8 月 3 日《中报》,署名"求幸福斋主"。

《凌迟碎剐》,刊于 8 月 5 日《中报》,署名"求幸福斋主"。

《哈密瓜》,刊于 8 月 10 日《中报》,署名"求幸福斋主"。

《快活的世间法》,刊于 8 月 17 日《中报》,署名"求幸福斋主"。

《雕刻美的细点》,,刊于 8 月 29 日《中报》,署名"求幸福斋主"。

《张文襄时代的湖北》,刊于 9 月 1 日《中报》,署名"求幸福斋主"。

《清末的官费学堂》,刊于 9 月 6 日《中报》,署名"求幸福斋主"。

《女明星的祖师婆——女㛰》,刊于 9 月 8 日《中报》,署名"求幸福斋主"。

《聊天聊地》,刊于 9 月 13 日《中报》,署名"求幸福斋主"。

《周初吊膀子的诗》,刊于 9 月 19 日《中报》,署名"求幸福斋主"。

《最古寡妇淫奔的故事》,刊于 9 月 26 日《中报》,署名"求幸福斋主"。

《汉时人的恶疾:消渴与脏病》,刊于 9 月 28 日《中报》,署名"求幸福斋主"。

《嵩山大侠王天纵》,刊于 9 月 29 日《中报》,署名"求幸福斋主"。

《命相家群像》,刊于 10 月 3 日《中报》,署名"求幸福斋主"。

《武昌起义三烈士之一刘复基》,刊于 10 月 10 日《中报》,署名"求幸福斋主"。

《秋瑾女烈士的绝命辞》,刊于10月11日《中报》,署名"求幸福斋主"。

《挽头山满翁》(诗),刊于10月12日《中报》。

《三国中的曹外公》,刊于10月13日《中报》,署名"求幸福斋主"。

《清末浙江女学中一奇女子》,刊于10月24日《中报》,署名"求幸福斋主"。

《清末报史奇谈》,刊于10月25日《中报》,署名"求幸福斋主"。

《世家之后》,刊于10月27日《中报》,署名"求幸福斋主"。

《清末民初的新戏》,刊于11月3日《中报》,署名"求幸福斋主"。

《断句与僻典》,刊于11月4日《中报》,署名"求幸福斋主"。

《郑正秋的新剧》《山鸟·哀鸿》,刊于11月13日《中报》,前者署名"何一雁",后者署名"求幸福斋主"。

《孔子的预言》,刊于11月15日《中报》,署名"求幸福斋主"。

《坐、立、跪三部曲》,刊于11月16日《中报》,署名"求幸福斋主"。

《武学者》,刊于11月17日《中报》,署名"求幸福斋主"。

《文学者:年金与奖金》,刊于11月23日《中报》,署名"求幸福斋主"。

《豹皮女大衣》,刊于12月9日《中报》,署名"求幸福斋主"。

《国丧 心丧》,刊于12月11日《中报》,署名"求幸福斋主"。

《别人的痛苦》,刊于12月12日《中报》,署名"求幸福斋主"。

《按摩的古语》,刊于12月14日《中报》,署名"求幸福斋主"。

《滇黔交界的关索岭》,刊于12月16日《中报》,署名"求幸福斋主"。

《张三丰在贵州》,刊于12月20日《中报》,署名"求幸福斋主"。

《求幸福斋笔记:雪与寒》,刊于《大方》第2期。

《中日同盟论》,刊于《文友》第2卷第2期。

《还都四周年所感》,刊于《文友》第2卷第10期。

《好人政治》,刊于《文友》第3卷第5期。

《青年与社会》,刊于《新民声》第1卷第7期。

《战争与生命》,刊于《新民声》第1卷第10期。

《兵农合一的肇国精神》,刊于《新民声》第1卷第13期。

《汉代的今古文经学》,刊于《中日文化》第4卷第1期。

1945年

《通讯:民主的浪花》,刊于《新世纪》第1期,署名"一雁"。

附录:

《何海鸣昨在京病故》,刊于3月9日《中报》。

陈寥士《悼何海鸣兄》、囂公《死矣何海鸣君 求得最后幸福》,刊于3月12日《中报》。

寥士《海鸣最后一封信》,刊于3月13日《中报》。

恂《何海鸣先生少作 辛亥狱中之诗词》,刊于3月15日《中报》。

陈啸湖《悼何一雁海鸣》,刊于3月16日《中报》。

高斐如《挽海鸣师》,刊于3月21日《中报》。

鲜花庄

不肖生与沪上各大书局的纠纷

杨锐　顾臻

《上海画报》第498期除了刊载《不肖生不死》一文外，其实还刊登了另一则有关平江不肖生的消息，名称是《重理书业之不肖生》，署名"悄然"，介绍不肖生假死风波之后的一些事。关于同一人物的两篇报道同时出现在同一期《上海画报》上，这种现象是不多见的，尤其是在关于他"假死风波"已经连续刊出过近十篇相关报道的情况下，可见平江不肖生在上海小说界的影响，而《上海画报》对不肖生的重视程度亦可见一斑。

这篇报道的详细内容誊录如下，供读者参阅：

以《留东外史》及《江湖奇侠传》得名之不肖生向恺然君，自游幕湘南后，沪上曾一度传其已死，实则向已随李品仙部至北平，向寓在西城头发胡同甲一号，惟以随军关系，既不大与外间通问，且不愿以真相示人耳。近闻向已辞去军队生活，而重整理笔墨生涯，其第一步即为沈阳《辽宁新报》撰《新剑侠传》，惟向以鉴于以前生涯清苦，爰与该报订定售稿不售版权办法，此稿刊完后，仍由向自出单行本，以资衣食，庶不致朝脱稿而夕断炊。近向已预备重来沪上，再张旗鼓，惟世界书局之《江湖奇侠传》，向只撰至九集而止，该局经理沈知方君，鉴于是书之受人欢迎，时接外间投函要求续出，又因向氏踪迹无由知悉，不得已委由赵苕狂代续两集，仍署不肖生名，生涯亦竟不恶。不知向氏重来之后，将作何感想。或谓沈知方君在书业界向以漂亮著称，二向君与之为老宾主，将来必有满意之善后，或者仍有别开生面之佳作以飨沪人士耳。

据上文内容，不肖生在平息假死风波前，已经有意再为冯妇，重理书业，并已经计划为《辽宁新报》撰写《新剑侠传》。并特别自己保留版权，估计是他觉得在《江湖奇侠传》的版权上吃了世界书局亏的缘故。最有趣的则是白纸黑字指明《江湖奇侠传》第十和十一集系赵苕狂受命伪续，为我们之前探讨两集真伪提供了又一个有力的证明。不过，真相公开后，挂羊头卖狗肉一事如何解决并未刊出，从报道的字里行间揣测，后面还有热闹可看。

果然，在接下来的《上海画报》第 499 期（民国十八年八月二十一日）上，刊登了一篇署名"俞俞"的《平襟亚函聘不肖生》短文，内容誊录如下：

平江向恺然先生，别署不肖生，擅为小说家言。前以生死问题，一时报纸喧传其事而苦于莫知真相，近顷各报始证实向先生寓居北平西城头发胡同一号，始知不肖生尚在人间。前此途中为匪戕害云云，特东坡海外之谣耳。[张其锽

(子午)杨毓瓒(瑟君)皆死于匪,向先生被戕之谣,殆即由此传误]

闻最近向先生尝致《新闻报》严独鹤先生一书,声明死耗之不确,又询《江湖奇侠传》九集以后之续稿,并谓可以继续为《快活林》撰著,平襟亚先生闻讯,急函约向先生到沪,为中央书店撰小说。每月交□(原稿不清)万字,致酬五百金,订约一年,款存银行保证,暂时不得更为它家作何种小说云。平先生亦当代小说名家,比年主中央书店,对于出版书业,经营不遗余力,即此一端,已足见其眼光之远大,与魄力之雄伟,果能成议,吾人又有向先生好小说读矣!

世界书局之后,先后有《辽宁新报》《新闻报》和中央书店平襟亚相继约稿,且各方均出资不菲,不肖生在当时小说市场上的可谓影响力巨大。中央书店的平老先生似乎做的更绝,直接要买断不肖生一年内的文字。笔者揣测,这很可能是平氏了解到世界书局沈老板安排伪续《江湖奇侠传》一事后,特地来挖世界书局墙角。每月五百大洋,订约一年就是会拍出六千块大洋,平老板做事很有魄力。可惜,由以后的报道看,此举似乎只是平老板的单相思而已,不肖生并未答应,详见以下《上海画报》第506期(民国十八年九月十二号)上刊出的署名"耳食"的《世界书局迎向记》:

听说向恺然先生从北平写信到上海世界书局,提出一个小小交涉,就是《江湖奇侠传》要从第十集重新做过,沈老板大为赞成,赶忙托李春荣君亲自赴平,答应向君的要求,并且要请他结束全书。李君现在已经到了北平了，不久，我们又有好小说可看了，还有平襟亚先生预备每月五百元聘请向先生，也由严独鹤先生转致一信，可是向先生还没有回音。

据文中所述，原来平江不肖生要自己亲自操刀，撰写真正的《江湖奇侠传》第十集。应该说，赵苕狂写小说水平不大高明，也难怪不肖生要重写。果真如此，《江湖奇侠传》第十集及以后数集应该存在两个版本，一个是正牌平江不肖生的，另外一种是贴牌平江不肖生的。不过，正牌《江湖奇侠传》第十和十一集似乎从未有人见过，叶洪生先生也仅见过环球书局版的第十二集和普益书局（世界书局）的第十二集，内容及署名均不相同（详见《品报》第三期《答顾臻弟问有关〈江湖奇侠传〉回目真伪及版本等事》），究竟正牌第十集和第十一集有无出版，具体内容又可能是什么，暂时无从得知，唯有期待能够继续挖掘到新资料了。

世界书局作为贴牌的始作俑者，果如《不肖生重理书业》一文所说的那样，很是知情识趣，针对不肖生的不快，派李春荣（世界分局分局事务主任）专程从沪至北平，沟通洽谈《江湖奇侠传》的版权。此文虽然仅到此为止，未来得及交代李向二人所谈内容，看来双方谈得不恶。

到了民国十八年九月二十七日第511期《上海画报》，就接着刊出一则《快活林》将刊不肖生著作的消息，作者署名"重耳"：

不肖生向恺然君不死之消息，沪上以本报为首先揭载，不肖生之名，近日因明星公司之《红莲寺》影片，大获其利后，更觉妇孺皆知。关于世界书局之《江湖奇侠传》问题，向虽不甚惬意，然以友谊关系，暂时不便提出，惟向现仍拟在沪重理笔墨生涯,其开宗明义之第一声,将在《新闻报》上之《快活林》露脸,以《快活林》编者严独鹤君,与向素有交谊,且甚钦佩向君之笔墨也。惟《快活林》之长篇小说,俟《荒江女侠》登完后,尚有徐卓呆和张恨水二君之小说,预计在本年度内,无再登他人小说之可能,故向君现特先撰《学习太极拳之经过》短文一篇,约五、六千字,其中关于太极拳之派别及效用,均详述靡遗,极富趣味,不日即将刊载。惟现以地位篇幅问题,颇觉困难,尚未有办法,故暂未见诸实行耳!

《火烧红莲寺》电影此时已经风靡中国,著名的《北洋画报》都刊出过剧照,请看下图:

明星公司这部电影一拍再拍而拍至十几集,抛开平江不肖生本人获得多少经济利益不谈,仅凭妇幼皆知这一点,平江不肖生的声名之响,可谓一时无两。再加上不肖生本人主动向《新闻报》严独鹤抛媚眼,对该报的销路和影响肯定颇有助益。可惜《快活林》的小说版面已经排满,估计顾明道、徐卓呆、张恨水等大腕也不会甘心割地,该报设法为不肖生刊登一篇非小说类的太极拳文字,也算是无奈中的办法了。

待到第524期《上海画报》(民国十八年十一月六日)出版,其中的《向恺然返湘省亲记》(振振自北平寄)一文公布了李、向几天来的沟通结果,原文如下:

《北洋画报》刊《火烧红莲寺》第十五集海报

世界书局酬报八千金

小说家不肖生(即向恺然先生)复活之声,腾诸本报,一般读者咸谓《江湖奇侠传》可以完璧成书矣,乃向以其尊人忽抱沉疴,得电匆匆,即行就道。向君可谓孝思不匮者矣。又闻上海世界书局曾托李春荣君来平与向接洽,结果酬报现金八千元,此中纠纷,非片言所能罄,大致不外《江湖奇侠传》之著作权问题。

由于李春荣先生的接洽,世界书局给予不肖生特别酬谢八千元,其中很可能就有因伪续《江湖奇侠传》而给予的补偿。至此,世界书局与不肖生之间的贴牌纠葛,也因此告一段落。说起来,沈知方也同样是个敢想敢干的主,先是毅然拿下不肖生,创造了《江湖奇侠传》大红大紫的奇迹,后来在民国二十四年,他以同样的八千元价格收购了张恨水的《春明外史》及《金粉世家》两部大作(此节出自《一万二千八百元之一餐饭》一文,载《北洋画报》第1222期)。凭这八千元以及沈老板与不肖生之间多年的宾主情谊,平老板择机打出的一记六千元重拳,沈老板用八千元轻松拆解,确有高手风范!

向老先生借着平定世界书局贴牌伪续事件的东风,继续向同样也干下贴牌勾当的时还书局发动进攻,具体情形详见本报第25期所刊《向恺然起诉时还书局》一文。当日读到向老先生与时还书局间纠葛一节,只觉有趣,未悉整个事件轮廓,经过了近期的顺序梳理,方明前因。最后,第579期《上海画报》(民国十九年四月二十四日)以《不肖生来沪》(署名:记者)一文,为不肖生与上海各书局

间的纠缠结果划上了最后的句号,其内容如下:

> 小说界巨子平江向恺然先生,著作等身,文名藉甚,近已偕其眷属来沪,暂寓爱多亚路普益公报关行,刻方卜居适宜之地。据向君谓,与各书局交涉之事,已由人调停结束云。

此后,笔者二人未在《上海画报》上发现更多不肖生的消息。显然,他和沪上书局间的纠纷确实得到平息,只是调停人是谁?调停的具体结果又如何等种种问题,唯有留待日后新史料的出现,方得得到答案了。

港台武侠论苑

须从根上辨分明

侠 圣

东方玉(陈瑜)自 20 世纪 60 年代初期开始武侠小说创作,后来干脆弃蒋经国秘书而不做,专事武侠小说写作,是台湾《中国时报》与台《新生报》的主要武侠小说作者之一,作品雄踞报纸副刊一隅近三十年之久,只有卧龙生和诸葛青云两位可以在这方面与之比肩。迨至 1990 年封笔,其作品数量超过五十种,在两岸三地多次出版、再版,是武侠小说市场中的一个主流品种。

尽管专家与读者对东方玉武侠小说的评价不是很高,但从历史的角度考量,这样一位有相当作品数量的武侠作家是不可以忽视的,其作品本身也是应该详细整理的。笔者在 2001 年写过一篇游戏网文,描述了东方玉武侠小说的几个显著写作特征,但对于作品基本情况创作时间、版本情况未敢涉及,原因是手头原始资料有限,挂一漏万,在所难免,若是再给爱好者与研究者增加新的困扰,反而不美。迨至 2005 年叶洪生、林保淳两位先生的《台湾武侠小说发展史》出版,书中附有一篇东方玉小说目录,澄清了当时流传资料中的很多讹谬。不过,该目录仍然存在一些缺陷,例如,收入目录的作品仅以20世纪80年代初为界,之后若干年间的作品没有收录,若干连载作品的情况语焉不详、个别信息存在错误等等。

经过笔者与其他武侠爱好者几年间的努力,虽然运气和能力所限,尚有若干种作品未能见到或加以核实,但是绝大部分东方玉武侠小说的创作信息终于了解清楚,同时在台湾友人的热心帮助下,核对了台湾中央图书馆中的藏报,重新制作东方玉武侠小说创作年表如下(表1):

编号	作品名称	报纸连载/单行本出版时间	报纸/出版商	备注
01	纵鹤擒龙 凤箫龙剑	1960.09.01–1961.04.26 1961.04.27–1962.02.04	台湾新生报	自第20回起更名为《凤箫龙剑》继续连载;单行本则用"纵鹤擒龙"为名并沿用至今。
02	神剑金钗	1961.06.29–1963.01.12/13	台湾新闻报	缺12与13日报纸,而14日开始其他连载,故该作品应结束于此二日中。
03	红线侠侣	1962.02.11–1963.06.15	台湾新生报	
04	翠莲曲	1963.03.24–1964.11.30	台湾新闻报	连载至493期,未完
05	毒剑劫	1963.08–1964.04	大美出版社	是否曾经报刊连载不详
06	北山惊龙	1964.07–1965.04	黎明出版社	是否曾经报刊连载不详
07	石鼓歌	1964.10–1965.05	大美出版社	是否曾经报刊连载不详
08	飞龙引	1965.05.05–1966.07.01	台湾新生报	
09	东来剑气满江湖	1966.05–1966.08	春秋出版社	是否曾经报刊连载不详
10	兰陵七剑	1966.10–1967.04	春秋出版社	是否曾经报刊连载不详
11	引剑珠	1966.11.06–1968.02.27	台湾新生报	
12	双玉虹	1967.02.02–1967.12.31	中华日报	
13	九转箫	1967.04.20–1969.04.23	征信新闻报	
14	同心剑	1968.02.28–1969.10.04	台湾新生报	
15	武林玺	1968.12.02–1970.10.05	大众日报	

续表

编号	作品名称	报纸连载/单行本出版时间	报纸/出版商	备注
16	流香谷	1969.04.24–1971.03.28	征信新闻报	
17	双凤传	1970.10.06–1971.10.19	大众日报	断稿,连载未完。未悉是否在其他报纸上继续连载完毕。单行本第一集则于1972年4月出版,全集24册。
18	无名岛	1969.10.05–1971.07.03	台湾新生报	《同心剑》续集。初始连载名《无人岛》,10月9日起更名为《无名岛》,并以此名印行单行本。
19	珍珠令	1971.03.29–1973.02.02	中国时报	台湾36开单行本初版名《珠剑春秋》。改为25开本出版时改回连载名。
20	金凤钩	1971.07.04–1973.06.01	台湾新生报	
21	剑公子 孤剑行	1973.02.03–1973.07.10 1973.07.11–1974.04.24	中国时报	《孤剑行》为《剑公子》续篇。单行本合二者为一,以《剑公子》之名出版。
22	湖海游龙	1973.06.02–1974.06.19	台湾新生报	
23	七步惊龙	1974.06.10–1975.10.06	中国时报	
24	玉匕寒珠	1974.06.20–1976.05.31	台湾新生报	单行本改名为《降龙珠》并沿用至今
25	三折剑	1975.10.07–1976.11.27	中国时报	
26	彩虹剑	1976.06.01–1978.03.09	台湾新生报	预告名《风雷引》,正式连载名《彩虹剑》
27	紫玉香	约1976.06.01–1978.07.14	台湾新闻报	缺报。据1966年1月2日第216期推算连载开始时间。
28	翡翠宫	1976.12.13–1978.01.08	中国时报	
29	金笛玉芙蓉	1978.01.09–1979.01.23	中国时报	
30	龙孙	1978.02.17–1978.11.12	台湾时报	
31	风尘三尺剑	1978.03.10–1978.09.30	台湾新生报	
32	刀开明月环	1978.07.25–1979.12.04	台湾新闻报	
33	紫艾青藤	1978.09.02–1979.11.11	台湾日报	单行本改名《一剑破天骄》并沿用至今
34	折花令	1978.12.19–1980.03.07	台湾新生报	

续表

编号	作品名称	报纸连载/单行本出版时间	报纸/出版商	备注
35	雾中剑影	1979.01.24–1979.09.06	中国时报	
36	玫瑰剑	1979年春	金兰文化出版社	曾经报刊连载不详
37	冲天剑气白衣侠	1979.09.10–1980.02.29	中国时报	连载原名《侠客行》
38	起舞莲华剑	1979.12.01–1980.10.15	台湾日报	
39	泉会侠踪	1980.03.01–1980.09.10	中国时报	
40	新月美人刀	1980.03.08–1981.06.12	台湾新生报	
41	一剑小天下	1980.05.13–1981.09.16	中华日报	
42	飘华逐剑飞	1981.06.12–1982.01.26	台湾新生报	单行本改名为《东方第一剑》并沿用至今
43	一剑横天北斗寒	1981.09.17–?	中华日报	1981.12.31之后无报,结束时间不详。单行本出版名《武林状元》。
44	迷仙曲	1981.05.31–1982.10.27	台湾日报	
45	旋风花	?–1984.10.28?	中华日报	缺报,具体情况不详
46	金缕甲·秋水寒	1983.07.14–1985.05.15	台湾新生报	
47	护花剑	1985.05.23–1987.03.08	台湾新生报	
48	东风传奇	1987.05.11–1989.04.12	台湾新生报	
49	玉辟邪	1989.04.14–1990.09.02	台湾新生报	

上表修正了《台湾武侠小说发展史》东方玉目录中存在的连载时间和连载媒体部分的一些错漏(包括印刷错误),比如:

(1)连载《红线侠侣》的报纸是《台湾新生报》而不是《中华日报》;

(2)改正了个别小说连载名称错误,即《中国时报》(之前称《征信新闻报》)上的连载名是《流香谷》而不是《流香令》,后者其实是36开原刊单行本书名;

(3)补充说明了《凤箫龙剑》系《纵鹤擒龙》第20回之后的连载篇名,并非独立作品。

(4)《孤剑行》与《剑公子》是正续集的关系而非独立作品。

类似的修正还有一些,就不一一列举了。还需要略加说明的是,因为仅见到零星的片段资料,未能得窥全豹,故而只好以"?"或"不详"字样做注,待日后有了确实信息再行修改或增补。

东方玉创作上述49部作品外,还参加过集体小说创作活动。20世纪六七十年代台湾武侠小说盛行时期,出版商通常会刊发广告,广泛向社会约稿,还会搞武侠小说征稿竞赛,剑虹、范瑶就因为参赛获奖而出过名,秦红也曾经参赛并获佳作奖,后来成为台湾武侠名家之一。此外,有的出版商还组织过武侠小说创作接龙的活动,即邀请一些武侠作家,按照约定的顺序,一位作者写完数章(一般是四章)后,交由下一位作者接着续写下去,如同田径接力赛的交接力棒一样。东方玉作为名家之一也受邀参加了两部作品的创作,详见下表(表2):

作品名称	出版时间	出版商	备注
群英会	1962.08–1963.12	大美出版社	其他四位作者:丁剑霞、玉翎燕、剑虹、慕容美
武林十字军	1963	大美出版社	其他九位作者:慕容美、玉翎燕、秦红、高庸、阳苍、东方英、范瑶、丁剑霞、剑虹

这样的接龙活动可以广泛吸引读者的兴趣,但本质上仍是一种市场营销手段而已。作者不同,文风不同,想法总有不同,这种情况下写出来的小说水平不会高,然而好玩、热闹,娱乐性足够了。上表中《武林十字军》的作者系录自原刊本书中相关章节上的作者署名,《台湾武侠小说发展史》中所录则分别是丁剑霞、上官云心、文啸风、玉翎燕、令狐玄、东方玉、阳苍、剑虹、独抱楼主和慕容美,系出自出版预告。可见,实际写起来之后,作者存在调换。不过,也有名虽异而实为同一人的,如令狐玄就是高庸,可惜由于部分作者生

平资料缺乏，不知道署名的其他九位作者中是否还存在同样的情况。

综合上面两个表，东方玉在台湾的武侠小说创作情况一目了然。而他在台湾出版单行本的情况就要相对复杂一些，其间版式的变迁与书名的变换造成了读者对东方玉作品的一些混乱认识，需要加以澄清，详见下面的"东方玉武侠小说台湾版单行本目录"（表3）：

编号	书名	版式	初版时间	出版商	集数	备注
01	纵鹤擒龙	36开	1960.12–1962.08	大美出版社	303	1977年曾再版
		25开	1979年夏	金兰文化出版社		
02	神剑金钗	36开	不详	大美出版社	203	1977年曾再版
		25开	1981年7月	合成书局		
03	红线侠侣	36开	不详	大美出版社	243	1976年曾再版
		25开	1981年7月	合成书局		
04	翠莲曲	36开	1963.05–1964.12	大美出版社	202	1976年曾再版
		25开	1980年冬	合成书局		
05	毒剑劫	36开	1963.08–1964.04	大美出版社	223	
		25开	1981年8月	合成书局		
06	北山惊龙	36开	1964.07–1965.04	黎明出版社	223	1978年曾再版
		25开	1982年2月	合成书局		
07	石鼓歌	36开	1964.10–1965.05	大美出版社	242	1976年曾再版
		25开	1979年8月	金兰文化出版社		
08	飞龙引	36开	不详	春秋出版社	243	1976年曾再版
		25开	1979年8月	合成书局		
09	东来剑气满江湖	36开	1966.05–1966.08	春秋出版社	121	
		25开	1980年3月	金兰文化出版社		
10	兰陵七剑	36开	1966.10–1967.04	春秋出版社	284	1976年曾再版
		25开	1979年初	合成书局		
11	引剑珠	36开	1967.02–1968.03	春秋出版社	343	1976年曾再版
		25开	1981年8月	金兰文化出版社		
12	双玉虹	36开	1967.09–1968.01	大美出版社	253	1976年曾再版
		25开	1981年8月	合成书局		

续表

编号	书名	版式	初版时间	出版商	集数	备注
13	九转箫	36开 25开	不详 1979年夏	春秋出版社 金兰文化出版社	40 3	1977年曾再版
14	同心剑	36开 25开	1968.08–1969.12 1983年5月	春秋出版社 春秋出版社	32 3	1976年曾再版 题"修订版"
15	武林玺	36开 25开	不详 1979年9月	春秋出版社 金兰文化出版社	35 3	1976年曾再版
16	流香令	36开 25开	1970.05–1971.04 1979年秋	春秋出版社 合成书局	40 3+2	25开本变为正集《流香谷》3册、续集《流香令》2册
17	双凤传	36开 25开	1971.10.–1972.04 1982.12	春秋出版社 春秋出版社	24 3	
18	无名岛	36开 25开 25开	1970.07–1971.10 1982年9月 1987年3月	春秋出版社 春秋出版社 皇鼎文化出版有限公司	36 3 4	题"修订版"
19	珠剑春秋 珍珠令	36开 25开	1972.01–1973.04 1979年夏季	大美出版社 金兰文化出版社	44 3	1977年曾再版 改回连载书名
20	金凤钩	36开 25开	不详 1984年2月	春秋出版社 春秋出版社	34 4	1978年曾再版 题"修订版"
21	剑公子	36开 25开 25开	1975–1976 1979年1月 1985年11月	南琪出版社 南琪出版社 皇鼎文化出版有限公司	27 3 4	包括了《孤剑行》
22	湖海游龙 京华侠踪	36开 25开 25开	1975–1976 1979年1月 1986年1月	南琪出版社 南琪出版社 皇鼎文化出版有限公司	19 2 3	改为此书名
23	七步惊龙	36开 25开	1975–1976年 1981年9月	南琪出版社 金兰文化出版社	28 4	
24	降龙珠	36开 25开	1975–1976 1981年12月	南琪出版社 金兰文化出版社	30 4	
25	三折剑	36开 25开	1976年 1979年1月	南琪出版社 南琪出版社	23 2	

续表

编号	书名	版式	初版时间	出版商	集数	备注
26	彩虹剑	36开 32开 25开	1978年7月 1979年10月 1979年11月	春秋出版社 春秋出版社 金兰文化出版社	32 2 3	
27	紫玉香	25开 25开	1979年5月 1984年12月	南琪出版社 皇鼎文化出版有限公司	3 4	疑无36开本
28	翡翠宫	36开 32开 25开	1978年7月 1978年夏季 1979年12月	春秋出版社 春秋出版社 金兰文化出版社	14 2 2	
29	金笛玉芙蓉	25开	1979年夏	金兰文化出版社	2	
30	龙孙	25开	1980年7月	金兰文化出版社	1	
31	风尘三尺剑	25开	1979年春	金兰文化出版社	1	
32	刀开明月环	25开	1980年4月	金兰文化出版社	2	
33	一剑破天骄	25开	1980年4月	金兰文化出版社	2	
34	折花令	25开	1980年9月	金兰文化出版社	3	
35	雾中剑影	25开	1979年	合成书局	1	
36	玫瑰剑	25开	1979年春	金兰文化出版社	1	1980年曾再版
37	冲天剑气白衣侠	25开	1980年10月	金兰文化出版社	1	
38	起舞莲华剑	25开	1982年7月	裕泰图书有限公司	2	
39	泉会侠踪	25开	1982年7月	金兰文化出版社	2	
40	新月美人刀	25开	1981年12月	金兰文化出版社	3	
41	一剑小天下	25开	1982年2月	金兰文化出版社	3	
42	东方第一剑	25开	1983年5月	金兰文化出版社	4	
43	武林状元	25开	1983年4月	金兰文化出版社	4	
44	迷仙曲	25开	1983年1月	裕泰图书有限公司	3	
45	旋风花	25开	1985年3月	皇鼎文化出版有限公司	3	
46	一剑荡魔	25开	1985年3月	皇鼎文化出版有限公司	3	《旋风花》续集
47	金缕甲·秋水寒	25开	1985.年7月	皇鼎文化出版有限公司	6	
48	护花剑	25开	1987年5月	皇鼎文化出版有限公司	5	

续表

编号	书名	版式	初版时间	出版商	集数	备注
49	东风传奇	25开	1989年5月	皇鼎文化出版有限公司	6	
50	玉辟邪	25开	1992年1月	皇佳出版社	4	
附注						
51	群英会 太乙分光剑 侠丐擒龙	36开 25开 25开	1962.08–1963.12 1983年3月 1983年3月	大美出版社 裕泰图书有限公司 裕泰图书有限公司	30 3 3	1977年曾再版 实为《群英会》上半部； 实为《群英会》下半部
52	武林十字军 铁血英雄胆	36开 25开	1963年 1983年8月	大美出版社 裕泰图书有限公司	20 3	1977年曾再版 改为此书名
未知						
53	情天剑侣	36开	1960年	大美出版社	不详	

上表中作品出版时间原则上以 1990 年为限，一方面是因为东方玉的创作结束于 1990 年，其 99% 的作品发表于该时间之前，另一方面则是自 36 开原刊本变为 25 开本后的十年间（1980—1990 年）是武侠小说出版的一个高峰，大量武侠小说被新老出版商推向市场，如东方玉这类成名老作家的作品更是翻新的主流，受到各家出版商的关注，何况他还有新作持续在报纸上发表，因此这一时期的版本情况除了提供真实的小说创作信息外，还能够让我们一窥当时杂花生树般的出版业态。《玉辟邪》完成于 1990 年，待到单行本出版已经是 1992 年了，所以是个例外。需要提一下的是，该书的出版商皇佳出版社在 1990 年代中期前后曾经又出版过一次东方玉作品专辑，其单部作品的册数有所变化，若干书名也进行了修改，内容则并无改变，因此没有在表 3 中列出。第 51 和 52 两部作品虽是接龙之作，但单行本出版时署名都是东方玉，因此也收入表 3 中，只是单列出来，以示区别。《情天剑侣》仅见之于《台湾武侠小说

发展史》中的东方玉目录，本人与友人都一直未曾见过，故列为未知作品，聊备一格，期诸异日可以找到答案。

东方玉武侠小说是台湾武侠小说出版市场的主流品种之一，版本已经如此复杂，在香港和大陆也是一样，比如署名东方玉的各类香港版本就达80种以上，其中鱼龙混杂、真伪相掺得更加厉害，大陆版本的混乱更犹有过之，如何看待和辨识这些纷繁复杂的小说版本，王阳明先生《论学书》中有两句话说得非常精到："须从跟上求生死，莫向支流辨浊清"。武侠小说研究当然不用上升到哲学的高度，也没有求生求死那么严重。在笔者看来，武侠小说传播的余波所及，支流同样需要辨别浊清，不过，根部的确必须先要辨个清楚明白才好！

（感谢唐山李明兄的大力支持）

《南洋商报》连载的《七种武器》

于 鹏

20世纪60年代到80年代,新加坡《南洋商报》曾大量刊载古龙小说(参见顾臻、于鹏《古龙海外别样红》),最近笔者在重新整理原有的报纸扫描图档时,意外发现新加坡《南洋商报》上有古龙《七种武器》的连载线索,当初竟然漏看了。于是按图索骥,找出了全部的连载,内容系七种武器中的三种——《碧玉刀》《多情环》和《霸王枪》。

《南洋商报》的古龙小说连载名称与台湾的单行本不同,也与香港的杂志连载结集本不同,这次新发现的《七种武器》也不例外,下面我们就以《南洋商报》连载(以下简称"连载本")与目前所知最早的香港《当代武坛》杂志连载及其结集本(以下合称"结集本")作一些对比:

一、名称不同

《南洋商报》的连载没有以"七种武器"为系列大标题,单独的连载篇名也个个不同:

《春满江湖》是《碧玉刀》;

《边城浪子》是《多情环》;

《青色山岗》是《霸王枪》。

二、时间不同

连载本的刊载时间早于结集本,具体比较如下:

1.《春满江湖》:连载时间是 1973 年 1 月 30 日至 6 月 5 日;

《碧玉刀》:连载时间为 1973 年 4 月至 11 月,初版时间暂不详,再版时间为 1975 年 1 月。

2.《边城浪子》:连载时间是 1973 年 6 月 22 日至 9 月 20 日;

《多情环》:连载时间为 1973 年 11 月至 1974 年 7 月,初版时间是 1973 年 8 月。

3.《青色山岗》:连载时间是 1974 年 1 月 1 日至 7 月 5 日;

《霸王枪》:连载时间为 1974 年 7 月至 1975 年 11 月,初版时间为 1975 年 4 月。

三、结尾不同且独特

首先,连载本没有"七种武器"的提法,所以删除了结集本有关于"第×种武器"的词句,如:

我说的这第三种武器,并不是碧玉七星刀,而是诚实……所以他能击败青龙会,并不是因为他的碧玉七星刀,而是因为他的诚实。(《碧玉刀》结集本结尾)

所以我说的第四种武器也不是多情环,而是仇恨。(《多情环》结集本倒数第二章结尾)

以上这些语句在连载本中是没有的。

其次,也是最重要的,连载本结尾有多出结集本的内容,而且多出的文字还比较关键。

《边城浪子》连载本的结尾比《多情环》结集本多出以下文字：

这才是我们这故事的结局，这故事给我们真正的教训是：

仇恨虽然是种很可怕的武器，可是他不但能毁灭别人，也同样能毁灭自己。

所以你若懂得这道理，就应该学会用宽恕来代替报复，用爱来代替仇恨。

这是连载本的最后一章，章名叫"结局"，之前一章叫"还不是结局"。结集本的最后一章没有标题，之前一章叫"仇恨"。这段话紧扣小说故事中萧少英与敌人同归于尽的结局，宣扬放弃仇恨，宣扬爱，符合古龙经常在他的小说中宣传的理念，且颇有哲理，笔者认为应当是古龙的原始创作理念，那么连载本的内容当是古龙初稿。至于后来删去这一段话，或许是觉得和书中最大的邪恶组织"青龙会"谈互爱、谈放弃仇恨有些不妥吧！

而《青色山岗》的结尾是单独的一节，也叫"结局"，但有几段独特的内容，很有意味，笔者抄录如下：

丁喜在前面走，王大小姐在后面跟，他们已走了很久，已走了很远，谁也不知道他要走到哪里去？谁也不知道她要跟到几时？

丁喜终于忍不住回头："你为什么一直跟着我？"

王大小姐回答："因为我高兴。"

夕阳艳丽，远山如画。

丁喜又开始往前走，却已走得慢多了，因为他知道自己反正已逃不了的。

因为她有信心，也有勇气。

因为她有爱。

以上楷体字部分均为结集本所无，笔法、结构和意味明显出自古龙之手,为何为结集本所无,令人不解。

四、文字质量

结集本(包括连载)文字缺乏校对,多有错讹。连载本相对较少,且可解决其中一些结集本存在的文字缺漏与错误,例如结集本《霸王枪》中有下面两句对话:

丁喜道:"将秘密泄露给我,是个——"

归东景道:"死人。"

细心的读者肯定会感觉这里明显不对,似乎缺了点什么,但究竟漏了什么,不得而知。

而在《青色山岗》连载中,这段文字是下面这样的:

丁喜道:"将秘密泄露给我,是个——"

归东景道:"是个什么人?"

丁喜道:"死人!"

显然,问题迎刃而解。类似的例子还有一些,就不一一列举了。

不过,美中不足的是,连载本也存在缺陷,有的甚至是大缺陷。连载本《边城浪子》中,也有应该是被删减了的大量古龙原文,比如连载第45期相当于结集本《多情环》第78页的文字内容,但到了第46期,却突然进入相当于结集本《多情环》第138页了。此外,章节标题连载本也有改动。

无论如何,新发现的《南洋商报》"三种武器"连载,对我们探求古龙的原始创作文字无疑是一件新的有力武器。据此,我们可以用《武侠春秋》结集本为底本,再辅以《南洋商报》连载本进行文字参校,或许能够找出最接近古龙原稿的文字与内容,更深入地了解与研究古龙其人其作。

"新派"武侠 新在何处

渠　诚

　　1953年底,香港爆出一条热点新闻,史称"吴陈比武"——太极拳和白鹤拳的两位掌门人宣布擂台争胜,生死各安天命!一时间街头巷尾,密布拳经。香港《文汇报》总编辑金尧如,那时兼任新华社香港分社新闻室宣传战线党书记。正是他灵机一动,提议刚刚创办三周年的《新晚报》用武侠小说招徕读者,并让该报总编辑罗孚回去物色作者。

　　1954年1月17日,吴陈比武当天,港澳诸报均登有特稿要闻,而以《新晚报》招数最奇。其署名"梁羽生"的《太极拳一页秘史》一文,从杨露禅偷拳事一路讲下,颇有武侠神韵。当月19日,该报以头版头条打出"本报增刊武侠小说"重磅预告。当月20日,梁羽生《龙虎斗京华》如期见报,以充满新意的题材和主旨,确立了日后文学史所谓"新派"武侠小说的基本格调。

　　当年的香港报纸,大致可按政治倾向分出三大阵营:左派(拥共爱国)、右派和中立。国民党溃败前后,反共、畏共人士纷纷南下香江，其数字大到使当地人口翻倍。香港百姓受到这些人的影响，渐渐形成恐共畏共的社会主流，而反共和拥共人数则大致相当，构成"两头小、中间大"的实际情况。所以中华人民共和国政府的香港统战政策，首先便是争取其中"恐共畏共"的外来人口。那时的香港尚未有日后繁华，欠缺可供娱乐消遣的文化艺术，除了广播人皆听得、报纸人皆买得，看粤剧、看电影和跳舞都是高消费。左派报纸和右派报纸，因此都承担着向读者输出意识形态的重要任务，双方屡有攻防，而总是左派报纸获胜。当年的成功案例，真可说俯拾皆是，梁羽生同事唐人（严庆澍）所著《金陵春梦》就是其中之一。这部小说从1952年开始连载，长达230万字，正史结合野史，肆意捏造蒋介石的流氓形象，反复渲染国民党政府的腐败庸碌；手法诚然可笑，却以超卓的文字叙事功力博得读者追捧，从而使我党对敌的正义行动得到香港老百姓的普遍认可。唐人生前，外界只知他是香港《新晚报》副刊主管，直到他殁后遗体覆盖党旗，方始知道他是中华人民共和国政府的厅级干部。当年左派报纸上的各类小说，大抵皆如是。

梁羽生那时正是《新晚报》重用的年轻编辑，思想上当然和组织一致，因此最初只把武侠小说当一个"临时任务"对待，想不到竟会创出后来文学史所谓的"新派"武侠小说。一方面，他深知《新晚报》所做一切都是要传播"新"字，所以这部小说里势需具备"新"意；另一方面，中华人民共和国政府基本禁绝武侠小说出版，而南来香港的大陆客又无法接受当地夹杂方言、水平拙劣的"广派"（南派）作品，梁羽生要以《龙虎斗京华》帮报馆争取这些读者，形式上就不得不沿袭还珠楼主、白羽等"北派"作家的作品样貌。这便导致《龙虎斗京华》以"旧瓶装新酒"姿态出现，担任了武侠小说发展史上最重要的继往开来之作。由此开端,香港左派报纸纷纷借武侠小说增色,金庸、百剑堂主、江一明、尉迟玄、林梦、杨剑豪、唐斐……再加上早从1952年就给《香港商报》创作武侠小说的牟松庭,各报主力编辑竞相上阵,使武侠小说顿成报纸争夺读者的一大利器。大家以这些小说是继承《新晚报》的《龙虎斗京华》而来,统称之曰"新派"(《新晚报》派)武侠小说。

当金庸创办《明报》以前,香港的"新派"武侠小说一直由左派报纸独有;而自那之后,新出现的武侠小说不管其风格、倾向如何,统统都会被算到"新派"里面。所以"新派"提法固然出现得早,最初却只是香港武侠小说的流派之一,要到1959年才升至文学史所谓"新"和"旧"的高度。但若据此说梁羽生所开创的"《新晚报》派"武侠小说事实上欠缺新意,进而提出"古龙之前无新派"等等观点,则不免失之偏颇。

正如前文所讲,早期的"新派"作家其实全都是香港文坛拥共阵营的主力战将,又都有报馆编辑身份,这便使所谓"新派"武侠小说天然肩负统战职责。正是这种不寻常的土壤,促使他们的作品大放异彩,呈现出和民国时期武侠小说完全不同的精神面貌,酿成武侠小说发展史上的巨大变革。这种变革主要从以下三方面体现出来。

首先,是"新"文学观。梁羽生尝谓:"其实所谓'新派'也者,也并没有什么'新',只不过是要求作品具有'思想性'和'艺术性'而已,古今中外,凡是具有文学价值的创作,都是既有思想内容,又有艺术创造的。只不过在以前的'武侠小说'中,好些作者还没有注意到这些问题,因此我们这些不成熟的东西,才能给人以一种新鲜的感觉而已。"民国时期的武侠小说家,其创作动机只是赚稿费养家糊口，没兴趣更没办法兼顾作品的文学价值和社会导向。而梁羽生等"新派"作者则以"文艺工作者"自命，主动提高武侠小说的文学水准，借助武侠小说向读者灌输思想，其文学观跟民国时期的武侠小说家实有天壤之别（从这个角度来讲，早期的"新派"武侠小说跟"十七年文学"其实有些相似。所谓"十七年文学"是指中国大陆1949年至1966年间的文学创作，典型者如《红岩》《林海雪原》《小城春秋》等）。利用武侠小说来阐释政见一事，不但是"新派"作者们的一大创举，更使他们乐此不疲，浃髓沦肌。譬如金庸脱离左派报纸之后，小说里的这一特点非但没有消失，反而日益变强，所不同者只是倾向反讽。

其次，是"新"历史观。当"新派"出现前，武侠小说从整体上欠缺历史意识，故事背景总选择时距较近的晚清、民国，只有"江湖仇杀"和"除暴安良"两大套路，不直面历史上的重要人物和重大事件，更不会对之进行褒贬评价。梁羽生和金庸等人的作品反其道而行，不但让英雄侠客置身历史洪流，更用"阶级矛盾"阐释官民对立，小说中的正面形象大都具备推动阶级斗争和反抗异族侵略的使命感；故事的主要舞台则是边塞地区或北京、江南，以异族人民跟汉族反抗者的亲密合作，渲染侵略战争的不正当性；又常以"双方分处敌对阵营或出身背景差异极大"来制造爱情矛盾。他们强调国家民族的忧患意识，以唯物主义史学理论指导创作，使武侠小说兼具历史小说之长。

第三，是"新"价值观。民国时期的武侠小说提倡个人英雄主义，侠客的主要活动是寻仇、较技和救苦救难；而"新派"提倡集体主义，个人利益服从集体利益，侠客的行动准则是优先保证国家利益和人民利益。梁羽生就此阐释道："我认为，武是一种手段，侠是一个目的,通过武力的手段去达到侠义的目的,所以,侠是最重要的,武是次要的,这是我的看法。一个人可以完全没有武功,但是不可以没有侠。那么,什么叫做侠,这有很多不同的见解。我的看法是,侠就是正义的行为;什么叫做正义行为呢？也有很多很多的看法,我认为对大多数人有利的就是正义的行为。"金庸则以"侠之大者,为国为民"进行高度概括。这种集体主义指导下的价值取向,同样是民国"旧派"所无从具备。

唯因"新派"之"新"字实是《新晚报》的"新"字,而《新晚报》这个"新"字又跟新中国的"新"字同义,就导致梁羽生等人的"新派"武侠小说从一降生便深受政治之累,兴盛、衰落都跟两岸三地的形势相关。事实上,香港的"新派"武侠小说之得以勃兴,背后实有中共中央的提倡支持。当时港澳办公室的负责人廖承志,甚至明确指示香港《文汇报》不要太政治性,而该照顾读者兴趣,提供一些武侠小说。吴筠生(吴羊璧)署名"唐斐"的《黄河异侠传》就是因此而来。另一方面,南洋各地的拥共爱国报纸纷纷效仿香港同行,以武侠小说招徕读者,而且几乎都是转载《大公报》和《新晚报》的武侠小说,后来更有同天见报,甚至南洋抢先的情况出现。这些报纸大都跟当地新华分社往来密切,有些甚至像香港《大公报》《文汇报》一样,是由新华分社所直接领导。其中以新加坡报纸和泰国报纸动作最大,缅甸、马来西亚次之,老挝、越南、柬埔寨又次之,印尼则欠缺中文报纸的生存空间。如此到1960年前后,各地报纸无论政治上的倾向如何,一概登有武侠小说,包括亲蒋政权的报纸都不得不向读者低头,培养出另外一批武侠名家。据说台湾武侠小说全盛时期,光是作者人数就将近三百,这自然要计各地报纸的一份功。

中央治港,施行的是"一国两制"方针。这方针虽是1981年提出,历史却可上溯至中华人民共和国成立之初,甚至可从当年香港和大陆两地武侠小说所面临的情境,直观看出。民国时期,武侠小说界人才辈出,先有"南向北赵"(向恺然、赵焕亭)称雄一时,复有"北派五大家"(还珠楼主、白羽、王度卢、郑证因、朱贞木)争奇斗艳,余者如文公直、顾明道、姚民哀、徐春羽等,亦皆一时之选,共同把武侠小说推向历史高峰。谁知1949年大陆解放以后,中华人民共和国政府竟给武侠小说贴上"陈腐""封建"和"落后"的资本主义标签,毅然将之扼杀。当年12月,国务院就有《关于最近北京市私营图书出版业情况》内部文件,指示:"有计划有组织地配售新出版物,逐渐'减少'和'消灭'神怪、色情、武侠、翻版读物。"至1955年,中央一方面鼓励香港的"新派"武侠成规模,一方面彻底查禁大陆地区的武侠小说。大陆的武侠小说,仿佛一条历史悠久的长江大河硬生生被人堵住,民国时期风靡万千读者的武侠小说家各自走上新岗位,只有白羽和还珠楼主一度短暂复出。

　　大陆的武侠小说一时间再无出版之望,香港地区又如何呢?梁羽生武侠小说本来是由《大公报》附属的文宗出版社负责出版,但是从一九五六年开始,他的新作《七剑下天山》却被交给了晨风出版社,次年又转交"学林书店"下设的"伟青书店"出版。此后二十余年,梁羽生的全部作品都由伟青书店出版;而金庸、百剑堂主、牟松庭等人的作品,早年则由"三育图书文具公司"出版,看上去颇有"脱离组织"之嫌。然而,正是这两家似非而是(书店、文具公司)而又背景模糊的出版单位,一举把"新派"武侠小说送到台湾街头,并引来当地书商的竞相翻印。这一工作之成效如何,可以从台湾当局1959年底紧急启动的"暴雨专案"进行推测。据次年二月台湾《中华日报》所载,仅仅一天内,警备总部就取缔"共匪武侠小说"97种、12

万册,许多武侠小说出租店几乎架上无存书!固然这中间混有民国时期的作家作品,但是香港"新派"的影响之大,仍不难由此想知。1962年,美国一份由蒋中正题名、奉民国正朔的《中华新报》甚至连载了梁羽生的《萍踪侠影录》!

  梁羽生曾经指出,武侠小说在本质上可以超越政治,所以才能拉升报纸销量,争得不同立场的读者群。他的"新派"武侠小说登上反共报纸一事,无疑是这一论点的最好证明。但也正因为武侠小说可以打破政治上的壁垒,理所当然就成了统战工作之得力臂助,无法避免政治上的一损俱损。诸如台湾当局"暴雨专案"那样的全面封杀,当然绝非"新派"武侠小说自身的优劣所致。而1967年"五月风暴"之后,香港拥共报纸的销量狂跌,梁羽生等作家流失大批读者,这种骤然性的衰落同样跟作品本身的问题无关。

  以上种种是非成败,幸或不幸,其实都属于无法平复的时代哀痛。

(原载 2015 年 5 月 8 日《北京晚报》)

太极拳一页秘史

渠　诚

香港"新派"武侠小说出现的契机,是 1954 年 1 月的一场打擂,相信读者们耳熟能详。正是"太极拳"和"白鹤拳"的这一次公开竞技,让港报领导预料武侠小说将升温,才安排梁羽生创作《龙虎斗京华》去做尝试。但若细问那一次打擂之详情如何,一般人怕就说不出了。

有一点值得先行指出的是,以武侠小说见长之人,不一定真正懂得技击。民国时期的名家之中,除了平江不肖生精通拳术,郑证因舞得一手漂亮的九环大刀,还珠楼主懂得气功、点穴,余者皆不以武术显名。民国时期帮会林立,文武两不偏废,而作家习武尚罕见;待到社会稳定,自然更没人练把式了。后来的武侠名家,似乎只有温瑞安、云中岳和马云是真有功夫;梁羽生、金庸、卧龙生、司马翎、古龙、萧逸等都是"纸上谈兵"的文弱之人。大约就是因此,武侠小说的整体风格才会朝着"飞剑遥遥斩薄情"的方向发展,重写意而非写实。

作家们的武林知识，基本是得自前人。譬如梁羽生创作《龙虎斗京华》时就是依照白羽的《偷拳》故事。崇祯年间，河南温县陈家沟的陈玉廷研究各派拳法，开创陈氏太极拳，此后几经损益，由来孙（曾孙之孙）陈长兴将之定型。陈长兴赴冀南授业，察觉当地人杨露禅旁观偷练，而且卓有小成，非但不责怪他，反倒爱才收徒，破除"不传外姓弟子"的门规，将秘诀悉数相告。民间渲染此事，有谓杨露禅假装哑巴混进陈家当仆役，便是《偷拳》故事蓝本。梁羽生介绍太极拳时，特别提到杨露禅装哑一事，显系师承白羽。

杨露禅后到北京开馆传授杨氏太极，门下有满族人吴全佑，而全佑之子鉴泉又据杨氏拳理自悟八十四式，创立吴氏太极拳。1924年，黄埔军校成立，校长蒋中正亲聘吴鉴泉长子吴公仪出任教官，向众学生传授太极拳法。1937年，吴公仪赴港创办鉴泉太极拳分社，后回上海接管总社，至1948年重返香港复社。

吴公仪一生风光，门下有的是社会名流，重履香港更是如日中天，进进出出都有人前呼后拥，派头十足。到1953年秋，他公开表示欢迎任何一派拳术家和他"研究"武学，不论何时何地。豪言甫出，便收到"白鹤拳"门下陈克夫的挑战。陈克夫早年学习西洋拳、洪拳和日本柔道，曾夺得香港拳击冠军，时任澳门"泰山健身学院"院长，是"白鹤拳"掌门吴肇钟的得意弟子。陈克夫这一出头，振奋了社会各界。需知港澳是南拳地盘，吴氏太极以北方门派而大收门徒，自然让人不甘。

后来"澳门王"何贤提议双方将当日比赛门票收益全捐给澳门镜湖慈善会和同善堂，借善举消弭恩怨；不料当年12月25日，九龙石硖尾木屋区不慎失火，五万余人无家可归，何贤又在元旦那天邀双方到新光酒楼会谈，提议将门票收益的百分之四十用作赈灾善款,而且率先拿出三万元。双方对善举自无异议,便由律师公证签字,言明拳脚无眼、各安天命。轰动一时的"吴公仪与陈克夫国术表演暨红伶义唱筹款大会"开始紧张筹备。因香港法律禁止公开斗殴,众人都同意到澳门新花园夜总会的池泳广场举行赛事。

  有关双方订约比武的进程,坊间尚有一说,谓香港《中声晚报》林姓记者跟吴公仪弟子相熟,听对方盛赞吴公仪武功了得,可以跟任何人士切磋,欲向吴氏确认,奈两次往访皆不得见,问询拳社弟子,答曰:"当然,我们怕什么?"便拿这充当吴公仪的亲口回复,登出"太极掌门人吴公仪欢迎与任何门派人士随时切磋"大标题,且将收到之谩骂、挑衅悉数转交拳社。其后六日,吴公仪命人致电报馆,强调其拳社一贯禁止门人和外人争论,出手打斗更休论。该报立刻登出更正启事,又出专文解释"切磋"云云实非吴氏之语。十余日后,林记者跟"白鹤拳"吴肇钟、陈克夫师徒饮茶,席间并有武侠小说家"我是山人"(黄威凤)等。众人谈到吴公仪之事,陈克夫称此行正是要跟他切磋一二。黄威凤分析太极、白鹤两派优劣,坚称陈克夫是最佳的挑战人选。再然后,便是何贤出面组织慈善比武,安排双方到新光酒楼一谈,由"鹰爪翻子拳"掌门刘法孟主会。新光酒楼总经理以吴公仪弟子身份,指出陈克夫的挑战有失公评。需知陈克夫和吴公仪非但地位不同,年龄更是悬殊。吴公仪长子吴大揆提议"白鹤拳"当由掌门人吴肇钟出面对阵吴公仪,而他本人实时就地迎战陈克夫。吴公仪则觉得筹措善款是仗义之举,没有理由推辞,就此接受陈克夫的挑战。该说法独有一点可疑:武侠小说家"我是山人"真名陈劲,而非黄威凤。又,镜湖医院的院长柯麟是中共地下党员,负责统战工作,自1946年接管医院,便邀大丰银行董事长、澳门中华商会主席、澳门政府立法委员会华人代表何贤兼任医院的慈善会值理。何贤是当时葡萄牙、中国和澳门公认的澳门华人领袖,甚至有"影子总督"之称,其子何厚铧是澳门特别行政区第一任行政长官。

　　双方订约后,何贤派得力助手刘衡仲跟管理新花园事务的郭诚共筹此事,预备比赛前夜在池泳广场搭建一个可容八千观众的擂台,票价十元、二十元、一百元和二百元。结果门票没几天便告售罄,十元票被黄牛党哄抬至百元一张……一切进行顺利,只是尚缺了澳门总督史伯泰的一纸批文。需知各国各界之文件、来信,彼时如雪片般投向澳门政府,均指文明社会不该有"合法杀人"的比武活动,澳门政府头疼国际舆论,迟迟不批申请。何贤问明缘故,急招陈克夫商议办法,后者保证不会打死吴公仪,而若势头不对,他便主动跌倒,吴公仪断然不会追击,如此便无人命之虞。何贤拍案称善,向澳督陈明对策,总算将之说服,批文很快签下。何贤自任总裁判,又设梁昌(澳门康乐体育会主席)、梁国荣(罗梁兄弟国术团总教练)、禤彦光(黄飞鸿爱徒禤镜洲之子)、刘法孟(鹰爪翻子拳掌门)、李剑琴(李氏健身学院院长)、董英杰(董式太极拳创始人)六位评判。

　　当是时也,港澳媒体皆大肆渲染此事,致香港居民争先恐后去澳门,都要目睹千载难逢的比武盛况。比武前夜,由港赴澳的"德星号"邮轮搭乘一千三百余人,打破港澳交通之历史纪录,次晨靠岸时值退潮,船身倾斜,险酿大祸。有业内人士估计那两天里到澳门的旅客数当有五千以上。澳门旅馆爆满,大量访客只好到"高庆坊""快活楼"等赌博区虚掷长夜。又有人组织押注,盘口不断刷新。其时吴公仪名震大江南北,赛前一月,买他赢的是四比一;赛前三周,降至三比一;赛前一周时,又降至二比一;到了比赛前一日,几乎降至一比一。何以如此？皆因他五十又六，英雄垂暮，陈克夫则是三十七岁的英勇之年，而"白鹤拳"最讲究凶猛、灵活。有些旅客之前没有押任何一方，便临时在船上打起赌来。

1954年1月17日下午2时15分，澳督史伯泰夫妇来到新花园的擂台，由史夫人主持剪彩，女艺员方艳芬献花并介绍吴陈二人同澳督相见。剪彩之后，先有八和会馆的马师曾、红线女等八大明星义演助兴，唱曲娱乐，复由鉴泉太极社和泰山健身学院学员各自表演一番。3时40分，司仪张瑛登台宣布比武开始。据观战者说："那时爱都酒店的位置是两层高的新花园夜总会，那里的天台以及新花园看台的另外三侧也搭了棚架，到处都坐满了人。那时港澳分有好多门派，大家生怕有人闹事，都到现场助阵。为预防突发事故，现场也布满了手执轻型机关枪的警员。"一些买不到门票的观众，就只好聚集到电器铺前听直播。

吴公仪、陈克夫登台后，裁判之一的禤彦光向两人展示一柄青萍剑，以宣示执法权力。而第一回合就随之开始！据说两人刚一交手，眼睛便都发光，神情十分可怖。陈克夫使出西洋拳探对方虚实，吴公仪则摆出太极拳的架势，两手一摊，想做个"手抱琵琶"姿势，却被陈克夫一拳击中面部！吴公仪且战且走，有人见他退到台边，立刻猜测他是被陈克夫击脱牙齿，借机悄悄吐出；后来更有人说他当时直接将牙齿吞下了肚。吴公仪赛后听说这些，只好张开嘴巴给人看，证明牙齿完整。

再说陈克夫见吴公仪退守台边，立如猛虎般扑上前去，哪知太极拳最擅长借力打力，竟被吴公仪顺手一带，打中鼻梁，幸有围台绳索阻挡，方未掉下台去。比赛规定六回合，第一回合至此结束。陈克夫当时穿白，鼻血如注，淌下来特别抢眼。看台上当时就有观众喊道:"老家伙厉害嘅!"红线女没见过这等场面,当时就被吓晕。第二回合,吴公仪用力打中陈克夫的前臂,陈克夫怒而抬脚踢往吴公仪胯下,吴公仪以牙还牙却未踢中。何贤怕当真闹出人命,急忙敲钟叫停,援引赛前约定"不许用脚"一事,判双方"不胜不败不和",二人握手退场。耸动万人的擂台大战,只三五分钟便告草草结束。而后,香港十二家影院纷纷放映本次赛事的新闻纪录片,收益同样行善。总计整个活动共筹款27万,而当年一层楼宇只开价一两千元。

比武当天,香港各报均有特稿新闻招徕读者,比如《新晚报》就有《太极拳一页秘史》特稿,介绍吴氏太极和杨氏太极渊源,内云:"港澳万人瞩目的两派拳师比武,今天下午四时就要在澳门擂台正式上演了。当读者们读到这篇东西的时候,也许正是澳门擂台上打得难分难解的时候呢!……谈起太极拳的借力打力,善于利用敌人的来势而打击敌人,的确有许多神奇的传说。吴公仪是太极派名手吴全佑的孙儿,吴全佑是得过杨派始祖杨露禅的真传的。杨露禅的许多故事,散见稗官野史、武侠小说,其中有不少神奇传说。"作者署名:梁羽生。再然后,便是当月19日该报头版头条的"本报增刊武侠小说"重磅预告,以及20日的《龙虎斗京华》第一期了。

出乎大家意料的是,吴、陈比武以"不胜不败不和"落幕,两人握手言和,竟然成了好友。这就苦了当时的一群赌客。买吴赢的说陈克夫见了血,受了伤,理当我赢;买陈赢的则说吴公仪难道就没流血,两人都中几拳,但又都没跌倒,这可不好定夺。有些打赌款额较小的,相互饮茶赔了就算。比如一家洋行的两位职员,姓陆的买吴,姓陈的买陈,结果一个请吃饭,一个请看戏。而款额较大的就比较难办,据说有大到上万元的,真不知如何是好。

(原载2015年6月5日《北京晚报》)

一部张冠李戴的电影
——楚留香之《幽灵山庄》

许德成

编者按：许德成先生是网络上著名的铁杆"古龙粉"，曾经无私地向大陆古龙网站上的网友提供过很多珍贵的古龙小说报纸连载资料和版本信息。编者去台湾旅行时，许先生特意开车领编者去古龙墓一行，对古龙之热爱可见一斑。后与许先生畅谈台湾武侠小说时，意外得知许先生在古龙影视作品的收集和收藏方面曾经下过绝大功夫，收集之丰令人瞠目。同时，也收集了相当多的金庸以及其他武侠影视作品的DVD以及文字资料。

武侠影视作品的观众数量非常巨大，网络上也有众多爱好者时常发表观后感、介绍电影乃至怀旧文字，但是真正埋头在该领域认真搜集资料的人士却似乎并不多见。《品报》的宗旨是关注通俗文学史料以及与此相关的和任何有价值的各类资料，影视作品当然也在此列。因此小编几个商议后，决定特辟此专栏，计划陆续刊发一些武侠影视作品的资料，既方便专家学者们掌握更多的珍贵资料信息，也让一众武侠爱好者重温往昔起劲看武侠片的少年情怀。从许先生介绍他的收藏情况看，古龙影视作品数量之多，其实仅略逊金庸而已，因此本栏就拿古龙影视开张了。

香港邵氏公司在 1970 年代中期到 1980 年代初期，曾经拍摄三部以《楚留香》为名，由狄龙饰演主角《楚留香》的电影，分别是：

1976 年《楚留香》：改编自《楚留香传奇之血海飘香》故事

1978 年《楚留香之蝙蝠传奇》：改编自《楚留香新传之蝙蝠传奇》故事

1982 年《楚留香之幽灵山庄》：改编自《陆小凤传奇之幽灵山庄》故事（分别见以下彩图）

上面这部 1976 版《楚留香》，堪称为邵氏的经典之作，狄龙饰演的《楚留香》一角实可与香港无线电视 1979 版的郑少秋媲美而绝不逊色。唯美的场景布置与服装造型，可说是"视觉上"与"精神上"的双重享受。

1976 年《楚留香》香港版 DVD 外盒封面

至于上面的 1978 版《楚留香之蝙蝠传奇》，这是一部能在有限

1978 年《楚留香之蝙蝠传奇》香港版 DVD 外盒封面

1982年《楚留香之幽灵山庄》DVD外盒封面,左为香港版,右为台湾版

的时间内表达小说中所追求的意境的电影,导演的功力值得称许。在30年前所拍摄,时至今日看来美感依旧。

而这部1982版的《楚留香之幽灵山庄》,等等,您没看错,篇名确实有"幽灵山庄"四字。熟悉古龙小说的朋友一定会大叫,这个名字是古龙另一部名著《陆小凤》中的一个故事呀!楚留香不认识陆小凤啊,为什么会这样呢?

原来,1981年台湾中视在其港剧观摩展中播出了郑少秋主演的电视剧《楚留香》,习惯台湾慢节奏古装武侠剧的台湾观众,港剧服装的华丽和快节奏的制作手法让他们耳目一新,因此每到播出时间便万人空巷。当时的香港邵氏已拍过两部《楚留香》电影,为了追随这股《楚留香》风潮,决定拍摄第三部,可是内容却没有使用《楚留香》八个故事中的任何一个,而是拿了《陆小凤》故事来改编。至于为何要这样改编,只能去问楚原导演。有趣的是,古龙当时健在，他并没反对。笔者有幸找到了当时该片的宣传海报如下图：

这个改编出来的《楚留香之幽灵山庄》，细看之下，其内容竟然和《陆小凤之幽灵山庄》故事原来也没很多关联，只引用了"天雷行动"与"幽灵山庄"这两词，同时借鉴了《幽灵山庄》小说中的部分情节。

影片一开始，就用古龙小说《七杀手》中人物柳长街与龙五认识的桥段，更不时提到前两部电影《楚留香》与《楚留香之蝙蝠传奇》中的事迹，有意让人想象这部原创新故事和《楚留

1982年《楚留香之幽灵山庄》电影海报

香》有关连，惟故事真正的创作者已从古龙换成了编剧秦雨（即导演楚原的化名）。

片中还让另一部古龙小说《绝代双骄》中的十大恶人之一轩辕三光有了一个叫"轩辕四光"的儿子，同时把金庸《雪山飞狐》里的关外大侠"飞狐胡斐"拉来助阵，《楚留香》故事中原有的一众核心人物胡铁花、姬冰雁、红袖、甜儿、中原一点红等反倒一位都没出现，放任主角一人单枪匹马力斗群魔，俨然一部番外篇，怪异至极。

更令人意想不到的是，笔者从当年台湾报纸的广告及香港电影杂志中，发现这部电影居然还有另外两个片名，见下两图：

《楚留香之天雷行空》直接点出了主题——天雷行动落"空"，倒真是蛮贴切的。

《鹰落夕阳坪》，夕阳照耀幽灵山庄时，首恶"老鹰"于夕阳下殒落，意味也蛮不错。其实，《鹰落夕阳坪》是台湾作家朱羽的一部小说名字（见下图），不过该书与本片却无关，应该也是如"飞狐胡斐"般被楚导演借来助阵的吧！

这个需要稍微提一句的是，笔者还找到了该片的剧本的底本——电影小说。当时不少武侠电影都是先有电影小说，然后据此撰写电影剧本，最后被拍成电影。电影小说可以帮助了解所看电影

的出身来历,有时甚至可以作为电影的注释,关于这一有趣用途,以后笔者会具体加以介绍。

真正的《陆小凤之幽灵山庄》是否被改编成影视作品呢?答案是的,大陆央视就拍过电视剧,笔者将剧情简介如下:

陆小凤因染指西门吹雪的妻子遭西门吹雪追杀。为避免朋友相残,陆小凤由勾魂使者引见,藏身于人间鲜有耳闻的幽灵山庄。初来乍到,陆小凤就因涉嫌杀害叶孤鸿而被叶雪、叶灵责难。有幽灵山庄庄主老刀把子作证,陆小凤得以清白。经过老刀把子一番考察试探,躲避杀身之祸的陆小凤被老刀把子收留,成为幽灵山庄的一员。

藏身于幽灵山庄,陆小凤深得叶雪、叶灵的爱慕。为老刀把子将叶雪许配陆小凤一事,叶灵很是气恼。叶雪、叶灵为情而恼,让陆小凤无意间发现一个藏了十年的秘密:叶灵十五年前神秘失踪的父亲就在幽灵山庄附近,只不过如今面相丑陋。解开叶雪、叶灵的情感疙瘩,老刀把子谋划已久的"天雷行动"即将开始,幽灵山庄全体成员被老刀把子兵分三路,向武当秘密进发。四月十三日,是江湖人士齐聚武当，参加武当册封新掌门人大典的日子。老刀把子制定"天雷行动"，想利用这个机会杀死武当掌门人石雁、长老木道人、苦戒大师、鹰眼老七四大仇人，夺取藏匿于石雁头顶紫金冠裡一本记录江湖人士隐秘的账簿。大典当日，江湖人士齐聚武当，有老刀把子的周密计画，陆小凤顺利得手。大功告成，以酒相庆，陆小凤突然撕下老刀把子的伪装。

原来，获取木真人的七星剑才是"天雷行动"的真正目的。"勾魂使者"乔装的老刀把子丧命木真人的剑下。谁是真正的老刀把子？带著这个疑问，陆小凤重返幽灵山庄，从刚刚遭受杀戮的幽灵山庄救出叶灵。此时，一缕剑穗让陆小凤找到涂炭幽灵山庄的线索。赶回武当，适逢武当掌门人石雁暴病而亡，资历最深的木道人出任新掌门。册封在即，陆小凤当众揭开木道人就是老刀把子的真相，使一个藏了十五年的秘密浮出水面。

十五年前，木道人对武当掌门一职觊觎已久，但凡心不死的木道人为顾及江湖脸面，将妻子沉三娘和女儿叶雪托付给弟子叶凌风照顾。谁想叶凌风和沉三娘日久生情，生下叶灵。共同创办幽灵山庄后，木道人将叶凌风打下悬崖，以泄私愤。发现木道人身有嫌疑，缘于两个月前武当弟子顾云飞的死。为保武当圣地，陆小凤制定"鹰巢"计划，请西门吹雪相助，骗得幽灵山庄的信任。事已至此，真相毕露，木真人被亲生女儿叶雪一剑了断，验证了邪恶有界、报应有天的古训。

该电视剧的情节与古龙原作相比，其实也有不少添油加醋的地方，只是原貌仍然被基本保持了下来，没有成为另外一部怪异至极的番外篇！

琴雨箫风斋读闲札记

天妃神

侠 圣

上海文明书局线装校印本随园撰《子不语》卷二十四"天妃神":

乾隆丁巳,翰林周锽奉命册封琉球国王。至海中,飓风起,飘至黑套中,水色正黑,日月晦冥。相传入黑洋从无生还者。舟子主人正共悲泣,忽见水面红灯万点,舟人狂喜,俯伏于舱,呼曰:"生矣,娘娘至矣!"果有高髻而金环者,甚美丽,指挥空中,随即风住,似有曳舟而行,声隆隆然。俄顷,遂出黑洋。周归后,奏请建天妃神庙。天子嘉其效顺之灵,遂允所请。事见乾隆二十年邸报。

侠圣按:"锽"字误,当为"煌"。周家家塾自刻本即署名周煌。还珠

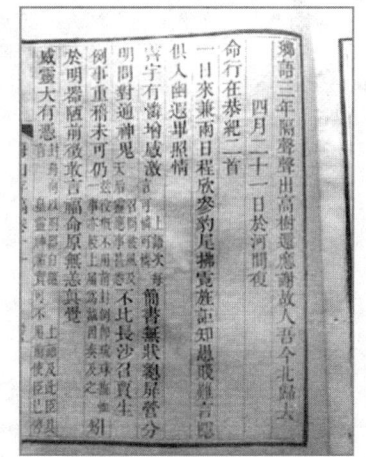

楼主既然言及此条,显然看过《子不语》,其所阅之版本或即文明书局本。关于天妃神之异事,周煌在其《海山存稿》(清乾隆周氏葆素家塾刻本)卷十一的诗注中曾提及(见前页图)。

上图诗中"分明问对通神鬼"句下注"召问被风及天后灵应事甚悉"一语,说明周煌向乾隆当面汇报了出使途中的遭遇与奇遇,惜未知周煌本人是否留下与之有关的详细记述。

彭小脚

侠 圣

李孟符《春冰室野乘》一零三"明季两烈妇":

> 宁藩下水宁王世子妃彭氏,奉贤人。生有国色,足极纤,江西人以彭小脚称之,而骁勇多智,力敌万夫。江西破,永宁父子皆殉国,妃乃率家丁数十人入闽,寓汀州,结义军将范继辰等,聚人数千,克宁化、归化等十余州县,势张甚,大清兵极畏之。会岁饥,众稍散,遂以顺治五年,为叛将王梦煜所败,被执不屈,绞杀于汀州灵龟庙前。其从婢二人,一名金保,一名魏真,年皆未及笄,而俱有勇力,善骑射。妃既死,保自刭,真窜山谷间十数日,兵退乃出,窃妃与保尸葬之,遂去为尼,不知所终。

侠圣按:云中岳短篇小说《古道照颜色》即以彭氏故事为底本展开。春冰主人自注"此事明季诸野史俱未纪载,惟见施鸿保所著

《闽杂纪》中,亟表而出之"。查《闽杂纪》"彭小脚"条,"明季两烈妇"中的彭氏事迹,即该书中之"彭小脚"一节,文字完全相同。不过,以《春冰室野乘》传播之广与名声之响,云中岳应看的是该书并从中摘取彭氏故事,写了《古道照颜色》一篇。

包神仙退太平军

侠 圣

况周颐《眉庐丛话》第三九四条，标题是《包神仙退太平军》，述诸暨包村人包立身事，内容颇丰富，略摘引一二如下：

咸丰辛酉十月太平军陷诸暨，包偶集义团屡败贼军。立身本农家子，形体甚长，有膂力，善走。遇异翁，携入山中，酒色赤，肴则白，少年舞刀，授咒能之。数月又引立身至诸暨南乡斗子岩，楼阁院宇不类人间，有数儒士读书于堂，数武士角力堂下，皆翁之徒也。传之望气之法，邑人遂呼为包神仙。

侠圣札记：朱贞木《虎啸龙吟》开篇即讲此事——

说的是清代咸丰年间的时候，正值太平天国纵横之际……恰恰这时节，浙江绍兴府诸暨县，出了一个包立身，居然就凭一个乡僻农夫，把太平天国一支精锐军队，杀得七零八落……这一桩故事,已经散见于各家笔记……

虽然,朱贞木并非从一家笔记上看到过包神仙事迹,不过《眉庐丛话》当时名声响亮,估计应是朱贞木所见的"各家笔记"中的一家吧。

黄靖南遗事

侠 圣

孟符《春冰室野乘》一三六条记叙明末名将黄得功（字靖南）早年未显达时的故事，其中有食巨鳝而变形易貌，身强体壮的描述，仿佛后世武侠小说中的常见桥段，颇为有趣，摘录如下：

> 明靖南侯黄得功，微时豢鸭为生，每日辄少数鸭，久之几尽。黄怒，涸水踪迹之于塘底，得一巨鳝，粗如盎，烹而食之，体貌顿改，为伟丈夫，勇力绝伦，遂习武。然贫不能应试，日为人策蹇。……

侠圣札记：鱓者，释义一为鼋，一为鳝，盖所从字形不同。朱贞木《蛮窟风云》第一章述及沐天澜童年游园遇险，无意间饱饮鳝血，咬死一条金线鳝王，之后变得力大绝伦。则此一习武捷径或许即自上述黄靖南遗事一条化出。吴梅村《鹿樵野闻》中也有黄得功条，但未记录此事，不知李孟符从何处得来的资料。

又,《蛮窟风云》第一章中还有这样一段话:……沐公爷听得出神,暗暗点头,心想我营中武艺精通的材官们,也有人说过吃鳝血变成勇士的故事,不过当作'齐东野语'罢了…… 此条或许可以作为朱贞木看过《春冰室野乘》的一个旁证。

零金碎玉

赵鸣岐与《紫髯客传》

白　鱼

1938年《华文大阪每日》创刊号刊载了赵鸣歧的武侠小说《紫髯客传》,其"笔者介绍"栏刊有赵氏简历:赵鸣岐,江苏人,擅英、法文,历任吴县师范教员、上海法国工部局翻译、上海法院译员。长文学,所著武侠小说《八宗剑侠》《蜀山异人传》《梅花女侠》《江湖奇女子》,多在上海各报披露,极负时誉。现为本刊特撰武侠小说《紫髯客传》,皆根据事实,笔致流畅,世有定评,无待多谀也。

程小青断指成谶

郑逸梅

郑逸梅《艺林散叶续编》云:撰写侦探小说著名之程小青,某夏纳凉,坐帆布小榻,偶不慎,左手小指于框架交折处轧去一小节,痛彻心肺。既愈,成诗纪其事,其老友徐碧波和之,有"不期断指能成谶,四十年前旧事新"。因四十年前,小青曾撰有《断指党》长篇侦探小说也。

袁阔成曾演说《十二金钱镖》

青 谷

高玉琮《新评书第一人——袁阔成》(刊于 2015 年 3 月 13 日《天津日报》)称袁阔成"自幼就随父亲学说评书,1943 年,只有 14 岁的他即在天津首次登上舞台,演说了《十二金钱镖》的片段。小荷才露尖尖角,受到了师父金杰立的肯定"。后来袁阔成在京津唐等地便常说《十二金钱镖》。

《红玫瑰》"名气也不小"

青 谷

长泽规矩也《中华民国书林一瞥》谈及上海世界书局时说:"名为《红玫瑰》的文艺杂志名气也不小,最近也出版面向普通读者的杂志,叫《世界杂志》。"长泽是日本文献学家,关注的主要中国古文献,对明清俗文学文献也常留意,但对当时流行的鸳鸯蝴蝶派小说还看不上眼。

2015年《品报》目录

第29期(2015年1月1日,104页)

一言堂
　　002《品报》五年纪 / 杜　鱼

创刊五周年纪念小辑
　　004 祝贺《品报学丛》问世 / 范伯群
　　005《品报学丛(第一辑)》前言 / 张元卿
　　006《品报学丛(第一辑)》编后记 / 张元卿　顾　臻
　　008 贺《品报》五周年联语 / 高成鸢
　　009 俚句贺《品报》创刊五周年 / 吴裕成
　　009《品报》五周年贺 / 胡立生
　　009《品报》与它的编辑"四人帮" / 倪斯霆
　　012 贺《品报》五周岁 / 阎伯群
　　013《品报》:打开我的学术之门 / 侯福志

015 让弟兄们一直牵挂的"祥顺合" / 由国庆

016 梦鱼的来历 / 顾　臻

018 严独鹤为《品报》"题"名 / 张元卿

还珠楼主研究小辑

019 论国内学界治"蜀山学"之危机与转机 / 南天老叶

043 《还珠楼主散文集》序 / 顾　臻

045 还珠楼主书《吕沅桢先生油画展缘起》/ 白　鱼 整理

046 还珠楼主的床下物 / 胡立生 整理

046 还珠楼主学术研讨会在重庆举行 / 白　鱼

通俗作家年表

047 王度庐年表 / 徐斯年　顾迎新

065 何海鸣作品年表(三) / 张元卿

鲜花庄与杂货店

075 不肖生与沪上各大书局的纠纷 / 杨　锐　顾　臻

079 范伯群的"二期工程" / 黄仲鸣

通俗文学与天津

080 和李然犀的一面之缘 / 贯　之(王文玉)

081 冯武越论 / 王晏殊

张赣生先生纪念小辑(二)

083 《王度庐武侠言情小说集》序 / 张赣生

084 张赣生先生谈侠论艺遗墨

港台武侠论苑

092 梁羽生评传 / 渠　诚

箫剑传声

103 中国武侠文学学会换届会议在京召开 / 梦　鱼

零金碎玉

　　103 赵鸣岐与《紫髯客传》/ 白　鱼

第 30 期目录(2015 年 4 月 1 日,52 页)

通俗作家年表

　　02 何海鸣作品年表(四)/ 张元卿

通俗文学与天津

　　08 谈《天风报》之"黑旋风"/ 喻血轮

　　08 韦君宜记忆中的"天津书局"/ 倪斯霆

　　10 报人王小隐其人其事(一)/ 侯福志

　　15 刘云若笔下的"城南诗社"/ 侯福志

琴雨箫风斋读闲札记

　　16 天妃神 / 侠　圣

　　17 彭小脚 / 侠　圣

张赣生先生纪念小辑(三)

　　17 张赣生先生谈侠论艺遗墨

港台武侠论苑

　　22 梁羽生评传 / 渠　诚

　　32 须从根上辨分明 / 侠　圣

　　39《南洋商报》连载的《七种武器》/ 于　鹏

武影流光

　　41 一部张冠李戴的电影 / 许德成

鲜花庄与杂货店

　　46 收藏张恨水 / 张　驰

箫剑传声

51 陈墨仍任武侠文学学会中副会长

零金碎玉

52 程小青断指成谶 / 郑逸梅

52 袁阔成曾演说《十二金钱镖》/ 青　谷

第 31 期(2015 年 7 月 1 日,84 页)

通俗作家年表

02《平江不肖生向恺然年表》(增补稿)/ 徐斯年　向晓光　杨　锐

28 王度庐年表(增补稿)/ 徐斯年　顾迎新

白羽研究小辑

50 白羽致徐永康书 / 青　谷 整理

51 白羽写书印书卖书"一条龙"/ 倪斯霆

御河轩研云录

52 刘云若笔下的天津"混混儿"/ 侯福志

53 读者找刘云若"登广告"/ 侯福志

54 刘云若小说"续稿未到"之谜 / 侯福志

56 刘云若的抗战小说 / 侯福志

57 "鲜花庄"的总号与津号 / 侯福志

琴雨箫风斋武侠随笔

58 戏说武侠"叫化鸡"/ 顾　臻

琴雨箫风斋读闲札记

61 包神仙退太平军 / 侠　圣

张赣生先生纪念小辑（四）
    62 张赣生先生谈侠论艺遗墨
港台武侠论苑
    65 梁羽生评传 / 渠   诚
    75 "新派"武侠 新在何处 / 渠   诚
箫剑传声
    79 "中国通俗文学与大众文化"栏目文章摘要 / 石   娟 供稿
零金碎玉
    84《红玫瑰》"名气也不小" / 青   谷
    84《黑暗上海》广告 / 青   谷

第32期（2015年10月1日，35页）

徐春羽研究小辑
    02 徐春羽家世生平初探 / 王振良
    09《徐春羽家世生平初探》书后 / 张元卿
通俗文学与天津
    11 刘宝全慰问二十九军 / 王文玉
    12 刘云若笔下的武清人 / 侯福志
琴雨箫风斋武侠随笔
    13 好汉牛肉·美人汤 / 顾   臻
琴雨箫风斋读闲札记
    16 黄靖南遗事 / 侠   圣
张赣生先生纪念小辑（五）
    17 张赣生先生谈侠论艺遗墨

港台武侠论苑

  21 梁羽生评传 / 渠 诚

  31 太极拳一页秘史 / 渠 诚

零金碎玉

  35 张春帆遗札

  35 沈禹钟签名式

附录二

2015年近现代通俗文学研究论文索引

甲 期刊论文

宏观研究

◎鸳鸯蝴蝶派的审美价值 王欢 名作欣赏 2015/20

◎都市空间、海派文学与现代性 董卉川、吕周聚 甘肃社会科学 2015/04

◎论早期中国侦探小说的特征 刘焱 洛阳理工学院学报（社会科学版）2015/04

◎公案小说与侦探小说比较研究 刘焱 天中学刊 2015/05 12

◎清末民初西方侦探小说译介文化现象探析 张锋茹、陈传显 兰台世界 2015/13

◎翻译与出版：鸳鸯蝴蝶派对西方文化的传播 葛文峰 出版发行研究 2015/04

◎民初市民作家的文学观念及其意义 付建舟 河南大学学报（社

会科学版）2015/06
◎通俗文学的传统与网络类型小说的历史参照系 范伯群; 刘小源 中国现代文学研究丛刊 2015/08
◎清末民初出版业的繁荣及其黑幕 范伯群 社会科学 2015/11
◎民国初期上海消闲杂志与名花美人的文化政治 陈建华 学术月刊 2015/06
◎在传统与现代之间:清末民初短篇武侠小说的嬗变 张欣 理论界 2015/07
◎叶楚伧"读红楼只能作红楼读"辨——兼谈《红楼梦》接受与民初小说理论的发展 李晨 红楼梦学刊 2015/06
◎旧派小说之八:社会言情小说 陈幼华 现代出版 2015/03
◎亦中亦西的现代文学尝试:民国"影戏小说"简论 邵栋 华文文学 2015/01
◎早期中国电影中的哀情片 沈姝乐 东南传播 2015/11
◎中国现代通俗文学的抗战叙述和家国情怀 汤哲声 社会科学 2015/04
◎"通俗文学和大众文化与中国现当代文学史关系研究"学术研讨会发言摘编 范伯群、徐斯年、吴福辉、陈建华、关纪新 苏州教育学院学报 2014/03
◎说说《郑逸梅友朋书札手迹》 陈子善 新文学史料 2015/04

北派通俗作家研究
◎倪斯霆著《还珠楼主前传》 新文学史料 2015/01
◎《蜀山剑侠传》情爱描写剖析 罗立群、李榕 文学与文化 2015/02
◎还珠楼主的轮回观对古典小说的继承及发展 辛晓娟 苏州教育

学院学报 2015/03
◎"还珠楼主"笔名寓意及出现时间考辨 倪斯霆 苏州教育学院学报 2015/03
◎李寿民、孙经洵情难本事考 顾臻 苏州教育学院学报 2015/03
◎陆小曼与还珠楼主 张元卿 新文学史料 2015/04
◎论还珠楼主《蜀山剑侠传》的文学史价值 汤哲声 文艺争鸣 2015/05
◎还珠楼主"小人国"母题的社会生物学意蕴 王立 西南大学学报（社会科学版）2015/06
◎徐春羽家世生平初探 王振良 苏州教育学院学报 2015/04
◎刘云若研究述评 酒芃 河北工业大学学报（社会科学版）2015/02
◎刘云若小说中的天津书写 曾娟 城市学刊 2015/02
◎刘云若小说研究 侯福志 苏州教育学院学报 2015/04
◎刘云若社会言情小说中的社会性——以《粉墨筝琶》为中心 倪坦 苏州教育学院学报 2015/04
◎报人生涯对刘云若小说创作的影响 陈艳 中国现代文学研究丛刊 2015/08 论报人生活对刘云若小说创作的影响 张偲 现代语文（学术综合版）2015/11

张恨水研究
◎论中国现代通俗小说的改良与调适——以张恨水小说创作为例 司新丽 山西师大学报（社会科学版）2015/05
◎张恨水对徐枕亚小说的传承与改良 王木青 苏州教育学院学报 2015/01

◎张恨水小说对"新""旧"文学的整合 储慧静 苏州教育学院学报 2015/01

◎何以不"团圆"——论鲁迅、张恨水小说的悲剧结局 薛熹祯 河北大学学报(哲学社会科学版) 2015/01

◎张恨水《春明外史》小说类型化研究 胡朝雯、李琴 湖南大学学报(社会科学版) 2015/05

◎张恨水对《史记》卓文君故事的再创作 芮文浩 池州学院学报 2015/02

◎清倌人、坤伶和女学生——张恨水20年代小说女性社交的想象与转型 徐德明 安徽师范大学学报(人文社会科学版) 2015/03

◎时代风云下才子佳人小说的同质想象——论张贤亮的《男人的一半是女人》和张恨水的《啼笑因缘》 张姗姗 内江师范学院学报 2015/09

◎论张恨水小说中的灰姑娘叙事——以《啼笑因缘》为例 程维 牡丹江大学学报 2015/07

◎张恨水小说中的女性形象成因及审美价值探析 郑发友 赤峰学院学报(汉文哲学社会科学版) 2015/09

◎论张恨水笔下的红颜薄命 赵爱玲 语文建设 2015/18

◎张恨水笔下现代女性的妥协与抗争 赵爱玲 湖北经济学院学报(人文社会科学版) 2015/11

◎浩繁而通俗的国难史:张恨水抗战文学论 康鑫 中华文化论坛 2015/01

◎张恨水重庆时期的言论特色 彭静 沈阳工程学院学报(社会科学版) 2015/04

◎论张恨水抗战小说当中的重庆书写 沈文平 凯里学院学报

2015/05
◎论战时张恨水的重庆写作 冯阳 大众文艺 2015/10
◎南京大屠杀的再现方式与文学表述——以张恨水的小说《大江东去》为视点 王霞 北京科技大学学报（社会科学版）2015/01
◎赶上自前驱 橡笔纾国难——再论张恨水小说创作之抗战转化 郑炎贵 苏州教育学院学报 2015/01
◎张恨水副刊创作的新闻性修辞及其生成机制 方维保 苏州教育学院学报 2015/01
◎张恨水的副刊编辑思想及启示 吴宁 青年记者 2015/01
◎张恨水的爱国诗 盛永年、盛玲 党史文汇 2015/11
◎以文为生的张恨水 余世存 英才 2015/03
◎评谢家顺《张恨水年谱》 张琳、汤哲声 中国现代文学研究丛刊 2015/06
◎天道酬勤，玉汝于成——评谢家顺先生著《张恨水年谱》 石娟 现代中文学刊 2015/02
◎"张恨水名作插图珍藏版"丛书出版 新文学史料 2015/03

其他民国作家作品研究
◎《茶花女》在清末民初中国的接受 侯家华 泰山学院学报 2015/04
◎《玉梨魂》的"言情"再解读——从写情的角度看《玉梨魂》对《茶花女》的改写 陈瑜 华南师范大学学报（社会科学版）2015/04
◎小说《玉梨魂》与域外小说的关系 孙荣 今传媒 2015/10
◎《新三国》：维新事业的成功之道 马婷芳 新余学院学报 2015/05
◎陆士谔翻新小说的叙事艺术 优先出版 马婷芳 河北北方学院学

报（社会科学版）2015/05
- ◎《新中国》的人名隐喻与陆士谔的中国梦 优先出版 李宜蓬 福建师范大学学报（哲学社会科学版）2015/05
- ◎《新水浒》:维新事业的反面教材 马婷芳 九江学院学报（社会科学版）2015/02
- ◎《歇浦潮》中女性主体意识探析 余凤林 赤峰学院学报（汉文哲学社会科学版）2015/05
- ◎新发现的李涵秋时评杂感 黄诚 新文学史料 2015/03
- ◎勘察受众:叶楚伧小说理论研究 侯敏 苏州大学学报（哲学社会科学版）2015/01
- ◎纪实与求虚:武侠文本中分裂的符号自我——以平江不肖生《江湖奇侠传》为解析对象 孙金燕 西南大学学报（社会科学版）2015/03
- ◎从兰社到水沫社——对施蛰存文学社团活动的考察 徐晓红 现代中文学刊 2015/02
- ◎论施蛰存对鸳鸯蝴蝶派的评价 王木青 中国现代文学研究丛刊 2015/04
- ◎论徐卓呆滑稽小说的创作技巧与趣味 向玲霜 牡丹江教育学院学报 2015/01
- ◎文人书写传统与现代纸媒写作的离合——以郑逸梅为中心 蔡斌 苏州教育学院学报 2015/01
- ◎文雅澹定周瘦鹃 段慧群 钟山风雨 2015/04
- ◎周瘦鹃的西方"哀情十记":周氏《心弦》编译考论 葛文峰、叶小宝 苏州科技学院学报（社会科学版）2015/01
- ◎周瘦鹃与民初文学文化转型简论——文言白话的辩证关系与新

旧兼备的文化政治　陈建华　东岳论丛　2015/01
◎张爱玲与沦陷时期上海"通俗"文学范式的建立——从《论张爱玲的小说》到《自己的文章》　王羽　现代中文学刊　2015/04
◎戏曲对张爱玲20世纪40年代小说创作的影响　王婧轩　苏州教育学院学报　2015/04
◎终究是假凤虚凰——由名字变迁看秋海棠"男性"身份回归的失败　段晓琳　名作欣赏　2015/12
◎周桂笙的翻译与贡献研究　王雪丽　南昌教育学院学报　2015/05
◎由包天笑看晚清儿童文学翻译活动　何静姝　兰台世界　2015/19　20
◎论包天笑电影中的旧女性形象　刘楚仪　电影文学　2015/03

报刊研究

◎翻译·消闲·文化——记民初鸳鸯蝴蝶派期刊《礼拜六》　修文乔　湖北民族学院学报（哲学社会科学版）　2015/05
◎鸳鸯蝴蝶派的编辑策略与清末民初女性小说创作　鲁毅　济南大学学报（社会科学版）　2015/05
◎浅谈《礼拜六》发刊词的说理艺术　仇天聪　大众文艺　2015/15
◎论《礼拜六》的文学史价值　侯运华　河南师范大学学报（哲学社会科学版）　2015/04
◎社会语境与译者参与——以鸳蝴期刊《礼拜六》翻译小说的副文本为视角　修文乔　外语研究　2015/03
◎民国名刊《紫罗兰》的视觉传播策略分析　季芬　中国出版　2015/16
◎保守主义:吴地现代报人的文化选择——以1920年代的《晶报》文人群体为中心　李国平　苏州教育学院学报　2015/01

◎吴地报人与弹词的报刊传播　童李君　苏州教育学院学报 2015/01
◎海派小报中的上海俗语　孟兆臣　社会科学战线 2015/09

金庸研究

◎金庸武侠作品中的中国文化　杨月娥　文学教育（下）2015/05
◎金庸的世界——浅议金庸侠文化在中国群众文化中的作用　刘顺宇　郧阳师范高等专科学校学报 2015/04
◎略论金庸小说中的墨家思想　陈清、陈丽萍　萍乡学院学报 2015/02
◎影视传播对金庸江湖世界的消解　张希圣　青年记者 2015/23
◎论金庸"射雕三部曲"的爱情意识　潘靖壬　商洛学院学报 2015/02
◎论金庸武侠小说开篇艺术的嬗变——兼论金庸小说版本研究的意义　廖建荣　写作（上旬刊）2015/04
◎金庸与图解民族主义　罗鹏、赵瑞安　南方文坛 2015/04
◎金庸武侠小说影响力研究　李改婷、刘磊、娄博　学周刊 2015/19
◎金庸武侠系列小说英译的启示　单畅　辽宁师范大学学报（社会科学版）2015/02
◎英语世界金庸武侠小说译介与研究　李泉　贵州社会科学 2015/06
◎也谈金庸小说中武功招式的英语翻译　杨玉荣　才智 2015/22
◎浅论金庸对鲁迅现实主义的继承与发展　陈皓　才智 2015/02
◎金庸小说里的成长　黄德海　书城 2015/05
◎金庸的女性创作观　郝跃　才智 2015/02

◎ 金庸小说中的女性形象评析　贺晓玲　渭南师范学院学报 2015/17

◎ 金庸武侠小说"侠客"形象之异变　郎文孝、赵智岗　河北联合大学学报（社会科学版）2015/04

◎ 从女主人公的特点看金庸心中的理想女性和他的爱情观　章珞佳　产业与科技论坛　2015/04

◎ 论金庸小说疯癫形象的价值　张璐　洛阳师范学院学报 2015/06

◎ 论金庸小说中主人公之"大难不死"现象　王海梅　潍坊学院学报 2015/01

◎ 从李白《侠客行》看金庸的"侠客"世界　任俊华　吕梁教育学院学报　2015/02

◎ 金庸小说的丫鬟形象　刘天红　商丘职业技术学院学报 2015/04

◎ 论大陆金庸小说研究者的知识人使命承担　汪鹏　长江大学学报（社科版）2015/10

◎ 细节描写在金庸作品中的独特魅力——以飞狐外传为例　白新辉　吕梁学院学报　2015/03

◎ 金庸小说与大陆新武侠的未来　郝改珍　吕梁教育学院学报 2015/01

◎ 从功能角度探析金庸武侠小说《雪山飞狐》英译　白红　语文建设 2015/30

◎ 金庸小说改编剧的缺陷、原因及改进路径　徐莉莉、臧婧　中国广播电视学刊 2015/10

◎ 记与金庸的交往　张建智　博览群书 2015/02

◎ 大陆新武侠与科学思维——评韩云波教授《"后金庸"武侠》　郑保纯　重庆师范大学学报（哲学社会科学版）2015/02

◎丰厚的文化价值——金庸作品研究综述 宋松 新西部（理论版） 2015/21

梁羽生研究

◎梁羽生：桂东山沟里走出的"大侠" 王圣 农家之友 2015/10
◎论梁羽生的《金瓶梅》批评 贺根民；杨美元 河北科技大学学报（社会科学版） 2015/03
◎试论梁羽生小说的回目特色 辜学超 文学教育（上） 2015/06
◎从小说回目管窥金梁武侠小说的现代转型 辜学超 现代语文（学术综合版） 2015/06

乙 学位论文

博士学位论文

◎周瘦鹃翻译研究新阐释 王敏玲 苏州大学 2015年
◎中国侦探小说的叙事视角与媒介传播 朱全定 苏州大学 2015年
◎张恨水散文研究 张琳 苏州大学 2015年

硕士学位论文

◎晚清报刊小说广告与小说的发展 万文佳 上海师范大学 2015年
◎从改写理论看清末民初《福尔摩斯探案集》的翻译策略与影响 张昌英 四川外国语大学 2015年
◎《霍桑探案集》人物形象研究 李惠兰 吉林大学 2015年
◎翻译规范理论视角下的周瘦鹃《欧美名家短篇小说丛刊》翻译研究 史露明 四川外国语大学 2015年

◎翻译言情与民初社会——前期《小说月报》(1910—1920)翻译言情小说研究　杨光敏　北京外国语大学　2015年
◎周天籁文学创作研究　吴丹丹　淮北师范大学　2015年
◎从译者的主体性角度分析武侠小说的英译——以《书剑恩仇录》英译本为例　张金鑫　北京外国语大学　2015年
◎从文字到影像的魅力流转——论九十年代金庸武侠小说的电影改编　杨紫寒　河北师范大学　2015年

编后记

  一个电子学术刊物能做到五年,其中的甘苦局外人是不大能体会的。在此,我们要感谢这五年来给予我们切实帮助的那些师友,因为愿与我们"共舞"者其实并不多。

  人是历史的"中间物",刊物亦然。研究者对自己的研究能力与水准要有一清醒的自评,刊物亦然。《品报》及《品报学丛》无疑是历史的"中间物",我们从不奢望这个刊物能对通俗文学研究起到多大作用,只想以微末之史料助研究者成其"独断之学"。近年来始悟到"独断之学"实"中间"之学,史料固可助其丰满羽翼,厚道之心、谦慎之怀则必赖研究者自己修为。若无厚道之心、谦慎之怀,"独断之学"就极易变成"独霸之学"。研究者若不能从学术的"中间"状态立言,必不能直面自己的缺陷,则其所言必不能从"中间"状态,从对缺陷的感知中确立自己的判断,这也就不会有"独断之学"了。而感知自己的缺陷,才能有谦慎之怀;推己及人,才会有厚道之心。这样,其学术判断才会超越具体的研究领域,具体的史料情景,成为独立之通识。此古今伟大学人其具体学术观点可为后人所超越,而其"独断之学"所呈现之通识却自能独照千秋之原因。陈寅恪先生提出学人必要有"独立之意志"与"自由之精神",甚为人所称道,我想他这一观点其实是有前提的,即他所说的"学人"是具有厚道之心与谦慎之怀的研究者。若学人不具有厚道之心与谦慎之怀,只强调"独立之意志"与"自由之精神",难免会流为恣意妄为,很难产生正能量。而厚道谦慎之学人即便能坚守"独立之意志"与"自由之精神",其所成实皆为"中间"之学术,"中间"之学术要能透出厚道与谦慎,才谈得上究天人之际,其所言才有可能成为有生命的一家之言,其所学才有可能成为有情怀的"独断之学"。从这个角度看,史料占有之多寡,所能起到的作用实在太有限了。

能清醒感知其学术与人生"中间"状态的人,自能客观地看待《品报》的"中间"状态,亦必能享受在"中间"状态下与《品报》"共舞"的那些晨昏。

接近告别的"中间"状态或许是最有诗意的,可惜我们不是玉溪生,我们只有杂感。

张元卿 顾 臻
2016年3月13日

《问津文库》已出书目

(总计 61+3 种)

◎ 天津记忆

沽帆远影　刘景周著	59.00 元
荏苒芳华：洋楼背后的故事　王振良著	49.00 元
津门书肆记　雷梦辰原著/曹式哲整理	49.00 元
故纸温暖：老天津的广告　由国庆著	28.00 元
沽上文谭　章用秀著	38.00 元
百年留踪：解放桥的前世今生　方博著	39.00 元
南市沧桑　林学奇著	79.00 元
津沽漫记：日本人笔下的天津　万鲁建编译	39.00 元
忆弢盦：来新夏先生纪念文集　焦静宜编	92.00 元
与山河同在：天津抗日杀奸团回忆录　阎伯群编	38.00 元
楮墨留芳：天津文化名人档案　周利成著	30.00 元
布衣大师：允文允武的艺术名家阎道生　阎伯群著	30.00 元
口述津沽：民间语境下的堤头与铃铛阁　张建著	28.00 元

大地史书:地质史上的天津　侯福志著　　　　　29.00元
丹青碎影:严智开与天津市立美术馆　齐珏著　　28.00元
立宪领袖:孙洪伊其人其事　葛培林著　　　　　30.00元
津门开岁:徐天瑞日记解读　王勇则著　　　　　58.00元
水产教育家张元第　张绍祖编著　　　　　　　　36.00元
八年梦魇:抗战时期天津人的生活　郭文杰著　　28.00元
沽文化诠真　尹树鹏著　　　　　　　　　　　　48.00元
圈外谈艺录　姜维群著　　　　　　　　　　　　38.00元
记忆的碎片:津沽文化研究的杂述与琐思　王振良著　38.00元
水产教育家张元第集　张绍祖编　　　　　　　　58.00元
应得的荣誉:女医生里昂罗拉·霍华德·金的故事
　　[加]玛格丽特著/胡妍译　　　　　　　　　38.00元

◎**通俗文学研究集刊**
望云谈屑　张元卿著　　　　　　　　　　　　　39.00元
还珠楼主前传　倪斯霆著　　　　　　　　　　　38.00元
品报学丛.第一辑　张元卿、顾臻编　　　　　　38.00元
云云编:刘云若研究论丛　张元卿编　　　　　　38.00元
品报学丛.第二辑　张元卿、顾臻编　　　　　　32.00元
刘云若评传　张元卿著　　　　　　　　　　　　32.00元
郑证因小说经眼录　胡立生著　　　　　　　　　78.00元
品报学丛.第三辑　张元卿、顾臻编　　　　　　48.00元

◎**三津谭往**
三津谭往.2013　王振良主编　　　　　　　　　39.00元

三津谭往.2014　万鲁建编　　　　　　　　　　39.00元
三津谭往.2015　孙爱霞编　　　　　　　　　　48.00元

◎九河寻真

九河寻真.2013　王振良主编　　　　　　　　　59.00元
九河寻真.2014　万鲁建编　　　　　　　　　　59.00元
九河寻真.2015　万鲁建编　　　　　　　　　　88.00元

◎津沽文化研究集刊

《雷雨》八十年　耿发起等编　　　　　　　　　55.00元
陈诵洛年谱　张元卿著　　　　　　　　　　　　48.00元
碧血英魂:天津市忠烈祠抗日烈士研究　王勇则著　98.00元
都市镜像:近代日本文学的天津书写　李炜著　　　38.00元
天津楹联述略　李志刚著　　　　　　　　　　　36.00元
口述津沽:民间语境下的西沽　张建著　　　　　　56.00元
口述津沽:民间语境下的西于庄　张建著　　　　　108.00元
紫芥掇实:水西庄查氏家族文化研究　叶修成著　　58.00元
芦砂雅韵:长芦盐业与天津文化　高鹏著　　　　　58.00元

◎津沽名家诗文丛刊

王南村集　王煐原著/宋健整理　　　　　　　　68.00元
严范孙先生古近体诗存稿　严修原著/杨传庆整理　48.00元
星桥诗存　苏之銮原著/曲振明整理　　　　　　　58.00元
退思斋诗文存　陈宝泉原著/郑伟整理　　　　　　88.00元
待起楼诗稿　刘云若原著/张元卿辑注　　　　　　42.00元

刘大同诗集　刘建封原著/刘自力、曲振明整理　　　88.00元
碧琅玕馆诗钞　杨光仪原著/赵键整理　　　　　　58.00元

◎津沽笔记史料丛刊
严修日记(1876—1894)　严修原著/陈鑫整理　　138.00元
桑梓纪闻　马鸿翱原著/侯福志整理　　　　　　42.00元
天津县乡土志辑略　郭登浩编　　　　　　　　　98.00元
严修日记(1894—1898)　严修原著/陈鑫整理　　128.00元
周武壮公遗书　周盛传原著/刘景周整理　　　　128.00元
天后宫行会图校注　高惠军、陈克整理　　　　　128.00元

◎名人与天津
李叔同与天津　金梅编　　　　　　　　　　　　68.00元

◎随艺生活
方寸芸香:藏书票里的书故事　李云飞编　　　　98.00元
问津书韵:第十三届全国读书年会文集　杜鱼编　78.00元
开卷二〇〇期　董宁文、董国和、周建新编　　　168.00元